文春文庫

どうかこの声が、あなたに届きますように

浅葉なつ

文藝春秋

どうかこの声が、あなたに届きますように

CUE SHEET

OP

オープニング

ラジオカセットレコーダー。

　通称ラジカセ。

　コンパクトカセットレコーダーに、ラジオチューナーを内蔵した音響機器。今やすっかり見かけなくなってしまった、時代遅れの産物。

　ラジカセに附属した選局のツマミを慎重に回し、多少のノイズが入り込もうとも、目的の声や音楽が聞こえてくればしめたものだった。AMを聴きたいときは、本体を持って部屋の中をうろうろし、FMが聴きたいときは銀のアンテナを目いっぱい伸ばし、やっぱり部屋中をうろうろして、ちょうどいい絶妙な角度で固定する。これからも番組を聴き続けたいときは、その位置と角度を何が何でも死守するのだ。

　そんな話をしたら、彼女はしかめ面で、結構面倒くさいですねと一蹴した。

「あー緊張する緊張する緊張し過ぎて吐きそう」

「今更素人みたいなこと言うな」

「あれ？　黒木(くろき)さん台本は？」

「小松(こまつ)、俺に台本が必要だとでも思ってんのか」
「普通に思ってますし、普通に控室に忘れてきましたよね？　実は緊張してます？」
「弁当食えばよかったかな」
「知りませんよ！　真崎(しんざき)くん、悪いけどこのおじさんの台本取ってきて！」

やれるか？　と尋ねたら、
彼女は肝の据わった顔で「ここに来てやらなきゃ嘘でしょ」と言った。

聴き慣れたジングルの後で、ディレクターのキューを合図に弾丸の如く飛び出す声の塊。
それを聴くたびに未だ背中を鳥肌が走ることを、あえて彼女には伝えていない。判断するのはリスナーだ。後はすべて委ねてしまえばいい。時代が巡って、いつかラジカセすら知らない子どもたちが増えたとしても、音の向こうの世界を想像させるという、自分たちの仕事はきっと変わらないのだから。

今日も、想うことはただひとつ。

どうかこの声が、あなたに届きますように。

どうかこの声が、
あなたに届きますように

TALK #01 伊澤春奈、31歳

「昼飯食って、そのまま管理物件の掃除と撮影行くんで、戻り十五時で」

正午まであと十分というところで、永井（ながい）がそう言って予定を知らせるホワイトボードに書き込んだ。都心から電車で四十分ほど離れた町の、賃貸と売買を両方手掛ける昔ながらの不動産屋は、全国展開している店ほどの派手さも、あか抜けた感じもなく、『前田不動産』と書かれた古びた看板に、ただただ地道にやってきましたという風情が漂っている。十月の今は転勤の時期も終わった閑散期で、来客は一日二、三組あればいい方だった。

「掃除に二時間もかかる？　どんだけ綺麗にするつもりよ」

サイトの更新用のページを作成していた飯島（いいじま）が、すかさず顔を上げた。一児の母でもある彼女は一番の古株で、実質この店を支えていると言っても過言ではない。

「二件行きますって。アプリローズとファミリーハイツ。移動時間考えたら許容範囲でしょ。サイト用の写真も撮ってきますから」

いつも昼過ぎにくるオーナーはまだ顔を見せず、店内に客はいない。二十代半ばの永井はへらへらと笑ってごまかし、ホワイトボードの脇に吊ってある営業車の鍵を手に取った。入社して一年、決して仕事ができないわけではないのだが、さぼり癖と横着癖のある彼は、一週間に二回はこうした外出を繰り返している。

「あれ、絶対どこかで昼寝してるわよ。掃除だってやってるかどうか」

入口扉につけられたベルを軽快に鳴らして、永井が店を出ていく。それを飯島が苦い目で見送った。

「オーナーが注意しないもんだから、調子に乗って」

「確かお知り合いの息子さんでしたっけ？」

手元の経理書類をファイルに綴じながら、春奈は尋ねる。

「そうよ。コネもコネ、大コネよ。就職した会社を一年で辞めて、行き先がないからどうにかしてくれって泣きつかれたのよ。そもそも会社を辞めた理由が、『朝起きられないから』よ？　舐めてるとしか思えないでしょ」

一般的な会社がだいたい朝九時に業務開始であるのに対し、前田不動産は十時の開店に間に合うようにくればいい。そう考えれば一時間は余裕があるが、閉店は夜七時で、残務処理や閉店作業を考えると、店を出られるのは八時前になる。睡眠時間はそれほど変わらないのではないか。

「今度もう一回オーナーに報告してやる」

　苛立ちに任せてパソコンのエンターキーを叩く飯島に、春奈は苦笑する。もともと飯島は、結婚前からずっとこの店で働いていたと聞いている。その後永井が入り、同時期にずっと事務員をしていた女性が、親の介護のために退職することになったので、その代わりとして春奈が入った。職種は違うものの、永井とはほぼ同期入社と言っていい。

「伊澤さんはこんなに優秀なのに、どうして永井くんは……」

　ぼやく飯島の言葉尻に入口のベルが重なって、来客を知らせた。

「いらっしゃいませ！」

　途端に営業用の笑顔を浮かべて、飯島が立ち上がる。春奈は客をカウンターへ案内する飯島を横目に、お茶を用意するために給湯室へ向かった。

　小学生の時から学級委員を任されたり、生徒会役員を務めたりしてきた春奈は、趣味といえば本を読むことくらいで、それ以外の特技や秀でていたことがあったわけではない。高校は教師の勧めでそこそこの公立校に進み、大学は親の言う通り家から通える私立大に行ったが、特に不満もなく、とても平和で地味な学生生活を送った。大学を卒業して、最初に就職したところは大手通信会社で、企業研究を重ねた上での第一志望だっ

たので親も喜んでくれた。道を踏み外すことも、逸れることもなく、平凡ではあったかもしれないけれど、自分らしい行程を歩んできたと思っていた。

けれどそれは、本当に最善の道だったのだろうかと、今になって考えるときがある。


「おはようさん」

午後一時前になって、オーナーが店に顔を出した。何時に来てもこの挨拶なので、春奈も「おはようございます」と返している。

「二人ともいないのか」

「永井さんは物件の掃除、飯島さんはご案内です」

老眼のために文字を読むことが億劫になっているオーナーは、予定が書きこまれているホワイトボードには目を通さない。春奈の説明に、そうかそうかと頷いて、店の奥にあるソファの定位置へ腰を下ろした。白髪頭は短く整えられ、口ひげも手入れされている。足腰はまだ丈夫らしく、近くにある自宅マンションから徒歩で通ってくる。それくらいしか、春奈はこの老人のことを知らない。悪い言い方をすれば事なかれ主義で、仕事さえきちんとやっていればこちらに干渉してくることもなかった。そんなオーナーと、春奈はまだいまいち距離感を摑めずにいる。

「食事は済んだ？」

お茶を淹れて持っていくと、オーナーが新聞を広げながら尋ねた。

「いいえ、飯島さんが帰ってくるのを待とうかと……」

「それじゃ今済ませていいよ。飯島さんもそのうち帰ってくるだろうから。電話くらい僕が取る」

オーナーはソファ横にある棚のオーディオシステムを操作し、店の中にかかっていた有線放送を切り替える。一時から始まる東文放送のラジオを聴くのが、彼の日課なのだ。

春奈は自分のデスクに戻って、一応入口を気にしつつ持参した弁当を広げた。本来はきちんと交代で一時間の昼休みがあるのだが、接客の都合もありこんなふうに臨機応変になることも珍しくはない。一月から三月にかけての繁忙期は、それこそゆっくり食事をとる時間もないので、休憩ができるだけありがたかった。

切り替わった店内のスピーカーから、聴きなれたオープニングテーマが流れてくる。オーナーが毎日聴いているせいで、必然的に耳にする春奈も、番組タイトルがコールされるタイミングなどをすっかり覚えてしまっていた。

――古谷創史の『はなまるティータイム』！

オーナーの話を繋ぎ合わせたところによると、この番組は毎週月曜から金曜までの午後一時から三時まで放送されている情報番組だ。東文放送のアナウンサーがメインパーソナリティを務めているらしい。春奈にとってラジオとは、父と車に乗ったときになんとなくかかっているものという認識しかなく、家ではほとんど聴いたことがない。そのためアナウンサーの名前を出されてもピンとこないのだが、若い頃から人気番組を持っていたアナウンサーなのだという。

——午後一時になりました！　こんにちは古谷創史です！　これからどうぞ二時間お付き合いください。

古谷アナは五十歳を過ぎているということだが、聞こえてくる声は張りがあって若々しい。春奈は自分で詰めた弁当を口に運びながら、聞くともなしに耳を傾けた。

「今日はね、新人が入って来るんだよ」

卵焼きを頬張った春奈に、不意にオーナーが話しかけた。

「新人ですか？」

「そう、アシスタントのね。火曜日は前の子が辞めちゃったから」

この店舗のことかと思えば、どうやらラジオの話らしい。言われてみれば、日によってパーソナリティとしゃべっている女性が違っていたような気がする。

——さて、今日はね、先週から予告していた通り新しいアシスタントをお迎えしております。じゃあ夏海ちゃん、ご挨拶してください！

――……ラ、ラジオをお聴きの皆さん初めまして。今日から古谷さんと一緒にこの番組を進行させていただきます、アシスタントの小松夏海です。

明らかに原稿を読んでいるのだろうな、という定型文の挨拶をした彼女の声は、古谷と比べるととても弱々しくて、ぼんやりしていると聞き逃してしまいそうだった。

――夏海ちゃんは、普段何のお仕事をしてる人ですか？

――あ、えーと、タ、タレントのたまごみたいな……

――たまごみたいな？

――孵化するかわかりませんけど。あはは……

――このアシスタントの席はオーディションで勝ち取ったということだからね、自信をもって、僕をいろいろ助けてください（笑）。

――が、頑張ります。

緊張していることが、よく伝わってくる声だった。春奈は、自分が就職したばかりの頃のことを懐かしく思い出す。初めて客からの電話を取るとき、言うべき言葉を何度も頭の中で反復して受話器を持ち上げた。きっとこの新人の女の子も、同じような心境なのだろう。春奈がそっと目を向けると、ソファに座ったオーナーはどこか愉快そうに顎を撫でながら、新人アシスタントがたどたどしくしゃべるラジオに聴き入っていた。

春奈が弁当を食べ終わる頃、番組は今日のニュースを取り上げるコーナーが終わり、数分の通販番組が流れた。そしてまた古谷アナのいるスタジオへ切り替わって新しいコーナーが始まるのだが、その冒頭に聞こえてきたのは古谷ではなく夏海の声だった。

——……ここからは、リスナーの皆さんからいただいた、取るに足らない小さな悩みや疑問に、古谷博士率いる『はなまる科学班』が答えを導きだしていく……というコーナー、なんですけれども……

歯切れの悪い言い方に、お茶を飲んでいた春奈は顔を上げた。確かここは、いつも古谷が担当していた台詞(せりふ)だった気がする。

——えー、正直に申しますと、その古谷さんが、今現在トイレから戻ってきていません。

思わず口に含んだお茶を噴きそうになって、春奈は慌てて口元を手で覆った。

——皆さん信じられます？　今日が初日の新人を一人にして、帰ってこないベテランアナウンサー。それでも進めろってディレクターが言うので進めますけど！　では一通目のお便り、埼玉県にお住まいの『白米（はくまい）』さん。こちら直接お電話オッケーとのことなので、今から掛けます！

先ほどまであたふたと話していた夏海の声が、急に色づいて鮮やかになる。腹を括（くく）ったのか、開き直ったのか、とにかく先ほどとは別人のようなよく通る声だ。ソファではオーナーが、外した老眼鏡を手に持ったまま、にやけ顔で聴いている。

――あ、もしもし、こちら東文放送『はなまるティータイム』の新人アシスタントの小松ですが、白米さんですか？

『はい、そうです』

――今お電話大丈夫ですか？

『大丈夫ですよ』

――じゃあ早速ですけど、私の悩みを聞いてください。

『え？　え？　待って、僕の悩みじゃなくて小松さんの悩みを聞くんですか？』

――古谷アナが帰ってこないんです。

『トイレから？』

――トイレから。

『それは……困りましたね』

——困ってるんです。私今日初日なんですよ。実は白米さん、何度も番組にお便りをくださっているヘビーリスナーですよね。

——『ああ、はい、いつも聴いてます』

——私より番組のことわかってそうなので、助けてもらおうと思いまして。ちょっと今から白米博士になってもらっていいですか？

——『僕が古谷さんの代わりをするんですか？』

——そういうことですね。

演出なのかアドリブなのか、いつもの様式を無視して新人アシスタントはどんどん進めていく。同じブースに入っているであろう、スタッフの笑い声が聞こえていた。

——じゃあ早速なんですけど白米博士、古谷さんが帰ってくるまで、どうやって繋げばいいと思います？

——『どうしましょうね。世間話でもしましょうか』

——白米博士、お昼何食べました？

——『お昼？　お昼は……おにぎりです』

——白米の？

——『白米の（笑）』

肩を揺らしたオーナーが、フフフと笑い声を漏らした。つられて春奈も頰が緩む。

――ラジオって、沈黙が十二秒続くと勝手にクラシック音楽が流れるらしいんですよ。そうなったら放送事故なんですって。新人を一人にして万が一のことがあったらどうするつもりなんでしょうね。

――『そこは信用してるんじゃないですか？』

――私としては、十秒くらい黙ってやろうかって気にもなりますけどね。

――『あははは、ぎりぎりのところを攻めるんだね』

――あ、これ実験しちゃいましょうか。

――ちょっと待ったー!!

慌てて帰って来た古谷アナによってその危ない実験は見送られ、番組は進んでいく。

翌週から、リスナーが夏海の悩みに答える逆相談のコーナーが追加された。彼女の悩みは些細(ささい)なものばかりで、小銭を減らしたくてお釣りがぴったり五百円になるよう計算

して出したのに、百円玉が五枚返ってきた時のやるせなさへの対処だとか、前から来た人とすれ違うときに同じ方向に避けてしまわないための回避テクニックだとかで、即興で答えなければいけないリスナーのユーモアセンスが問われる。それでも応募は絶えずあり、いつの間にかヘビーリスナーの『白米』は、名誉顧問という位置に収まり、面白い回答が得られないときにオチ的要員として参加させられていた。

「要は大喜利みたいなもんでしょ？」

飯島が昼食のために外出して、店内には春奈と永井とオーナーが残っていた。客はおらず、なんとなく耳に入って来るラジオの話になる。

「深夜放送の番組と、ちょっとノリが似てますよね。さすがにそこまで無茶じゃないけど」

永井が適当にネットサーフィンをしながら口にする。彼の昼休みはもう終わっているはずなのだが、客がいないのをいいことにだらだらと業務に戻らずにいた。

「永井さん、ラジオ聴くんですか？」

思いがけない反応に、春奈は尋ねる。彼がラジオに興味があるとは初耳だ。

「聴きますよ。オールナイトゴーゴーとか。知ってます？　まぁあれは別の局の番組ですけど」

「芸能人がやってるやつですよね？　かなり遅い時間の」

「高校の頃クラスで流行（はや）って、それからずっと聴いてますね。俺、何回かメール読まれたことあるんですよ」

永井が得意そうに笑う。もしかして、それが理由で朝起きられないのではないだろうか。

「なんか意外だな。永井さんは、どっちかっていうとネット派なのかと思いました」

「あー、YouTubeとかですか？　そっちも観ますけど、なんていうか、ラジオって時々、リスナーを巻き込むようなすごい熱量があるんですよね。だからその時の気分次第っていうか」

「熱量……」

繰り返して、春奈はスピーカーのある天井を指した。

「こういう感じの？」

番組ではちょうど、白米名誉顧問に古谷アナ扮する博士がオチをつけて欲しいと電話をしたところだった。返事が面白かろうが面白くなかろうが、白米が答えた瞬間に電話を切って夏海と審議するのはパターン化している。イマイチの時はもう一度電話をかけるのだから性質が悪い。白米は芸人ではなくただの自営業のリスナーだというのに。

「生放送なのにすごいですよね」

スタジオから電話がかかって来るだけでも緊張してしまいそうなのに、毎回面白い答えを要求されるなど身が持たないだろう。神妙に口にした春奈に、永井がいやいやと手を振って否定した。

「生なわけないですよ、この部分は収録じゃないですか？　素人出すのに生なんてありえない。……いや、ありえなくはないかもしれないけど……」

「そういうものなの？」

「万が一放送禁止用語とか叫ばれたらやばいじゃないですか」

永井の言葉に、春奈はなるほどと納得する。その可能性は考えていなかった。

「永井さん、詳しいんですね」

なんだか今日は、今までで一番永井と話した気がする。ほぼ同期入社とはいえ職種は違い、年齢も五歳ほど離れているので、あまりプライベートの話をすることもなかった。

「いや、このくらい、ちょっと考えたらわかりますよ」

マグカップに残ったお茶を飲んで、永井は苦く笑った。

「伊澤さんてしっかりしてそうなのに、意外とそういうとこ疎いんですね」

「私、ラジオってあまり聴いたことがないんです。テレビもほとんど見ない家だったから。ずっと本ばかり読んでて」

特に制限されていたわけではないが、両親ともに読書家で、暇さえあれば本を読む家庭だった。その影響で、春奈も空いた時間は読書をしていることが多い。

「絵に描いたような真面目っすね」

気怠（けだる）そうに頬杖をついて、永井が顔を歪めた。本を読んでいるからといって真面目という評価になるのはいささか疑問だが、春奈はあえて否定しなかった。そういう人生を歩んできた自覚はある。

スピーカーから流れてくる放送では、ラジオショッピングのコーナーが始まった。平日の午後一時から三時という時間帯に、普通の社会人や学生はラジオなどなかなか聴くことができない。聴いているのは主婦や、自営業、ドライバーなど、時間に融通の利く人たちだろう。それを意識してか、『はなまるティータイム』はこういったコーナーも間に挟みながら放送されている。今日ご紹介するのは——という、夏海の明るい声が聞こえた。

「伊澤さんって、今まで生きてきた中で一番の修羅場って何すか？」

不意に永井がそんなことを尋ねて、春奈は一瞬だけ息を詰めた。

「あ、ちなみに俺は、中学の時に友達が投げた自転車が頭に当たって、四針縫ったことです」

わざわざ髪をかき分けて、永井が傷跡を見せてくる。自転車を投げるとは、一体どんな状況だったのだろうか。

「伊澤さんって俺と違ってスゲー真面目な人生送って来たっぽいから、修羅場なんてあったのかなと思って」

「ああ、そういうこと……」

いきなりなぜそんな質問が向けられたのか、というところが腑に落ちて、春奈はゆっくりと息を吐く。

「なんだろう、忘れちゃいました」

答えた笑顔は、少しだけ歪んでいた。

新卒で通信会社に入社して七年目、春奈は友人の紹介で知り合った男性と結婚の約束をした。関連会社で働く営業のエリートで、人当たりもよく、気遣いもできて、周囲の評判もいい男だった。しかし結納まで交わした後で、彼が二股をかけていたことが発覚して破談になってしまった。事が事だっただけに家族以外の誰にも相談できず、婚約を報告していた友人らにはただ取りやめになったとだけ伝えた。

その後春奈は仕事でありえないミスを連発し、上司からもしばらく休んだらどうだと言われ、まるで張り詰めていた糸がぷっつりと切れるように退職を決めてしまった。

仕事もパートナーも失い、春奈はその時初めて、人生に躓（つまず）いたのだ。

前田不動産に事務員は一人しかいないが、一日休んだからといって店が回らなくなるほどの仕事量があるわけではない。そもそも水曜日の定休日以外の休みはシフト制で、三人の休みが重ならないよう相談して決めている。それでもなんとなく休みの曜日は各人固定されていて、春奈は金曜が休みになることが多かった。しかしその週は、週末から風邪を引きずって、それでもどうにか出社した月曜、心配した飯島から翌日は休むようにと言われてしまった。火曜日水曜日と二日ゆっくり休んで、治しておいでとのことだ。オーナーからも、無理なんてするものじゃないと諭されて、春奈はありがたく連休をもらうことになった。

一人暮らしのマンションは、前田不動産から二駅のところにあり、通信会社で働いていた頃より幾分家賃は安めにしている。というのも、この家を契約した時はまだ無職で、再就職できるかどうか決まっていなかったからだ。婚約破棄の後は実家に身を寄せていたが、兄の転勤に伴って兄夫婦と両親の同居の話が出たので、それを機に再び家を出た。そんな経緯も、永井に言わせれば真面目だと言われてしまうだろうか。とりあえず食いつなぐための仕事を探していたところ、たまたま前田不動産で、急な欠員に伴う事務員募集の貼り紙を見つけた。家からも近かったのですぐに連絡をして、今に至る。正直なところ特別やりたい仕事ではないが、生活費を稼ぐことを優先した。

——古谷創史の『はなまるティータイム』！　午後一時になりました！　こんにちは古谷創史です！　これからどうぞ二時間お付き合いください。そして火曜日のアシスタントは——

——こんにちは、小松夏海です！

――さぁ、今日も始まりました火曜日のはなまる！　東京地方はいいお天気です！

――秋晴れですね。さっき屋上からチラッと見たら、旧芝離宮を散策してる人たちが意外といらっしゃいました。

――あそこね、弊社の屋上から丸見えなんだよね。


普段より一時間ほど朝寝坊をして起床した春奈は、思ったよりも体調が回復していることを自覚した。普段と同じ食事を摂っても胃がもたれることもなく、洗濯などで体を動かしていてもだるくはない。連休でゆっくりできる、という安心感が作用したのかもしれなかった。それでも無理はしないようにして、少し遅い昼食の支度をしながら、CDラジカセでラジオを聴いていた。いつも通りの古谷アナと夏海の声が聞こえてきて、なんだか妙にほっとする。夏海のアシスタントデビューを見届けて以来、なんとなく火曜日の『はなまるティータイム』は欠かさず聴くようになってしまった。

冒頭のトークが終わって、番組は今日のニューストピックスのコーナーへと移る。その間に、春奈はパスタの具材にするエビを茹でた。夕食にもすぐに使えるよう、一パック分を一回で茹でてしまう。近くにあるスーパーより、商店街の鮮魚店で買う方が新鮮なことは、この辺りに友人が住んでいるという飯島から教えてもらった。残り物の水菜と合わせて、ペペロンチーノにしようと決める。病人には少し重いかと思ったが、食欲に任せることにした。

パスタが出来上がった頃、番組はいつもの『はなまる科学班』のコーナーが始まった。テレビやネット動画と違い、作業をしながらでも勝手に耳に入ってくるという聴き方が、こんなにも楽なものかと改めて思う。情報が音しかない分想像の余地が残るのは、小説とよく似ていた。

――今日はね、まず悩める依頼者(リスナー)からのお便りをご紹介しますよ。埼玉県にお住まいの『ウェットババア』さん。

――しっとりされてるんですね。

――『古谷博士、小松助手こんにちは。いつも楽しく聴いております。この度折り入ってご相談したいことがあり、メールいたしました。ここのところすっかり秋めいてきましたので、前々から欲しかった少しお高いニットを買ったのですが、誤って普通に洗濯機で洗濯してしまい、脱水して取り出したときにはもう、到底着られないほど縮んでしまいました。この無残なニットとささくれた心をどうすればいいですか?』

――うわー、ありがちですよねー。

――僕さあ、恥ずかしながら洗濯は奥さんにまかせっきりだからわからないんだけれど、ニットってそんなに縮むものなの?

――縮みますよ! 小型犬の服かな? って思うくらい縮みますよ!

――小型犬の服!

緩んだ頬を、春奈は自覚する。夏海のたとえがあまりに的確で、自分も過去に同じような失敗をしたことを思い出した。

番組では『科学班』という設定上、一回は実験を行うことになっているので、実際にアイロンを使って縮んだニットを元に戻す方法が試された。しかし家事に慣れていない古谷アナと、不器用な夏海の手腕によって、てんやわんやの末に悲惨な結果が伝えられた。

――これはちょっと我々の手には負えないね……

――やはり白米名誉顧問の出番でしょうか。

――出番だね。

パスタに合わせて紅茶を淹れるために、春奈は小さな食器棚を開ける。休日は少し特別感を演出しようとして、いつも使っているカップではなく、母親が持たせてくれたウエッジウッドのワイルドストロベリー柄のティーカップを取り出した。

――……という依頼者からの相談なんですが、白米名誉顧問、縮んだニットを元に戻すにはどうすればいいでしょう？

──『なるほど。もうそれは、元に戻すということをあきらめて、固定観念を拭い去る方がいいんじゃないでしょうか』
──というと？
──『チワワを飼って、縮んだニットを着せる』

「チワワ……！」

ニットを着せられたチワワが迷惑そうな顔をしている図が瞬時に思い浮かんで、春奈は堪えきれずに噴き出した。

──というわけで、『ウェットババア』さん！ 今すぐチワワを飼ってください！ そしてそのチワワに、縮んだニットを着せてください！ そうすれば心も癒されて一石二鳥！

笑いの余韻を引きずったまま、春奈は茶葉の入ったティーポットに沸騰した湯を注ぐ。自分ならばどう答えるだろうか。いろいろ悩んではみても、結局縮んだものはあきらめて、新しいものを買うという無難な回答になりそうだ。どんなに気に入っていたものでも、着られないのなら仕方がない。それならば潔く捨てるだけだ。

やっぱりそういう奴だよな。

不意に耳元でその声が蘇って、春奈は体を強張らせた。

結局俺の事なんて愛してなかったんだろ。結婚できる適当な相手なら誰でもよかったんだろ。

湯気を吐き出す電気ポットを持つ手が、微かに震えた。

裏切ったのはそちらの方ではないかと責めた自分の声が、頭の中に反響する。彼の家の寝室にあった紙袋に、無造作に詰め込まれていたネイビーのカーディガン。春奈が彼に贈ったそれは、無残に縮んでしまっていた。洗濯を失敗したのかと尋ねたら、彼はあからさまにうろたえ、本命を憎んだ浮気相手の所業だと、ボロを出すのに時間はかからなかった。

だったらなんでそんなにあっさりあきらめるんだよ！　愛してるなら、普通もっと縋ってくるもんだろ！

浮気をしたのは春奈の愛を確かめるためだったと、身勝手な持論を展開する婚約者を、あちらのご両親が必死で止めていた。馬鹿なことを言うな。自分のしたことがわかっているのか。そう言って、彼の頭を押さえ込んで下げさせる。その光景を、春奈はぼんやりと見ていた。怒りと悲しさで満たされていたはずの胸は、いつの間にか驚くほど空っぽになって、代わりにそこへ不安と疑念が流れ込んだ。

愛していたのかな？

本当に、この人のことを愛していたのかな？

適齢期になって、親に急かされて、結婚しなければと漠然と思っていたのは事実で。

彼の言う通り、結婚できる適当な相手なら誰でもよかったのではないか。

一度溢(あふ)れ出した疑問は留まるところを知らず、傍目(はため)には婚約者の裏切りに遭って茫然(ぼうぜん)自失(じしつ)しているように見える春奈の中で渦を巻いた。無理矢理土下座をさせられる婚約者の頭を見ながら、これまでの自分の人生が早送りで脳内を流れていく。今まで自分で選んできたと思っていた選択肢。しかし本当は、自分で決めたものなど何ひとつなかったのではないか。高校や大学はおろか就職先も、婚約者すらも、周りの評判で決めていたのではないか。そこには、信念も愛もなく。

ああそうか。

この人は気付いてしまったんだ。

愛されてないと、気付いてしまったんだ。

それなら仕方がない。仕方がないよね。

茶葉をセットしたティーポットに目を落としたまま、春奈はその場に立ち尽くしていた。CDラジカセからは変わらず古谷アナと夏海の声が流れている。一人だけの空間に、見知らぬ二人の声と、やたら明るいジングルだけが響く。

窓から差し込む陽が、ただフローリングの床を照らしていた。

――『はなまるラジオショッピング』！　さてここからは、東文放送イチオシの商品をご紹介いたします！

――本日ご紹介するのは、フランス産のチョコトリュフ、たっぷり二百粒入り！

――二百粒って多いよねぇ！　それにほら、一粒が割と大きいから食べ応えがありそう。

――一個ずつ個包装になってるので、ご近所や職場で分け合えるのもいいですね。

――でもこういうのはさぁ、いくら数が多く入ってても、大事なのは味だよ。

――確かに。美味しくなかったらたくさんあってもしょうがないですからね。

――フランス産っつったって、ピンキリでしょ？　フランスだとかパリだとか言っとけばころっと騙されると思ったら大間違いだからね！　僕が年間何個チョコレート食べてると思ってるの？

――八十五億個くらいですかね。

――すごい過大評価されたね、今！

――で、美味しいんですか？　どうなんですか？

――まだ食べてないよ。

――早く食べてくださいよ。

――なんか冷たくない？　僕だいぶ人生の先輩だよ？


「伊澤さんは、甘いものは好き？」

連休明けに出勤し、いつも通りの時刻にやって来たオーナーにお茶を出すと、不意にそんなことを訊かれた。

「あ、はい、人並みには……」

「そうかそうか」

満足そうに頷いて、オーナーは有線放送を切り替えた。しかしそれ以上の言葉はなく、何のために訊かれた質問なのかよくわからない。不思議に思いつつ自分の席に引き上げようとした春奈は、ふと足を止めてオーナーを振り返った。

「……オーナーは、どうですか？」

新聞を広げようとしていたオーナーが、こちらに目を向ける。

「甘いもの、お好きですか？」

その問いに、オーナーは周囲にさっと目を走らせ、口の横に手を添えて小声で答える。

「実は、目がなくて。でも食べ過ぎると飯島さんに怒られるから内緒ね」

そう言って、オーナーは持参したカバンの中から個包装の鈴カステラを取り出し、ひとつを春奈の手に載せてくれた。

「怒られるんですか？」

飯島が店舗の奥にある給湯室へ行っているのを横目で確認し、春奈は問い返す。オーナーと飯島が長い付き合いなのは知っているが、食べ物に口を出されるほどなのか。それともオーナーが、目に余るほどの甘いもの好きなのか。

「飯島さんは、僕の家内と親しいんだよ。だから、ここでも目を光らせてる。ちょっと糖尿気味なもんだから」

初めて聞く話だった。春奈は思わず目を丸くして、吐息に混ぜて笑う。

「それは気を付けないといけませんね。私も甘いものは好きで、以前は休日に――」

よく、パンケーキやタルトのお店をまわったんです。そう言いかけて、不意に言葉を切った。頭の中にその思い出が浮かんだ途端、心のどこかが驚くほど冷えた。そこにいたのは春奈一人ではない。傍らには、元婚約者が並んでいる。まだ彼の裏切りを知らなかった頃の、嘘という甘さでコーティングされた幸せな時間。

「……よく、お店をまわってたんですよ。今はあまり行かなくなってしまいましたけど」

春奈はかろうじて笑ってみせた。もうあれから二年が過ぎて、新しい生活も始まっているというのに、未だにこんなに狼狽えるのかと、自分のことながら情けなくなる。

店内のスピーカーからは、木曜日の『はなまるティータイム』が流れている。アシスタントはベテランの女性アナウンサーで、落ち着きのある柔らかい声が古谷アナの話に相槌を打っていた。

「いつかまた行くようになったら、おすすめの店を教えてくれる？」

オーナーが、いつもと変わりない笑顔で尋ねた。

「はい、もちろん」

春奈もつられて、笑って頷いた。


その日の仕事を終えて、春奈はいつも通りの帰り道を歩いた。事務職は、朝一番早くに来て開店作業をやる代わりに、十九時には帰れるようになっている。ちょうど帰宅ラッシュの時間帯だが、移動は二駅なのでそれほど苦ではない。最寄り駅前には大型のスーパーがあり、休みの日に買い忘れたものがあったので立ち寄った。

目ぼしい売り場をまわった後、春奈は通路の端に平積みにされているチョコレート菓子に目を留める。そういえば火曜日のラジオショッピングで、フランス産のチョコトリュフが紹介されていた。甘いものに目がない古谷アナが美味しい美味しいと連呼していたので、なんとなく気になって、公式サイトを覗いてしまった。

「チョコかぁ……」

甘いものは好きだが、際限なく食べられる方ではない。一人暮らしではきっと持て余してしまうだろうと思って手を出さなかったのだが、今になってじわじわと欲望が首をもたげてきた。

「……いやいや、それでも二百粒入りは多過ぎる……」

自制するべくつぶやいて、ふと顔を上げた先。

若い女性と腕を組んで、通路を横切って行った男性が羽織っていたカーディガンが目に入った。ハイブランドほどではないけれど、そこそこの値段がする、少し大きめのネイビーには見覚えがある。着ているのはちょうど永井と同世代くらいの若者だった。その姿が、顔も背格好も似てはいないのに、なぜだか元婚約者と重なる。初冬まで着まわせるように、厚手のそれを選んだのは、寒がりだった彼のためだ。

そうだ、そんなことを考えて、あのカーディガンを贈ったのだ。

「お客様？」

通路に立ち尽くしていた春奈に、商品を補充しようとしていた店員が声をかけた。

「ご気分でも悪いのですか？」

「あ、すみません、大丈夫です」

ゆっくりと意識を引き戻して、春奈は瞬きする。その途端、視界が砕けて溢れた。それが涙だと気付いたころには、顎から雫が垂れていた。

「お客様……？」

戸惑う店員にもう一度すみませんと謝って、春奈は逃げるようにその場を後にした。

あのカーディガンを贈った日、確かに自分は幸せだった。

幸せだったのだ。

「伊澤さん、転職するんすか？」

翌週の昼休み、春奈が眺めていた無料求人誌を見つけて、永井がこっそりと尋ねた。

「たまたま見てただけですよ。そりゃあいつかはするかもしれないけど」

持参したフランス産のチョコトリュフを永井にも勧めながら、春奈は苦笑いする。求人誌は、先ほどコンビニに行った時に、目について持って帰ってきただけだ。今までも視界には入っていたはずなのに、今日に限ってふと気になった。今の仕事と職場に不満があるわけではないが、とりあえずの生活費のために働いていることは否めない。

「なんかやりたいことあるんすか？」

金色の包みを剝がして、永井が尋ねる。

「今探し中です」

コーヒーを口にしながら、春奈は笑ってみせた。

今まで自分が選んできたものが、本当に欲しかったものなのか、望んでいたものなのか、今となっては正直わからないことの方が多い。それくらい曖昧な人生を、よく考えもせずに歩んでいたという事だろう。元婚約者と別れる時ですら、自分の気持ちに自信が持てなかった。愛していたのかと疑問に思うほど、漠然と日常を過ごしていた。図らずもスーパーで泣いてしまったあの日まで、幸せが何かもわかっていなかったのかもしれない。そう思い至って、これからの人生をふと考えた。

自分が本当にやりたい仕事は、なんだろうかと。

「俺、オーナーに資格取れって言われてるんすよ。タッケン？　とかいうやつ」

「いいじゃないですか。資格取ったら手当つきますよ」

「まじっすか⁉」

「あんたね、資格の話した時にそのことも説明受けたでしょ？」

給湯室から戻ってきた飯島が、しかめ面で指摘する。

「私としては、宅建の資格を取るより先に、あんたに日報の書き方を覚えて欲しいんだけど」

「え、書いてるっしょ？」

「あの小学生の日誌みたいなやつの、どこが書いたうちに入るわけ？　なんで一年たつのに、未だにこんなこともできないのよ！」

「飯島さん、とりあえず糖分摂って落ち着いてください」

　春奈が差し出した袋から、飯島がごっそりとトリュフを摑み取った。取り過ぎですよ、と口を挟む永井に、うるさいと一喝する。

「やぁ、にぎやかだね」

　入口のベルを軽快に鳴らして、オーナーが顔を出した。そして春奈が持っているトリュフの袋に目を留めて、おや、と目を丸くする。

「考えることは、同じだったかな」

　オーナーがぶら下げた紙袋から、全く同じトリュフの袋を取り出すのを見て、春奈は思わず口元を手で押さえる。

「チョコパーティですね」

「そのようだね」

「オーナー！　甘いものはだめだってあれほど！」

　意気投合する二人に、飯島が釘を刺す。

「まぁまぁいいじゃないですか！　ほら、もうすぐ一時ですよ。ラジオ始まりますよ」

「永井！　あんたは休憩終わったんだから、さっさと物件の設備点検行きなさい！　それから日報！」

「コーヒーくらい飲ませてくださいよ」

「僕も今日はコーヒーにしよう。チョコレートと合うんだよね」

「今淹れますね」

　春奈はオーナーのために、給湯室へ一杯のコーヒーを淹れに行く。

　切り替えた放送から、一時を知らせる時報が鳴った。

　そして始まる、ラジオの時間。

――古谷創史の『はなまるティータイム』！　午後一時になりました！　こんにちは古谷創史です！　これからどうぞ二時間お付き合いください。そして火曜日のアシスタントは――

――こんにちは、小松夏海です！

　まだまだ人生は長い。ならば今からでも間に合うだろうか。

　誰の目も気にすることなく、大切だと思えるものを探せるだろうか。

　今度こそ心から、愛していると伝えられるように。

TALK #02

小松奈々子、20歳

物心ついた時には、もうすでに母親と二人の生活で、父親の姿は小さな写真でしか見ることがなかった。水商売をしていた母の服装や生活は派手で、彼女曰く自慢の娘であった奈々子（ななこ）も、毎日それなりに可愛い格好をしていることを求められた。自分に似て顔はいいのだから、綺麗にしておけば可愛がってもらえると、ことあるごとに聞かされて、実際近所の大人や母の客たちに褒められることはまんざらでもなかった。フリルの付いたスカートでくるくると回ってみせれば、可愛いねぇ、アイドルみたいだねぇなどと言ってもらえた。

アイドルって、どんな人なんだろう。

母のいない間、部屋でテレビを観て過ごすことが多かった奈々子は、その時に歌番組にチャンネルを合わせて、初めて『アイドル』を見た。おそろいの可愛い服を着て、どんなに踊っても崩れない前髪で、可愛らしい笑顔を向ければ、客席のファンから歓声があがる。

いいなぁ。

そう思うと同時に、冷静な自分が、私には無理だなぁという言葉を弾き出す。

テレビに映るアイドルたちは、圧倒的に可愛かった。目鼻立ちはもちろん、手足もすらりと長くて、近所で頻繁に見かけるようなレベルではない。自分など到底及ばない。それにお金がかかりそうだ、と、家の経済事情をよくわかっていた奈々子は思った。レッスン費用などの事ではなく、単純に衣装や持ち物が高そうだと思ったのだ。幼さゆえに、それが用意されたものであることもわからず、我が家では到底無理だろうと早々に判断した。特別貧しいというわけではなかったが、母親の奈々子に対する出費は気分次第で、女児向けのおもちゃや、可愛らしいキャラクターの文房具は、滅多に買ってもらえなかった。その代わりに、母のブランドバッグやアクセサリーはどんどん増えていく。そして母は決まって言うのだ。これはお母さんの仕事道具だから、と。奈々子にとっては、それ以上口を出して母に嫌われてしまうことの方が怖かった。

「でも……いいなぁ」

声に出してつぶやいて、奈々子は食べかけの菓子パンを置いて立ち上がる。隅に洗濯物が積んである六畳の部屋で、アイドルの踊りを真似(まね)て手足を動かした。ざらついたフローリングに、裸足がぺたりと音を刻む。

曲が終わり、ありがとうございましたー！　と叫ぶアイドルに、怒濤(どとう)のような声援が押し寄せる。ちらりと映った客席では、たくさんのファンが一心不乱にステージの女の子に向かって叫んでいた。

「ありがとーございましたー」

奈々子もそう口にしてみる。当然返ってくる声はなくて、CMに切り替わったテレビが、家電製品の安売りを伝えていた。

「……どーこよっりっもー、やすいー、じしんがーありますー」

直前までの気持ちをごまかすように、またテーブルの前に座って、奈々子は耳に馴染(なじ)んだそのCMソングを歌った。

おざなりに齧(かじ)った菓子パンが甘い。

「……ありがとーございましたー」

もう一度真似てみたけれど、奈々子を労(ねぎら)う声はどこからも聞こえてこなかった。

だいぶ肉がついたかな、と、腕まくりした白の作業着から伸びる自分の腕を見て、奈々子は思った。年頃の娘としては喜んでいいのかどうか複雑なところだが、体力が戻

ってきたことは実感していた。年明けから始めたスーパー内にあるパン屋のバイトも、初めの頃は一日が終わるとぐったり寝込んでいたが、今は生地の載った重い天板も難なく運べるようになった。精神的な疲れもあったのかもしれないが、元々体力には自信がある方だったので、こちらの方が本来の自分だと感じる。インストアベーカリーでは、ショップ内で会計を行うところもあるが、ここは他の食料品とレジが同じなので、品出しに専念できるのがいい。おまけに仕事中は、全身をすっぽり覆う作業着を着て、頭には頭髪を包む大きな帽子、それに顔の半分以上が隠れるマスクをし、なおかつ客前に出るのは品出しのほんのわずかな時間なので、奈々子にとっては気が楽だった。唯一の難点と言えば、ロスとしてもらえるパンを、つい食べ過ぎてしまうことくらいだ。

三年前、母と暮らしていた家を出て、父方の祖母の家に移り住んだ。当時は心因的な事情で小鳥がついばむ程度の食事しか口にできず、奈々子は十代の後半を骨の浮き出る体で過ごした。それでも徐々に食事の量を増やして、若い女性らしい体を取り戻せたのは祖母のおかげだ。料理上手の彼女が作る素朴な和食と、それを二人で囲んで他愛無い話に花を咲かせながら食べる時間は、奈々子に少しずつ食事の楽しさを教えてくれた。母として生きるより女として生きる道を捨てられなかった実母は、娘のために温かい料理を出してくれたことなど数えるほどしかなく、奈々子の食事はコンビニの弁当か、買い置きの菓子パンが常だった。父親は奈々子がまだ歩くかどうかという頃に病でこの世を去ったらしく、思い出の品などもほとんど残っていなかった。

「女一人で子どもを育てるって、そりゃあ簡単なことじゃないのはわかるけどね」

自身も夫を亡くし、都心を離れ鎌倉で長年気ままな独り暮らしをしている祖母は、シングルマザーとなって育児をほぼ放棄する母に、何度も奈々子を引き取ることを打診したという。けれど母はそれに頷かず、以降没交渉になったようだ。

「それでも、どうして奈々子が、こんな目に遭わなきゃいけないの……」

何年かぶりに奈々子と会った祖母は、孫を助けられなかったことを悔いて泣いてくれた。左頬に引き攣れた違和感を覚えながら、奈々子は自分の顔を撫でながら泣く祖母を、ぼんやりと見ていたことを覚えている。

その日奈々子は、いつものようにマスクをつけて、祖母の家から自転車に乗って職場のスーパーに向かった。外に出るときは、マスクが手放せない。これでもだいぶ落ち着いた方で、一時期はマスクがあろうがなかろうが外に出ることもできなかった。今はマスクさえあれば誰とでも向き合って話ができるし、人混みでも歩けるようになった。それを考えると、随分立ち直ったともいえる。

六月下旬の梅雨真っただ中にもかかわらず、今年は空梅雨で、どんより曇る日はあっても一日中雨が降っているような日は稀だった。今日も薄雲がかかる空の下を、海をめがけて真っ直ぐに坂道を下る。この通勤路は気に入っていた。帰りは自転車を押して上ることになるが、どのくらい降りずに漕いでいられるかという挑戦をしているので、意外と楽しい。体力の確認も含め、昨日より数メートルでも記録更新することが、毎日のささやかな目標だった。あと少しで、自転車を降りずに坂を上りきれるようになるだろう。

「すみません」

ロッカールームで作業着に着替え、時間通りタイムカードを押し、いつも通り仕事に就いた奈々子は、品出しの際に一人の客に声をかけられた。

「はい。何かお探しでしょうか？」

新しいパンの補充や、焼き上がりの時間などを訊かれることはよくあった。奈々子はマニュアルで教わった通り、棚の商品を整列していた手を止め、客の方へ体ごと向き直る。声をかけてきた客は、黒の帽子（ハット）をかぶり、黒縁の眼鏡をかけ、ノーネクタイのシャツに、濃いグレーのジャケットを羽織っていた。三十代くらいだろうか。百六十センチある奈々子より、二十センチは高い長身だ。手入れしているのかどうかわからない、顎の無精髭（ぶしょうひげ）に目が行く。

「小松さん」

作業着には、万が一の落下と混入を考えて、名札などのバッジはない。男は誰から聞いたのか、迷いのない様子で視線を滑らせ、改めて帽子とマスクの隙間にある奈々子の双眼を捉（とら）えた。

「君、元イノセントの小松奈々子だろ？」

その瞬間、心臓が跳ねた。

咄嗟に声が出なくて、奈々子は目を見開いたままその場に立ち尽くす。

誰だ。

この男は誰だ。

スポーツ紙か、週刊誌か。それとも火のないところに煙を立てるネットニュースの虚言記者か。

このバイトを始める時、店長にはマスクを手放せない事情を話してあるが、『イノセント』に関しては全く説明していない。その必要がなかったからだ。平凡な名前なので、特に注目されることもなかった。それなのに、どこでばれてしまったのだろう。あの日から少しずつ自分の中で再構築した世界が、一気に音を立てて崩れていく気がした。

喉の奥が、萎むようにぎゅっと細くなって息苦しい。

奈々子は動揺を悟られまいと、マスクの下で曖昧な笑みを作った。

笑顔は得意だ。

ずっと得意だった。

「いいえ、人違いですよ」

掠れた声でそれだけを言って、失礼します、と頭を下げ、奈々子はその場を逃げ出した。追いかけてこないかと背中に全神経を集中させ、売り場の中を早足で歩き、バックヤードに入ってようやく息をついた。同時に当時の光景が脳裏に蘇り、奈々子はその場にしゃがみ込んで膝を抱え、無意識に左頰へ手を添えた。ようやく乗り越えたと思ったのに。ようやく忘れてもらえたと思ったのに、どうして放っておいてくれないのだろう。

『イノセント』の小松奈々子は、もういないのだ。

あの日灼かれて、消えてしまったのだから。

奈々子が十四歳の時に、母の客でもあった男が社長をしているタレント事務所が、アイドル業界に参入するということでオーディションがあり、母の強い勧めで奈々子はそれを受けた。いきなりテレビなどの露出を狙うのではなく、小さなライブハウスでの公演で確実にファンを獲得し、より身近な存在としてアピールしていくのが狙いだという。数年後には同じようなコンセプトのアイドルグループが増え、そのうちのいくつかは頻繁にテレビにも出るようになったが、その先駆けのような企画だった。
書類審査の後、ダンスや歌の審査があり、最終的に奈々子を含む十五人の少女が選ばれ、アイドルグループ『イノセント』としての活動を始めた。とはいえ、メディアへの露出はほとんどなく、ただひたすらライブハウスでのライブと、グッズの販売、ファンと一緒に写真を撮るチェキ会などをこなしていく。当時はその言葉すらなかったが、後になってにわかに浸透した『地下アイドル』というやつだった。ゆくゆくはメジャーデ

ビューを目指す、というのが一応の目標ではあったが、運営する側も初めてのことで慣れておらず、大所帯のグループだったこともあり、部活感覚で参加している者がほとんどだった。そんな中、奈々子は比較的真面目に活動していた方で、どんなふうに微笑みかければ受け入れてもらえるのか、どんなふうに言葉を選べば好いてもらえるのか、自分なりに考えてステージに立っていた。初公演の一般客はわずか六名だったが、回を重ねるごとに徐々に増えていくことがやりがいにも繋がった。そのうちに、演技がしてみたいというメンバーからの要望で、小劇場で芝居もするようになった。男性キャストもすべて女性が演じるという百合効果も狙った演出で、一時期マニアの間では話題になったが、特にメディアなどに取り上げられることもなく、ファンの間だけで消化されていった。

アイドルに金のにおいを嗅ぎつけた大人たちが興した、有象無象のグループの中のひとつ。

承認欲求を持て余した少女たちが飛びついた、数多ある自己解放の場のひとつ。

それでも奈々子にとっては願ってもない、輝くステージだった。

見知らぬ男に声をかけられたその日の帰り、奈々子はまたどこからか現れたあの男に呼び止められたが、とにかく無視をして自転車を飛ばして帰った。しかし翌日も、翌々日も、男は店の前で出勤してくる奈々子を待ち伏せし、三日目に奈々子が店長に相談しようと決断する直前、不意打ちのように名刺を差し出してきた。

「……東文放送……放送事業局本部……制作局……制作部……黒木永吾」

東文放送といえば、普段ラジオなどあまり聞かない奈々子でも知っている有名なＡＭのラジオ局だ。確かテレビのキー局や制作会社などを含む、巨大なグループのひとつのはずだ。

「別に怪しいネットニュースの記者とかじゃねぇよ。ディレクターっていうやつだ」

穴のあくほど名刺を見つめていた奈々子に、黒木は呆れ気味に目をやる。

「今更お前をネタにゴシップ記事なんて、センスなさすぎ」

その言葉で、彼が自分の過去を知っているのだとわかった。

「……なんで私がここにいるってわかったんですか？」

「鎌倉の祖母の家にいるっていう話は、人づてにすぐ入ってきたぞ。蛇の道は蛇だな」

「そこまでして何の用ですか？」

マスク越しに奈々子は尋ねる。すでに引退し、世間どころかファンにも忘れ去られたはずの人間を追いかけまわして、一体何だというのだろう。

露骨なしかめ面で尋ねる奈々子に、黒木は片頬で笑って告げた。

「スカウトだ」

閉店までバイトだった奈々子を待って、近くのファミリーレストランに誘った黒木は、メニューを差し出してなんでも好きなものを食べろと言った。

「じゃあ水で」

黒木の魂胆がわからず、マスクを顎に引っ掛けた奈々子は頑なに警戒する。

「なんでもいいって言っただろ。ハンバーグか？　ステーキか？」

「お水おいしいです」

「腹減ってないのか？」

「内臓の容量は変わらないのに、腹が減るって面白い表現ですよね」

のらりくらりと躱す奈々子にしびれを切らし、黒木は適当にメニューを指さして注文すると、届いた料理を奈々子の前に並べた。鉄板の上で熱されるハンバーグと、トマトクリームにアスパラの緑が映えるパスタ。スパイシーな香りの漂うカレードリア。そのどれもが奈々子の胃を刺激したが、警戒心が紙一重上回る。

「食え。晩飯まだだろ」

「えーと、お金なくて」

「おごりだ」

「ダイエット中で」

「現役の頃よりガリガリなくせに何言ってんだ」

その台詞に、奈々子は思わず顔を上げた。

「イノセントのライブは何回か観たが、俺は小劇場でやった『絶望歌劇ロージア』が好きだった。目立つような配役じゃないが、スイッチが入ったときの小松奈々子の声はよく通る。それからアドリブで物怖じしないところがいい。こうやれば面白いと思った瞬間にバンバンぶっ込む。千秋楽でやった即興の掛け合いは見事だった」

ソファの背もたれに腕をのせた黒木が、窓の外に目を向けながら口にする。

「そのくせライブの進行になると一歩引く。メンバーが好き勝手しゃべるのを聞いて、その陰に入りがちだ。『役』がある方が、お前はしゃべりやすいのかもしれないな」

そんな指摘をされて、奈々子は戸惑って目を逸らした。ライブや演劇を実際に見られていた上、ちゃんと観察されている。しかしイノセントの一員として活動していたのはもう三年も前だ。グループ自体もう解散してしまって、メンバーも散り散りになったと聞いている。引退するときに、事務所の人間には祖母の家にいることを告げていたので、おそらくこの男もその辺から情報を聞き出したのだろう。

「冷めないうちに食べろ。食ったからって、こっちの要求を呑めなんてセコイことは言わねぇよ」

黒木はかぶっていた帽子を取って、中途半端に伸びた髪をかき上げる。

「小松、自分を労われない奴は、他人だって労われないんだ。まずは自分を大事にしろ。大事にするっていうことは、ちゃんと食って寝るってことだ」

その後若者らしい食欲でハンバーグを頬張る奈々子に、黒木はあるラジオ番組でアシスタントを探しているという話をした。メインパーソナリティであるアナウンサーと一緒にスタジオに入り、共に番組を進行していくというポジションらしい。番組自体はすでに三年続いている人気番組で、月曜から金曜の午後一時から午後三時までという帯ブロックだ。

「いわゆる生ワイド番組ってやつだよ。アシスタントは曜日ごとに変わる。内容は、評論家を呼んで時事問題のトークから始まって、リスナーからの相談コーナーがあったり、通販もやったりして幅広い。あらかじめ収録しておくコーナーもあって、ロケに行くこともある」

「ロケ、ですか？　ラジオなのに？」

「現場に行かなきゃ生の声は伝えられねぇだろ」

「はあ……、まあそうかもしれないですけど」

奈々子にとってラジオ番組とは漠然としたイメージしかないが、だいたいがトーク番組なのだと思っていた。というより、それ以外にどうやってラジオというメディアでエンターテインメントを作り出せるのだろう。

「諸事情で火曜日のアシスタントが辞めることになったんで、急遽十月からの後任を探してる」

通常であれば、現アシスタントと同じ事務所の後輩が据えられたり、つながりのある事務所から数名をオーディションしたりするものなのだが、黒木はぜひそこに奈々子を推したいのだと。

「ちょっと番組側と事務所側が揉めてな、パーソナリティの意向もあって、いっそオーディションしてしがらみのない子を入れようって話に……」

「なんですかそれ。面倒くさい匂いしかしないんですけど……」

一体現アシスタントはどんな理由で辞めることになったのか。番組アシスタントを一般から公募することなど、まずありえないはずだ。

「まぁどうせ公表するつもりらしいからぶっちゃけると、アシスタントをしてたタレントとマネージャーができてて、妊娠したと。で、契約の切れる九月いっぱいで番組を降りたい、って今月の頭に急に言われてな」

「うわぁ……」

素直な声が、奈々子の口から洩れる。珍しくはないが、褒められた話ではない。おそらくは十月以降も継続という方針だったのだろう。それがいきなりいなくなるとなれば、引き継ぎ候補を探しに走らなければいけない理由もわかる。番組が毎週あるということは、当然毎週拘束されることになるので、売れっ子を押さえるにはもう遅過ぎる時期だ。

「本来なら、十月以降の予定はもう確定してないといけない時期だ。だから今、大至急スケジュールが空いてそうなタレントに声をかけてる」

「……それで、なんで私なんですか？」

デミグラスソースの後味を感じながら、奈々子は率直に尋ねる。急な話とはいえ、その仕事を受けたい女性タレントなど掃いて捨てるほどいるだろう。いざとなれば、局のアナウンサーが代行することもできる。有名でもない、メディアへの露出もない、元地下アイドルでしかない自分が、どうしてわざわざ誘われるのか。

「言っただろ、物怖じしないところがいい。あとは、個人的興味」

トマトクリームのパスタを豪快に口に入れて、黒木は言い放つ。

「個人的興味？」

「そうだ。俺はお前に、元イノセントの小松奈々子として戻って来いと言ってるんじゃない。新人の体で、一から始めてみるのも悪くないと言ってるんだ。堕ちるところまで堕ちたんだから、あとは這い上がってくるしかない。お前に、その根性があればな」

その言い草に、奈々子はむっとして眉根を寄せた。決して好きで堕ちたわけではない。けれどその苛立ちよりも、一から始めるという黒木の言葉が、思ったよりずっと胸を打った。

「どうする？ ラジオなら顔も出ない。名前なんて変えりゃいい。それでもお前が今のバイトが気に入ってて、ずっとこの生活を続けたいと思ってるんなら、この話は忘れてくれ」

即答できなかった奈々子に、約二週間後のオーディションの日時と場所を記した用紙を置いて、黒木は帰っていった。当日気が乗らなければ、来なくていいと言って。

その日の坂道への挑戦は、前回の記録を更新できなかった。のろのろと自転車を押して祖母宅に帰った奈々子は、風呂上がりに縁側から見える曇った夜空を眺めながら長いこと考えていた。

「なんで、私なんだろ……」

黒木にぶつけた質問を、もう一度口にする。何かを発信する立場に舞い戻るなど、考えてもみなかった。しかもそれがラジオという、自分には決して馴染みのない媒体だ。前に聴いたのがいつだったのか、はっきりと思い出すことすらできない。学生時代、一部で流行っていたミュージシャンや芸人のラジオ番組もあったようだが、その頃はすでにイノセントで活動を始めていたので、そちらのことで頭がいっぱいだった。祖母の家に来てからは、新しい物好きの家主がいろいろと機器を揃えていることもあり、今やネットの方が身近にあるといっても過言ではない。よほど好きなパーソナリティが番組をやっていない限り、わざわざラジオという媒体を選ぶきっかけがなかった。

奈々子は、祖母と共有しているノートパソコンを開き、検索サイトに『ラジオ』と打ち込む。二年前にiPhoneが登場し、まもなく3GSという新モデルが発売になるらしいが、奈々子はまだ折り畳み式の携帯を愛用している。よって、検索などはまだパソコン頼りだ。大きな液晶画面に、ラジオを受信できる機器や、放送局の公式サイトなどが抽出される。それらに交じって、どこかのコラムニストがはっきりと『斜陽産業』であると論じている記事もあった。災害時を思えばなくなることはないだろうが、逆に言えば、それ以外のことはラジオという媒体以外でも成り立つ世の中になってしまったのだと。

検索画面を閉じて、奈々子は携帯でアカウントだけ取ってあるＳＮＳを立ち上げる。わざわざハガキやメールに書いて送らなくとも、自分の手で発信できる時代になった。これからもそれはますます発展し、身近になっていくだろう。

「ラジオか……」

昔ながらの電波放送、そこに自分が呼ばれる意味が、やはりよくわからなかった。黒木が何を考えているのか、腹の底が見えない。顔を見ながら握手をして、前髪を気にしながらステージで歌って踊っていた自分にとって、声だけで何かを伝えるということ自体が、未知の世界だった。

「……無理だよ」

雫が垂れてくる髪を拭いて、奈々子は口にする。

もう一度注目を浴びる立場になることは、正直怖い。このままひっそりと、静かに暮らしていくだけで充分だ。そう思う反面、黒木に言われた言葉が耳元に蘇る。

ラジオなら顔も出ない。名前なんて変えりゃいい。

確かにそれなら、あの小松奈々子だと気付く人もいないのかもしれない。けれどそこまでして、あちらの業界に戻ることの意味がどこにあるのか。

奈々子はもう一度雲のかかる空を見上げた。

そのうちに、祖母の部屋から覚えのあるJポップが聞こえてくる。

「……ユーミンだ」

ふふ、と笑って、奈々子は髪をタオルでまとめ上げた。音楽好きの祖母の趣味は、クラシックから演歌まで幅広い。特に松任谷由実は、彼女が結婚前の荒井姓を名乗っていた頃からファンだったらしく、おかげでユーミン世代ではない奈々子もすっかり楽曲を覚えてしまった。祖母は若者の間で流行している音楽にもやけに詳しく、一緒に音楽番組を観るとその知識に驚かされる。奈々子が一応CDデビューしていたことを知ると、ライブに行きたかったと本気で悔しがった。

「風邪ひくよ」

やがて一瞬ユーミンの声が大きくなって、引き開けた襖（ふすま）の向こうから祖母が顔を出した。奈々子がドライヤーで髪を乾かして戻ってくると、自家製の梅酒が入った瓶とグラスを用意した祖母が待ち構えていた。

「なーんか、悩んでる顔だね」

瓶の蓋を開けつつ、祖母が奈々子の顔を覗（のぞ）き込んだ。

「さっすがおばあちゃん。勘の年季が違う」

「あたりまえでしょう。何年生きてると思ってるの」

「千二百年」

「惜しいね、千五百年だ」

「織田信長見た?」

「意外と細面(ほそおもて)のいい男だったよ」

イヒヒと、祖母と孫が笑い合う。蓋を開けた瓶から、甘酸っぱい匂いが漂った。

「……今日ね、ラジオ局の人と会ったの」

グラスが倒れないよう支えて、奈々子は続ける。

「番組のアシスタント探してるんだって。それで私にオーディション受けないかって」

「あら。それで?」

「それでって、それだけだよ。私はもういいの」

奈々子は自嘲(じちょう)気味に笑う。医師による治療とカウンセリングを経て、アルバイトができるくらいに回復はしたが、まだまだトラウマは根深い。人と目を合わせてしゃべるのは今でも緊張するし、マスクなしでは外を歩けない。こんな自分が、公共の放送に出演するなど考えられなかった。

「でもラジオなら、『人前』に出ないですむでしょ?」

祖母の言葉に、奈々子は一拍置いて顔を上げた。

「スタジオのマイクの前でしゃべるだけなら、今のパン屋とあんまり変わらないんじゃない?」

「……いや、でも」

「私は、奈々子とのおしゃべり楽しいけどね。頭の回転が速いのよ、私に似て」

「私もおばあちゃんと話すのは楽しいけど、ラジオはそういうのじゃなくて……」

祖母は梅酒を柄の長いレードルですくって、奈々子のグラスに注ぐ。

「私は、ステージの上で歌を歌うことと、マイクの前でリスナーに向かって話すこと、そんなに違いがあるとは思わないけどねぇ」

そう言われて、奈々子は蜂蜜色に染まったグラスに目を落とした。

「……だって、もう今更」

「『今更』じゃなくて『これから』よ」

奈々子の言葉をさえぎり、祖母は自分のグラスにも梅酒を注ぐ。

「顔が見えないなら、元アイドルの小松奈々子である必要もないんでしょう？ 今、こうして私としゃべってるままの奈々子でいいんでしょう？ 私も昼間にラジオはよく聴くけど、映像がない分声に乗せる心や想いがスッと届く気がするの。奈々子向きだと思うわよ。目から入って来る情報って、意外と余計なものが多かったりするのよね。もちろん最終的には、あなたがやりたいかどうかだけど」

奈々子は、瓶の底に沈んだ梅の実を取り出す祖母を見つめる。

「欲しい人皆がもらえるチャンスじゃないんだから、挑戦したらどう？」

梅の実を奈々子のグラスにひとつ入れて、祖母は笑った。

「迷うくらいならやってごらん。やらなくて後悔するよりよっぽどいい。駄目だったらここに帰ってくればいいんだから」

「奈々子のやりたいように生きなさい」

左頰に添えられた手のぬくもり。


アイドルに憧れはあったけれど、それは幼い頃の話で、中学二年生当時の奈々子はもう充分現実を理解した少女だった。ステージに立てる人というのはそれなりに選ばれた人で、いくら幼い頃に可愛いと言われたからといって、それが通用するような世界ではないこと。自分には到底手の届かない業界であること。そのため、母からオーディションを受けろと言われたときも決して乗り気ではなかった。それでも甘んじて受けたのは、ひとえに母の注目を集めたかったからだ。日頃から恋人が一番の母にとって、奈々子の優先順位は低く、それは成長して手がかからなくなるにしたがって顕著になった。

もしアイドルになったら、母はもっと自分を大事にしてくれるだろうか。

もっと自分に関心を持ってくれるだろうか。

それにステージに立つことができたら、たくさんの人に応援してもらえるはずだ。

たくさんの人に、自分を認めてもらえるはずだ。

審査を経て、無事にイノセントのメンバーとなった奈々子のことを、母は大喜びで抱きしめてくれた。さすが私の娘ねと、頭を撫でて褒めてくれた。

そのことが、たまらなく嬉しかった。

歌うことも演技をすることも嫌ではなかったし、その瞬間だけは、別の自分になれている気がした。進行を任されたり、メンバーの調整役のようなポジションに収まることが多かった奈々子を、応援してくれるファンもいた。奈々子も彼らにずっと応援してもらえるように、できるだけ丁寧な振る舞いを心がけていた。

そして約二年半が経った頃、思いがけずそのことは起こる。

ちょうど奈々子が高校二年になった年の五月上旬、放課後のレッスンを終えた帰り道で、後ろから来た原付バイクに、持っていたカバンをひったくられたのだ。一瞬のことだったので咄嗟に反応できず、しかも強引に奪われたカバンの持ち手が手首に絡まり、奈々子は地面に倒れたまま数メートル引きずられた。面倒になったらしい犯人はすぐにカバンを放し、その場から逃げ去ってしまった。財布などの貴重品ではなく、レッスン着などが入っているだけのものだったので、すんなり盗られてしまった方がましだったと今でも思う。アスファルトに押し付けられ、引きずられた奈々子は、左頰に酷い傷を負った。目撃した通行人が警察と救急車を呼び、すぐに病院に搬送されてとりあえずの治療をしてもらったが、十代の少女の、しかも曲がりなりにもアイドルという肩書を持った奈々子にとって、そのダメージは計り知れなかった。

「アイドルが顔に傷なんて台無しよぉ。女としての価値も無くなったわね」

翌朝になって帰宅した母と顔を合わせるなり、彼女は左頰に大きなガーゼを貼り付けた娘に向かってそう言い放った。その瞬間、奈々子は自分の中の何かが、波に浸食される砂城のように壊れていくのを感じていた。そしてどこかで、母が労わってくれるのではないかと、未だに期待していたことに気付いた。

それ以降、母の言葉が呪いとなって奈々子を縛り、人前に出ることが極端に恐ろしくなってしまった。アイドルとしても女性としても価値を失ったと思い込み、自分に自信など持てるはずもなく、誰かに見られていると思うと吐き気すら起こった。通院が長引くことにいい顔をしなかった母のせいで満足な治療も受けられず、イノセントでの活動や、学校はもちろん、外出することすらできなくなってしまったのだ。そして同時に、自分の存在すらも軽々しく否定する母と暮らすことに限界も感じた。食欲もなく、生きようとする気力すらなく、ただ部屋の隅で丸まって目を閉じている生活が続き、祖母と暮らすようになったのはそのすぐ後のことだ。幸い頰の怪我自体は、祖母が勧めてくれた形成手術によって、メイクをすればわからない程度に回復したが、心が立ち直るまでには約三年を要している。

否、今ですら、完全に立ち直ったとは言えないのかもしれない。

祖母とささやかな晩酌を終えて、自室に敷いた布団の上に寝転がった奈々子は、天井に向かって両腕を伸ばした。天井の木目を遮って、自分の両手が視界に広がる。指は少し短めだが、爪の形はいいとメンバーに褒められた自分の手。この手で一体、どれくらいのものをつかみ取ってきただろう。どれくらいのものを、つかみ取っていけるのだろう。

ただひとつわかるのは、このまま何もしなければ、何も変わらないということだ。

「ラジオなら顔も出ない。名前なんて変えりゃいい……」

黒木に言われた言葉を繰り返す。それは、死ぬまで許されないと思っていた生まれ変わりと等しいのかもしれない。

奈々子は引き下ろした手で、左頰に触れる。

いろいろな人のいろいろな声が、頭の中を駆け巡っていく。その中で奈々子は注意深く、自分の声に耳を傾けた。

どうしたいの？

私はどうしたいの？

問いかけて、目を閉じる。あの日、自分がアイドルになろうと決めたのは、確かに母のためだった。しかしステージに立っていた頃の自分を思い返すと、決してその想いだけではなかったようにも思う。自分の歌や踊りや目線ひとつで、喜んだり笑ったりしてくれる人がそこにいたのだ。手拍子も、掛け声も、もらうほど嬉しかった。繫がっている気がしていた。

「……私は、どうしたいの？」

そう口にして、目を開けた。

今ここで選べば、奈々子では全うできなかった人生をやり直せるだろうか。

もう一度届けることができるだろうか。今度は母のためではない言葉を。

細く開けた窓からの風に、オーディションの詳細を記した紙が、机の上で揺れていた。

黒木と出会ってから約一カ月後、梅雨明けが発表されたその日は、最高気温が三十三度まで上がり、夕方にバイトを終えた奈々子は、蒼天に巨大な入道雲を見ながら自転車を漕いだ。陽が傾いても暑さは緩まず、じっとりと体を這って流れる汗が不快だった。
けれどそんな日に限って、予期せぬことは起こったりする。

「小松」

バイトが終わった直後に黒木からもらった電話は、浜松町にある東文放送のビルでオーディションを受けたあの日のことを、鮮明に思い出させた。

「合格だ」

「は？」

　間抜けに問い返した自分の声が、やけに乾いていた気がする。

「マジか……」

　自転車を漕ぐ今も信じられず、奈々子はぼやく。やがていつもの坂道に到達して、気合を入れてペダルを踏みこんだ。あと電信柱一区画分、それだけを漕ぎ切ればこの挑戦も華々しく終えることができる。腰を浮かし、全身の体重をかけて重いペダルを踏むごとに、この道を往復した日々が早送りで流れていった。初日はこの坂を漕いで上がることすらあきらめて、くたくたになりながら自転車を押して上がった。雨の日はタイヤが滑って、自転車ごと転倒しそうになったこともある。それが少しずつ少しずつ距離を伸ばし、今日まで続いている。

　あと数メートル。

　あと十漕ぎ。

　あそこまで行けば、あそこまで行けばと、呪文のように唱えて。

　何が変わるというわけでもないのに、いつのまにかこの坂道に明日を託していた。

「……やった」

　ついに降りずに到達した坂の頂上で、奈々子は肩で息をしながら振り返る。もっと達成感があるかと思っていたけれど、それよりもなぜだか一抹のせつなさが胸にあった。

　眼下を見れば、昨日まで鈍色（にびいろ）の空を映していた海が、西陽を反射して白金色に輝いている。雨の季節を終え、太陽が支配する夏を迎える色だ。

「夏の、海……」

思い出したように吹いた風が、微かに潮の香りを運んできた。

この日見た景色のことを、きっと生涯忘れないだろう。

小松夏海が生まれたのは、そんな夏の始まりの日だった。

「小松さんは、今までどんなラジオ番組を聴いてた？」
合格を告げられた次の週、顔合わせをするということで、浜松町の東文放送本社へと呼び出しがあった。オーディションを受けた際、番組のメインパーソナリティである古谷創史との相性をみるためといって、数分間テーマに沿って二人で話している。そのため、古谷と会うのはこれで二回目だ。提出した用紙には、三年前までイノセントに在籍したこと、顔に傷を負って引退したことも正直に書いておいた。そのせいか、今日奈々子がマスクを顎に引っ掛けたままでいるのを、咎める者はいない。
「……すみません、実は、ほとんど聴いたことがなくて……。中学生の時に、福海昌弘の『バックステージ』とか、『流星ラジオ』が流行ったときもあったんですけど、聴きそびれていて……」

一体どんな話をするのかと緊張しながらやって来た奈々子は、意外と普通の質問を向けられたことに拍子抜けしつつ、さほど多くない記憶を掘り返しながら告げる。すると斜め向かいに座っていた、渋い顔の黒木と目が合った。

「あ、いや、でも、古谷さんの『はなまるティータイム』は、今ちゃんと聴くようにしてて……！」

オーディションを受けようと決めてから、祖母の家に災害用として置いてあった小型ラジオで番組のチェックはしていた。それは本当だ。バイトで聴けないときのために、祖母のコンポで録音も頼んである。ただ、そういうきっかけがなければ縁がなかった番組だともいえる。平日、昼の一時から三時までの放送枠というのは、そもそも奈々子のような若者をターゲットにしているわけではない。

「気を遣わなくていいよ。黒木が睨むから怯えちゃったじゃない」

今年五十四歳になるという古谷は、そうは見えないほど若々しい。髪は黒々としていて、肌には艶がある。四十代前半と言われても納得できるだろう。背はそれほど高くなく、典型的な中年の洋ナシ体形だ。銀縁の眼鏡の奥で、常に瞳は笑みを含んでいるが、奈々子にはそれが逆に油断ができない印象だった。オンエアを聴いている限りでは、常に穏やかで温厚、よく笑う気の良いおじさんといった感じだが、表と裏で態度が違う人間などざらにいる。

黒木の隣で、どこか退屈そうにしているプロデューサーの吉本も、奈々子にとってはまだよくわからない相手だった。五十代と思われるが、いつもポロシャツにジーンズを合わせたラフな格好をしていて、これでも一応黒木の上司のはずだ。しかしオーディションのときから主に椅子に座っているだけで、動いているところをあまり見たことがない。採用が決まって一応挨拶もしたが、ああよろしく、と軽く言われただけで、奈々子に対してさほど興味はなさそうだった。

「ラジオ番組ってざっくり言ってもね、東文放送ではアナウンサーやパーソナリティ以外にも、アイドルや落語家、人気声優の番組も多くある。ニュースを扱う情報番組もあれば、トーク番組もあって、野球なんかのスポーツ中継、それに音楽番組……。今は若者向けに、アニメの番宣として声優さんたちが番組をやることも珍しくないし……」

「アニメの番宣まであるんですか……」

奈々子はぽかんと口を開ける。自分が知らないだけで、随分ラジオ番組にも種類があるようだ。

「アニメだけじゃなくて、ゲームの宣伝用に番組を作ったりもするよ。でも確かにコアなファン以外には知られていないかもね。昔は今ほど娯楽がなくて、ラジオを聴いてる若者も多かったけど、今は皆ネットに夢中だし。そういう時代の流れっていうのは、仕方のないことだから、我々もどうにか共存していきたいところだけど」

古谷は、口を湿らせるようにコーヒーを飲む。

「『バックステージ』は、テレビに出るときはクールなのに、ラジオだと弾ける福海くんのキャラがいいよね。あのギャップが面白いんだ。あの番組も長いよ。八年くらいやってるんじゃない？　確か『流星ラジオ』が六年で終わったんだよね。あのくだらない歌を発掘してくるコーナー大好きだったんだ。パーソナリティが芸人さんだったから、そのセンスがすごく発揮されてたよね」

淀みなく語る古谷の言葉に、奈々子は呆気に取られて瞬きする。

「……全部、お聴きになってるんですか？」

「毎回じゃないけどね。他局でも気になる番組はチェックするようにしてるよ」

古谷は眼鏡のレンズ越しに改めて奈々子を見つめた。

「僕は昔からラジオが大好きでね、実を言うとハガキ職人だったんだ」

「ハガキ職人っていうと……あの……番組にたくさんハガキを送ってくる……」

「そう、いわばネタ師だよね。どれだけ面白いネタを番組に提供できるか。でも残念ながら僕はそっち方面に才能がなくて、それならしゃべる方だと思ってアナウンサーになったわけだけど」

古谷は少しだけ笑んで、続ける。

「これは僕個人の意見として聴いてほしいんだけど、小松さんがさっき挙げたラジオは、主役が明確だよね。有名なミュージシャン、芸人さん……。リスナーはそれぞれのファンで、しゃべる内容がどんなに他愛ないものでも、主役の持つ力があるから番組は成り立つ。変な話、イケメンアーティストの福海昌弘だったら、ゲストなしの一時間のフリートークだってファンは喜んで聴く。でもね、アナウンサーの僕が二時間話しますって言っても、売れっ子ミュージシャンに比べたら聴いてくれる人は少ないわけ。だから興味を持ってもらうようにいろんなコーナーを設けて、飽きないように曜日でやることも変えて。その中で何が一番重要になってくるかわかる?」

尋ねられて、奈々子は目を泳がせた。少し自虐的過ぎるような気もするが、わからなくはない。若い女性をアシスタントとして日替わりで置くのも、その一環なのだろう。しかし一番重要かと言われるとそれは違う気がする。

「……番組として成立させるのなら、進行していくパーソナリティが一番重要だと思いますけど……」

「でもそれがおじさんだよ? 知らないおじさんがしゃべってるの聴きたい? 聴こうと思う?」

「いや、でも、面白ければ……」

「その面白さを一緒に作ってくれるのは?」

「……スタッフ?」

「それと?」

「それと⁉」

間髪入れず古谷に問い返され、奈々子は瞬きする。一緒に何かを創ること。ライブ、イベント、舞台。今まで自分が経験したものが脳裏を流れて、奈々子はふと思い至って顔を上げた。

「……リスナー、ですか？」

黒木が、唇の端を持ち上げる。

「ご名答」

古谷が手を打って笑った。

「僕の番組は、リスナーが主役なんだ。送られてくる話の内容は、深夜帯の番組ほど面白いネタはなくて、日常のほんの些細な出来事が多い。孫が歩きましたとか、鯉のぼりが猫に盗まれましたとか、同僚のネクタイの柄がなぜ小海老なのか気になるとか、そんなどうでもいい話。どうでもいいんだけど、誰かに聞いてほしい話。ぶっちゃけて言えば独り言みたいなものかもしれない」

古谷は椅子の背もたれに身を預け、クリームパンのような両手を動かしながら語る。

「テレビでは言えない話や、練りに練ったネタばかりを電波に乗せるのがラジオじゃない。他愛ない話を共有して、ふふふってちょっとだけ声が漏れるような、そんな時間があってもいいと思うんだよね。僕はリスナーから送られてくるどうでもいい話に相槌を打ったり、突っ込みを入れたりしているだけ。ネタ師になりたかったくらいだから、昔はどれだけ人と違って、尖って、目立つかばかり考えてたけど、今は違う。リスナーを主役に据えて、僕は脇役にいるのがちょうどいい」

熱っぽく語る古谷を前に、奈々子は自然と背筋を伸ばした。

「だから小松さんにも、僕と同じように主役を立てる名脇役でいてほしい。僕が君に望むのはそれだけだよ」

これからよろしくね、と古谷は奈々子に右手を差し出した。

「よろしくお願いします……」

思わず腰を浮かせて握った古谷の手は、想像よりずっと温かかった。

しゃべること。
しゃべって何かを伝えること。
そこに映像はなくて、どんなに笑顔を作っても、その笑顔を声に乗せないと届かない。ただステージの上で微笑んで歌えば、歓声をもらえたあの頃とは違う。そう頭では理解し、収録スタジオのマイクの前に座るけれど、その向こうにいるリスナーの姿を想像することは怖かった。そこにいる人は、どこの誰かもわからない女の話を果たして聴きたいのだろうか。古谷は脇役になれと言ったけれど、自分にそれが望まれているのか。アシスタントデビューまでの間に生放送を見学させてもらったり、実際にマイク前でしゃべらせてもらったりしたが、小松夏海として活動していく実感が、自分の中でいまいち伴わないでいた。

「……生放送なんですか……？」

年二回ある改編期に合わせ、夏海のアシスタントデビューは十月の最初の火曜日に決まった。地下アイドルの経験があるとはいえ、ラジオできちんとしゃべるのは初めての素人だ。それに『はなまるティータイム』は、基本的に生放送という形になっているが、コーナーによっては事前に収録する場合もある。それを踏まえ、まさか初登場から生放送はないだろうと思っていたが、黒木にスタジオに呼ばれたのは十月の最初の火曜日だった。つまりはそういうことだ。

「不服か？」

午前十時に来いと言われて、編成局の脇にある打ち合わせ室八〇一に来てみれば、黒木からA4用紙数枚の台本を渡された。片隅に、小松夏海様と手書きであるのを見て、いよいよその名前で活動していくのだと妙な実感が湧く。しかし、所詮週に一回の出演なので、当面は事務所などにも所属せず、アルバイトを続けながらフリーとして活動するということになっている。

「ライブやってたんだから生は慣れてるだろ」

「やってましたけど……」

「タレントのたまごっていう体で台本書いてもらったから、嫌なら自分でなんか適当に考えろ」

夏海の過去のプロフィールは、今後も一切公表されることはない約束になっている。

そのため、小松夏海という人間を一から作っていかなければならない。一体どういう立ち位置のパーソナリティなのか、考えておかなくてはいけなかった。

「タレントの、たまご……」

「それが一番手っ取り早いだろ。グラビアアイドルってタマでもないし」

黒木は同意を求めるように、傍らに座る男性に目を向ける。キャップを被ってパーカーを羽織った彼は、普段から細い目を一層細めて、にこにこと夏海に笑いかける。

「ちゃんと台本は書いておいたから、その通りに読めばいいよ。なんとかなるなる」

構成作家の助郷清則(すけごうきよのり)は、そう言って親指を突き出してみせるが、夏海には不安しか生まれない。生放送を見学する限り、古谷はほとんど台本を読まないのだ。一応そのコーナーに沿った流れは踏むのだが、その後はほとんど自由にしゃべっている。その古谷に、アシスタントはうまく合わせてついていかなければならない。

「飯食っとけよ。腹減るぞ」

それだけを言って、黒木は飲みかけのコーヒーを持ってさっさと部屋を出ていこうとする。

「え、ちょっと待ってください！　打ち合わせこれだけですか⁉」

「あとは古谷さんが来てからだ」

「あの、じゃあその前にちょっと練習とか！」

打ち合わせ室を出ると、すぐに制作部のデスクが並ぶフロアだ。その奥はアナウンスさえた。
部のデスクが並んでいる。当然仕事をしている社員が大勢いて、夏海は慌てて口元を押
「黒木君」
黒木を追いかけて、デスクの島の中を早足で移動していた夏海は、不意に足を止めた
彼のせいで、背中に顔面をぶつけそうになる。手を突きそうになった傍のデスクにはC
Dが山積みになっていて、間一髪崩さずに済んだ。
「その子、火曜日の新人さん？」
落ち着きのある少し低めの声に聞き覚えがあって、夏海は黒木の後ろから顔を出した。
すらりとした背の高い女性だ。ショートカットの髪で、締まった体のラインが出るニッ
トに、黒のタイトスカートを合わせていた。三十代か四十代か、年齢不詳の美しさだ。
「ああ、ご挨拶まだでしたね」
黒木が夏海を振り返って、自分の隣に並ばせる。
「火曜日の新アシスタントです。小松、こちら木曜日担当の、大久保久恵アナウンサ
ー」
「あ！『大人の木曜日』の！」
ようやく正体がわかって、夏海は慌てて頭を下げた。木曜の放送は大久保アナの癒し
系ウィスパーボイスにファンが多く、月～金の中でもひと際大人っぽい放送になってい
る。

「こ、小松夏海です。よろしくお願いします」

まだ慣れない自分の新しい芸名を、夏海は口にする。

「小松さん、あなたおいくつ？」

頭の上から降って来た冷たい声に、夏海は恐る恐る顔を上げた。なんだか放送で聴く声より、ずいぶん固く尖っている。

「今年、二十歳になります……」

「そう。若いかもしれないけど、働くからには大人として扱うわよ？」

不穏な空気を察し、夏海は自分の喉が細く締まるのを感じた。

「あなた、番組の先輩にどうして今日まで挨拶に来れないの？　収録の見学には何度か来たんでしょう？」

血の気が引く、とはこういうことを言うのかと、夏海は密かに息を呑んだ。確かに見学には来た。しかしそれは月曜日と、自分が交代する火曜日に来ただけで、大久保アナの担当する木曜日ではない。もちろん彼女は東文放送のアナウンサーなので、八階の編成局を訪ねれば会えたのかもしれない。けれどその当時まだゲストパスしか持たされていなかった夏海にとって、局内の行動範囲は限られていた。しかし今それを言ったところで、言い訳にしかならないだろう。

「あなたここに何しに来たの？　遊びに来たの？」

「いえ……」

「いえ、何？　ちゃんと答えて」

「仕事を、しにきました……」

「そうよね？　わざわざ黒木君がオーディションに呼んで、どういう経緯があったのか知らないけど、あなたが選ばれたんでしょう？　あなたの代わりにやりたかった子がどれくらいいると思ってるの？　その自覚ある？」

　その大久保の言葉に、夏海は苦い記憶が掘り起こされるのを感じた。あなたの代わりにやりたかった子が――。アイドル時代にも、よく言われていたことだ。

「やだー先輩、早くも新人いびりですかー？」

凍り付いていた空気を意に介さず、大久保の後ろからボブカットの女性が声をかけた。

「人聞きの悪いこと言わないでくれる？」

「あ、私水曜日担当の陣内愛美(じんないまなみ)です。よろしくー」

眉を顰(ひそ)める大久保を気にも留めず、陣内は呆気に取られている夏海に、なぜか干し芋が入ったチャック付きのポリ袋を差し出した。笑うと両頬にえくぼが出る。

「これね、ラジオショッピングで自分が紹介して、自分で買った干し芋。試食したらあんまり美味しくって、バクバク食べてたら全然しゃべれなくなって古谷さんに渋い顔されたの」

　そのわりには全くこたえていない様子で、陣内は大声で笑う。至近距離で笑い声を浴びた大久保が、うるさい！　とたしなめた。

「お近づきの証しにおすそ分けー。今度ちゃんと歓迎会しようねー」

「あ、ありがとうございます……」

干し芋を受け取って、夏海は頭を下げた。見た目は可愛らしいのに、初対面の人間に贈るものに干し芋とポリ袋を選ぶとはなかなかワイルドだ。

「あーもー、陣内のせいで変な空気になったじゃない！」

「えー、そんなことないですよ、あはははは」

「あははじゃないわよ！」

「おーい、陣内の笑い声が廊下まで聞こえてるぞ」

その声とともに、古谷が入口に姿を見せた。

「ちょっと古谷さん！　この大食いの水曜担当どうにかしてください！」

「後輩なんだから大久保が何とかしてよ」

「私には他にも指導しないといけない後輩が山ほどいるんです！」

そう言い捨て、大久保が足音も荒く自分のデスクへと戻っていく。その背中を、陣内が私も指導してくださいよー、などと言いながら追いかけていった。仲がいいのか悪いのかよくわからないが、陣内のおかげで助かったことだけは確かだ。

「おはようございます」

それまで黙っていた黒木が、嵐が去ったと言わんばかりの顔で、改めて古谷に挨拶した。それに続けて、夏海もおはようございますと口にする。

「おはよう。夏海ちゃん、今日がデビューだね」

「はい……。よろしくお願いします」

「緊張しないで大丈夫だよ。スケキヨから台本もらったでしょ?」

「もらい、ましたけど……」

「初日だからね、僕もなるべく台本に沿って進めるから安心していいよ」

そう言う古谷の笑顔にほっとして、夏海はようやく笑って、はいと頷いた。


――さて、今日はね、先週から予告していた通り新しいアシスタントをお迎えしております。じゃあ夏海ちゃん、ご挨拶してください!

――……ラ、ラジオをお聴きの皆さん初めまして。今日から古谷さんと一緒にこの番組を進行させていただきます、アシスタントの小松夏海です。

――夏海ちゃんは、普段何のお仕事をしてる人ですか?

――あ、えーと、タ、タレントのたまごみたいな……

――たまごみたいな?

――孵化するかわかりませんけど。あはは……

――このアシスタントの席はオーディションで勝ち取ったということだからね、自信をもって、僕をいろいろ助けてください(笑)。

――が、頑張ります。

「古谷さんどこ行ったんですか⁉」

あらかじめ収録してあった七分間の通販番組が終盤となり、あと一分で次のコーナーが始まるというところで、夏海はガラスの向こうの調整室に向かって叫んだ。

「トイレ」

調整室にいるAD(アシスタントディレクター)佐伯(さえき)の代わりに、スタジオ内の空いた椅子に腰かけていた黒木が、足を組んだまま簡潔に答えた。その隣で、助郷がにこにこと笑っている。

「それは知ってます！　何で帰ってこないのか訊いてるんです！」

「よくあることだよ、大丈夫大丈夫」

「大丈夫って、助郷さんそれしか言わないし！　ていうかよくあるの⁉」

古谷は前のコーナーが終わるや、ちょっとトイレ、と言ってふらりと出て行ったが、五分もあれば充分戻ってこられる距離だ。

「誰か呼びに行ってくださいよ！」

「急かすなよ。五十過ぎたらいろいろ切れが悪いんだよ。しぶり腹かもしれないだろ」

さらりと告げる黒木に、夏海は思い切り顔をしかめる。そんな情報を知りたいわけではない。台本に沿って進めるといったあれは何だったのだ。古谷がいなくなるなどという演出は一切書かれていないのだが。

「メインパーソナリティが不在の時に、場を繋ぐのもアシスタントの仕事だ。ほら、もう終わるぞ」

進めろ、と、黒木が顎で手元の台本を指す。どうしてこの男はこうも偉そうなのだろう。せめて部屋の中では帽子を取ったらどうだと言ってやりたいが、素直に取られたらそれ以上突く要素がなくなるので、それはそれで悔しい。

「冒頭のあいさつは三十点だな。ふにゃふにゃしゃべるな。ライブで自己紹介してた時にそんな声でやってたか？」

自己紹介、という言葉に、夏海はヒッと息を詰めた。

「幸せをお届けするラッキーセブンはだーれ？　なななな奈々子ー」

「やめてください‼」

今こうして冷静に繰り返されるととてつもなく恥ずかしいが、あれはあれでとても真剣にやっていたのだ。それを三十路（みそじ）の男が真顔で言わないでいただきたい。

「つぶやくんじゃなくて、ファンに呼びかけるつもりでやれ。お前の声はここの部屋の中だけじゃなくて、電波に乗って関東一円に届いてんだよ」

「関東一円……」

繰り返して、夏海は無意識に汗ばんだ手を握る。東文放送の放送対象地域は関東広域圏なので、茨城、栃木、埼玉、群馬、千葉、東京、神奈川、その辺りで確実に聴かれている。商店街のコミュニティラジオとは規模が違うのだ。わかっていたつもりだったが、改めて言われて鳥肌が立つ。ファンに呼びかけるつもりでやれと黒木は言うが、せいぜい二百人規模の会場で、金を払ってこちらの歌を聴きに来たという肯定的な人間に向けて手を振っていた、あの頃と同じはずがない。

「……私の話を、聴きたい人なんているんですかね……？」

このマイクの向こうに、どれだけの人がいるのか。

小松夏海という人間の声を、どれだけの人が聴いているのか。

急に不安がぶり返す夏海に、黒木がしかめ面で言い放つ。

「何言ってんだお前」

「ド素人のお前のしゃべりを聴きたい奴なんかいるわけねぇだろ」

語尾にバーカとでも付きそうなほど見下した口調のあとで、黒木は呆然とする夏海の双眼を覗き込む。

「だから、聴きたくなるようなしゃべりをしろ」

どこか挑発的に、歪む口元。

「いいか小松、ラジオにはテレビやネット動画と違って映像がない。それは一見、情報量が少ないように思えるが、明確なものがない分、リスナーはそれを補って想像する。そうして頭の中で想像されたものは、誰にも否定されないし奪えない。だから想像させろ。リスナーに、姿の見えないお前を想像させるんだ」

そして黒木は、ダメ押しのように口にする。

「小松夏海に、失うものなんてあるのか？」

その一言に、目の前を覆っていた何かが剝がれた。

今ここにいるのは、元イノセントの小松奈々子ではない。

まだ誰にも想像すらされていない、生まれたばかりの小松夏海だ。

「古谷さんが戻るまで、台本の流れから逸れなきゃ自由にやっていい。メールを読むもよし、リスナーに電話するもよし、お前の好きにやってみろ。まずはリスナーにお前の声を覚えてもらえ」

手元には、次コーナーで古谷扮する博士に相談したい内容のメールがいくつかそろっている。リスナーと直接電話でのやりとりをするのは、以前見学に来た時に見ていた。あらかじめメールを送ってもらう際に、電話が可能かどうかを書いてもらっているのだ。

「ちなみに、うちの局では十二秒沈黙が続くと自動的にクラシック音楽が流れる。そうなったら放送事故だ。俺に報告書を書かせるなよ」

「それ今言います⁉」

「何でもいいからしゃべって繫げ。素人のお前にそれ以上なんか期待してねぇよ」

その黒木の一言に、夏海の片眉がぴくりと跳ね上がった。

「小松」

コーナーの始まりを告げる、ジングルが流れる。

「根性見せろ」

黒縁の眼鏡の奥で、黒木が不敵に笑った。未だに根性論など古臭いにもほどがある。それであらゆることが乗り越えられるなら、自殺率など微々たるものになっているはずだ。

夏海は、無意識に左頰に触れる。

根性など知るものか。

気合など腹の足しにもならない。

それでもここまで来て、できないと言うのは悔しかった。

先ほど苦言を呈された、大久保アナの顔が脳裏に浮かぶ。

ほら見たことかと冷笑されるくらいなら。

「……派手に散ってやりますよ」

マイクをオンにするカフに手をかける。

後に構成作家の助郷は、この時の夏海を、切腹を決意した侍のようだったと語ってい

る。

「いやあ上出来、上出来だったと思うよ」

二時間の生放送が終わって、打ち合わせテーブルの上にぐったりと伸びている夏海に、古谷がそんな言葉を投げかけた。

「あ、ありがとうございます……」

「いやーまさか、あんな言葉が夏海ちゃんから飛び出してくるとは思わなかったけどねぇ。ちょっと昔を思い出しちゃったなぁ」

どこかほくほくとした顔で、古谷はそのままコーヒーサーバーの方へと歩いていく。代わりに黒木が姿を見せて、夏海をまじまじと見下ろした。

「本当にやってたら、初日でクビだったかもなぁ」

「……何の話ですか？」

意味が呑み込めず、夏海はぼんやりと問い返す。怒濤のように過ぎた二時間のせいで、まだあまり現実感がない。放送終了直後、助郷からも、オッケーオッケーという相変わらず軽い言葉で褒められていたし、自分としても、特別やらかしたというミスはなかったように思う。それなのにクビとは、一体どういうことだ。

「十秒黙ってやろうかっていう話だよ」

夏海の隣の椅子を引いて、黒木がどっかりと身を預ける。先ほど白米とやり取りをしていたあの話かとようやく思い至って、夏海はテーブルの上に伏せていた半身を起こした。

「別に本気でやろうと思ってませんよ。ちょっと面白いかなと思っただけで……」

「六万」

夏海の言葉を遮り、黒木が両手の指で六を示す。

「ラジオのCMの二十秒は、だいたい六万円だ。その半分の十秒で三万。それだけの金額がかかる秒数を、無音で流す意味は何だ？」

鼻先を弾かれたような驚きの後で、喉の締まる嫌な感覚があった。夏海は密かに息を呑む。知らないうちに、背筋が伸びた。

「電波は、国が管理している有限資源だ。俺たちは国から免許をもらって放送している。放送設備にいくら投資しているか、放送に何人のスタッフが関わっているか考えろ。マイクの前に座ってるのは確かにお前だ。でも、お前のための十秒じゃない」

言い返す言葉が、何ひとつ見つからなかった。仕事だという感覚は確かにあったし、放送を繋げなければという使命感もあった。決してお遊びで十秒黙ってみようかと思ったわけではない。だが、今黒木に言われたことが頭に入っていたかと言われれば、答えは否だ。

「……お前の好きにやってみろって、言ったじゃないですか」

そんなことは教えてもらっていない、と言う代わりに、夏海はぼそりと反論する。こちらとしては、その指示に従っただけだ。

「……言ったか？」

初耳だという顔で、黒木が首を傾げる。

「言いましたよ！」

「どうだったかな」

「いやいやいや待って待って！」

「まぁともかく」

喚（わめ）く夏海の頭を、黒木が丸めた台本で軽く叩いた。ポコッと間抜けな音がする。

「古谷さんが戻ってきてくれたことに感謝しろ」

あの時古谷が戻ってこなかったら、白米を巻き込んで実験を敢行していたかもしれない。古谷のおかげで惨事は免れた――と、考えて、夏海ははたと顔を上げた。

「……でもよく考えたら……トイレから戻ってこない古谷さんにも問題が……」

「だから、五十過ぎたら切れが――」

「その話はもういいです！」

「逆に切れることもあるし」

「もうほんっと下ネタやめてもらえますか⁉」

夏海は渋面で口調を強くする。完全なセクハラではないのか。

「……古谷さんがいなくなったの、黒木さんの演出ですか？」

あの時はとにかく放送を繋げなければと、ヘビーリスナーに電話をするという方法で場を凌（しの）いだが、後々冷静になって思ったのだ。いくらマイペースの古谷でも、初日のアシスタントを放置するほど無責任ではないはずだ、と。

「別にどっちでもいいだろ。リスナーの反応は上々だったぞ」

帽子を取って髪を掻き上げながら、黒木は満足げに印刷したメールを見せてくる。そこにあったのは、多くが窮地を切り抜けた夏海への応援と肯定的な感想だった。

「こんなに、聴いてくれた人が……」

「こんなの一部だぞ。何も言って来ないリスナーの方が、圧倒的に多い」

その一言で、夏海は呻く。日本人の気質として、わざわざ批判を書き込んだり苦言を呈したりするより、気に入らなければ何も言わずに離れていくことの方が多いと聞く。初日のご祝儀ともいえる一部の声は、ありがたく受け止めても鵜呑みにはできない。

「ネットの掲示板にも書き込んだけど、まあまあ反応あったな」

「え、自演ってことですか？」

「別に業界で珍しいことじゃねぇだろ。話題になればいいんだよ」

ふてぶてしく言ってのける黒木を、夏海は苦く眺める。業界の事情がわからないわけではないが、こうもあっけらかんと言われると反応に困る。だが彼の言葉を借りれば、すでに自分は堕ちるところまで堕ちたのだ。今更これ以上失うものもない。それを思えば、確かに自演くらいかわいいものだ。

「……小松、お前なんでアシスタント引き受ける気になったんだ？」

今更の質問を、不意に黒木が投げかけた。

夏海はお茶の入っている紙コップを、手持ち無沙汰に弄ぶ。

「……私に似てるなーと思ったからですよ」

「似てる？」

「斜陽産業ってやつなんでしょ？ ラジオ業界って。私も似たようなものじゃないですか」

すでに解散した、無名のアイドルグループのひとつ。二十歳にもならないうちに引退をして、もうファンにも忘れ去られた、ただの人。かわいい衣装を脱いでみれば、学歴も資格もないフリーターだ。

「黒木さん、なんで私がいつもマスクつけてるかわかります？」

「……顔の傷を隠すためじゃないのか？」

「最初は確かにそうでした。でも傷自体は綺麗に治ったし、メイクすればわかりません。それより、精神的なお守りみたいなもんです」

夏海は手元に目を落としたまま、やや早口になって続ける。

「怪我をした後、イノセントを引退することが決まってから、どこで情報が漏れたのか、ネットニュースに面白おかしく書かれたんです。こんな地下アイドルのことが記事になるんだなってびっくりしたんですけど、その時からずっと、マスクが手放せません。母親からも、アイドルとしても女としても価値がなくなったって言われて」

あまり愉快な話ではない。夏海は黒木の目を見られないまま事務的に説明した。

「私の人生、この歳にしてすでに斜陽なんです。でもどうせ沈むなら、最後に輝いてやろうかなって」

「まだ二十歳のくせに、なに年寄りみたいなこと言ってんだ」

「いや、もう実際年寄りみたいな気分なんですよ。ここ数年濃かったし」

夏海は大げさに肩をすくめてみせた。我ながら、過酷な十代を過ごしたという自負はある。

「あとは……自分で選んでみたかったからです。仕事も、奈々子じゃない名前を名乗って生きていくことも」

『はなまるティータイム』が放送されたスタジオがある七階に、収録スタジオは全部で七か所ある。そのうち一〜四番のスタジオは主に生放送に使用されていて、天気予報や道路交通情報もここのどこかから放送されている。今も、二番スタジオの出入口上部にON AIRという赤いランプが灯っていて、ディレクターらしき女性が出入りしていた。

「……お前の存在が斜陽かどうかは置いといて、ラジオ業界が斜陽だっていうのは間違いない。インターネットがこれだけ普及した今、素人でも簡単にメッセージを発信できるようになった。これからもっと顕著になっていくと思う。パーソナリティにハガキを読んでもらわなくても、SNSや掲示板に書き込めば、誰かに聞いてほしいっていう欲は満たされる。音楽だって、リクエストしなくても割と簡単に聴ける環境がある」

青い背もたれに体を預けて、黒木は続ける。

「でも、ここで今ラジオ番組を作ってる俺たちが、昔はよかった、なんていう懐古に浸りだしたらそれこそガタガタに傾く。今を生きてる人に届ける放送なら、その人達が聴きたいものを作るしかない」

そう語る横顔が見せた、決意の片鱗。

「……黒木さんは、なんでラジオのディレクターやってるんですか？」

そういえば、自分はこの男のことをほとんど何も知らない。尋ねた夏海に、黒木はちらりと目を向けた。

「学生の頃に、ハマったラジオ番組があってな……。あの頃はまだラジカセで、ちょうどクリアに聴ける場所を死守して、毎週放送を楽しみにしてた」

「私使ったことないですけど、結構面倒くさいんですね」

「それが醍醐味でもあったんだよ。芸人のトーク番組だったんだが、毎回いろんな、ともすればくだらない企画をやって、俺たちはそれをスピーカーの前で聴きながら想像する。宇宙人との面談だったり、街中で幽霊を探したり、見えもしないマジックをパーソナリティの声だけで想像した。想像したものは誰にも奪えないって言ったのは、その時のパーソナリティだ。俺はいつか、想像させる側に行きたいと心底思った」

黒木は、にやりと笑ってみせる。

「だから俺は、テレビでもインターネットでもない、ラジオを選んだ」

「……気に食わねぇなぁ」

夏海が帰った後、自分のデスクに戻ろうとした黒木の前に、プロデューサーの吉本が進路を塞ぐようにして姿を見せた。夏海をアシスタント採用する際、黒木の独断だけですべての事が進められたわけではない。上司である吉本、そしてそのさらに上にいる制作局長の許可がなければ、ディレクターの黒木は動くことができない。

「素人の小娘出すのに、最初っから生なんかで使いやがって。それになんだあの演出は。お前の指示か？」

吉本の服から、煙草の臭いが漂う。古谷にトイレに行ったふりをしてしばらく姿をくらませてほしい、と頼んだのは、他ならぬ黒木だ。夏海の素の反応が見たくて、古谷を説得して強行した。

「確かに古谷さんに言ったのは俺です。……でも、その後の流れは、演出じゃありません」

「勝手に小松がやったって？」

黒木はあえて沈黙でもって肯定する。夏海の前では必死に隠していた高揚が、未だ指先に熱を残していた。

私としては、十秒くらい黙ってやろうかって気にもなりますけどね。
まさか彼女から、あんな言葉が飛び出してくるとは思わなかった。

「……素人に好き勝手させるな。あれは俺の番組だぞ」

剣呑に目を細めて、吉本が低く口にする。

「初日にしてはしゃべれてた方ですよ」

「あんな危険な橋渡るくらいなら、台本通りしゃべってるネコの方がまだましだ」

雨宮音子は、夏海の前に火曜日を担当していたグラビアアイドルだ。ラジオの仕事は地味だと公言してはばからず、元々熱心なタイプではなかった。すべての漢字にルビを振ってもらった台本を、ただただ棒読みしていくだけで、辞めることが決まって胸をなでおろした関係者も多い。

「……もう少し、見守ってやってください」

黒木は言うべき言葉を探して、結局そう口にする。それを聞いて、吉本がふと取り繕うように軽く咳払いした。

「使いもんになればいいけどなぁ。俺は最初から、素人の採用なんて反対してたんだ。ネコの後釜には同じベリルのタレントを使った方がいいって何回も言っただろ。それをお前がゴリ押しするもんだから、折れてやっただけだ」

吉本は、面倒くさそうに顎のあたりを掻く。過去に人気長寿番組を担当し、かつては聴取率王と呼ばれた時代もあったらしい。キャリアは申し分ない吉本だが、スポンサーやコネのある事務所からの押しには弱く、前言撤回や掌返しを厭わない。しかも彼自身、自分の変わり身の早さを自覚した上で動いているのでよけい性質が悪い。それをいちいち説得したり、なだめすかしたりするのも黒木の役目だ。かなり面倒だが、上司なので邪険にもできない。今回夏海を採用するにあたって、彼が最後まで反対していたことも事実だ。最終的には、局長の石井に、結果が出なければすぐに切るという約束をさせて、渋々夏海を受け入れた。

「……ま、俺は数字さえ獲れれば文句はない。お前だけじゃなく、俺と局長の面目もかかってるからな？」

「わかってます」

「ま、ダメになりゃ切るだけだ」

そう吐き捨てて吉本は去っていく。コネクションの強いタレントを使いたい気持ちはわからなくもないが、結局は納得していないということなのだろう。これから夏海の一挙手一投足は、嫌でも彼に観察され、悪く言えば粗探しをされることになるかもしれない。失敗は首を切る要素として、確実にカウントされていくだろう。決して吉本が口にしない、誰かと重ねられながら。

若い女性アナウンサーに軽薄に声をかける吉本の姿を目で追って、黒木は帽子をかぶり直し、小さく息を吐いた。

TALK #03

岡本英明、41歳

ホームに滑り込んできた電車は、扉が開いても降りる客はさほどおらず、その倍以上の人間が、ホームに響く発車ベルに急かされながら乗車する。午後七時を過ぎたこの時間帯は、ちょうど帰宅ラッシュの中盤だ。昼間の疲れを背負って乗り込んでくる客は、おしゃべりに興じる者もいなければ、車窓を眺める者もおらず、ほとんどが手元の携帯電話を触っていた。

何とか乗り込むことに成功した岡本(おかもと)は、ゆるゆると動き出す電車の動きに合わせて片手で吊革に摑まる。そしてジャケットの内ポケットを探って、最近手に入れたばかりのスマートホンに繋いだイヤホンを手繰り出した。それを耳にはめ込み、ミュージックアプリを起動させる。再生するのは音楽ではなく、二年前に放送されたあるラジオ番組だ。

――……というわけで、今回の古谷節トークは『わかるかなぁ、わっかんねぇだろうなぁ』というテーマでお送りしていますが、何かふさわしいメール来てる？

――来てますよ。神奈川県にお住まいの……とも☆ひろさん。

――え、とも☆ひろ？　久しぶりだねぇ！　最近メールくれないからどうしたのかと思った！

――忙しかったんですかねぇ。

――そういえば何してる人なんだろうね。

――火曜の午後にラジオ聴ける職業ってなんでしょう？

――トラックやタクシーの運転手とか？　自営業かもしれないし、もしかしたら主夫かも。

――あと私、個人的にすごく気になることがあって。

――なになに？

――「ともひろ」なのか、それとも「ともほしひろ」なのか……

――……夏海ちゃん、つのだ☆ひろさん知ってる？

――そういう一族がいるんですか？

――一族⁉

　もはや台詞のひとつひとつを暗記できてしまうほど聴き返した番組をＢＧＭにして、岡本は軽く目を閉じる。

――夏海ちゃんはいつも面白いところに目をつけるよね。

――そうですか？　普通じゃないです？

――ほら、この前みんなでご飯食べに行った時も……

――あれですか！　いやあれは気にならない方がおかしいですよ！　あのね、リスナーさんのために説明しますけどー……


スタッフらしき人物の笑い声が聞こえる中、夏海は熱心に説明し始める。

アナウンサーが司会を務める午後の帯番組で、火曜日のアシスタントに小松夏海という面白い女の子が入って来たのだと岡本に教えてくれたのは、妻の詩織(しおり)だった。


――お店の名前出しちゃっていいかわからないんですけど、この前スタッフの一人が誕生日で、皆で『居酒屋　星』っていうお店でお祝いしたんですよ。でね、六人くらいだったんでお座敷に通されたんですけど、そこの壁に、バーンと店名とロゴマークの入ったポスターが貼ってあって……

――貼ってあったね。

――お店の名前が『星』なのに、店名のバックにあるのがどう見ても月なんですよ！『星』なのに‼　『居酒屋　星』なのに‼　そこは星にしてよ‼

——どうでもいいなぁ。ほんっとどうでもいい。

——いやいやいやいや、どうでもよくないですよ！　月も衛星だから星だってディレクターの黒木さんが言うんですけど、マリオが獲ったら無敵になる形のやつを星だって認識してる人の方が多いでしょ⁉　まん丸の形を見せられて「星だよ」って言われてもピンとこないの！　一般人は！


「……マリオが獲ったら無敵になる形のやつ……」

何十回も聞いた台詞を改めて口の中で繰り返し、岡本はくつくつと喉を震わせて笑った。

今から五年前、ちょうど岡本が三十六歳の時に、都心から電車で四十分ほどのところに買ったマンションは、有名ハウスメーカーがリノベーションした物件で、築二十年を超えるが中は現代風の間取りになっている。水回りはすべて新しく、和室の畳もモダンな琉球畳が敷かれ、押し入れも木目調のクローゼットに変更されていて、ほぼ新築同然だ。同い年の妻と三十一歳の時に結婚して、今年で結婚十一年目。順風満帆の結婚生活と言いたいところだが、子どもには恵まれなかった。しかし夫婦二人で旅行に行ったり、

季節の行事を楽しんだり、甥や姪と遊び、お互いの両親と新しくできたショッピングモールに買い物に行くなどして、何気ない日常の細やかな楽しみを人並みには享受した。この物件は、高額の不妊治療を潔くあきらめ、夫婦で暮らそうと決めた時に妻が見つけてきたものだった。

玄関のカギを開け、岡本は馴染んだスリッパを履いてリビングへ向かった。夕方から弁当屋のパートに出ている妻がいないのはいつものことで、岡本は立ち寄ったスーパーで買い込んできた食材を冷蔵庫にしまうと、ジャケットを脱いですぐに夕食作りに取り掛かった。元々午前十時から昼の一時までという契約で始めたパートだったが、夜間帯のパートが急にやめてしまったとかで、急遽そちらに入ることになった。しかしそのおかげで、小松夏海の存在を知ることができたから幸運だと、妻はよく笑った。岡本も料理や家事は嫌いではなかったので、よっぽど残業で遅くならない限り、平日の夕食は岡本が作るという分担がいつの間にか出来上がった。

冷蔵庫の中の余った野菜と豚肉で、野菜炒めを作ろうとした岡本は、その前にジャケットのポケットを探ってスマートホンを取り出す。キッチンカウンターの隅に据え置いたスピーカーにそれを繋いで、再び録り溜めたあの番組を再生した。

ラジオを録音できる機械が欲しい、と妻が言い出したのは、このマンションに移り住んで三年ほど経つ頃だった。昼間に時間ができたので、家事をしながら災害用に購入していた携帯ラジオで番組を聴くようになったという。それが面白いのでぜひとも夫にも聴かせたいのだと。当時はまだ国内初のAndroid OSを搭載したスマートホンが発売されたばかりで、ラジオを聴くためのアプリも存在していなかった。何より妻が単純な操作で済むものを望んだため、駅前の家電量販店に二人で出かけて、ラジオを内蔵しているICレコーダーを購入した。そうして昼間妻が録音しておいた番組を、遅い夕食を食べながら二人で聴くのが岡本家の日課になった。

妻は月曜から金曜まで毎日番組を録音しており、岡本としては『大人の木曜日』と称される大久保アナウンサーの日を気に入っていたのだが、妻は頑として火曜日の小松夏海推しだった。彼女が言うには、他のアシスタントはキャラが立ち過ぎていて、面白いのだが少し疲れてしまう。けれど夏海は、何の武器も鎧も身に着けずに戦場へ出てきたような、そんなある意味頼りない部分が垣間見えるので、応援したくなるのだと。

「ちょっとね、遠慮してる時もあるの、古谷アナに。夏海ちゃんは空気を読み過ぎてるのかもしれないなぁ」

会ったこともないのに、妻はいつの間にかそのアシスタントを、親しげにちゃん付けで呼ぶようになった。

「でもね、ちゃんとスイッチが入ってる時は、そこが戦場だってわかった瞬間、石でも木の枝でも、とにかく手近にあるものを躊躇せずに振り回して攻撃できる柔軟性があるの」

岡本は飲みかけの味噌汁を噴きそうになって、何とか堪えた。妻の表現は言い得て妙だ。

「ああ、確かに柔軟性は感じるかな。対応力があるというか」

「確か、まだ二十歳って言ってたかなぁ。なんだか応援したくなるのよね。今年の十月にアシスタントデビューしたばっかりなの。初日からすっごく面白かったのよ」

妻の小松夏海びいきは、たまたま彼女のデビュー日に放送を聴いていたせいもあるのかもしれない。それでも生き生きと話す妻の顔を見ているのは、岡本にとってこの上なく貴重な時間だった。

「あなたにも聴かせたかったなぁ」

少しだけ疲れた顔でそう言って、妻はふんわりと笑った。

「おはようございます」

出勤の人間でごった返す改札を抜け、オフィスのあるビルまでの道を歩いていた岡本は、斜め後ろからの声に片耳のイヤホンを外して振り返った。

「ああ、河口(かわぐち)か。おはよう」

朝の気怠さを拭い去るような笑顔を向けてくるのは、部下の河口だった。今年三十二歳の彼女はグループリーダーを務め、愛想がよくて後輩の面倒見もいいので、社内でも慕われている。少々お人好し過ぎるところもあるのだが、気が利かないよりはずっといい。社外でもこうしてわざわざ上司に声をかけてくるのは、彼女の屈託のなさでもあった。

「今日も暑いですね」

七月中旬。例年より幾分早く梅雨が明けた空に君臨する太陽は、容赦ない夏の色をしている。走って来たのか、河口は薄(うっす)らと額に汗を浮かべていた。

「部長、いつも通勤するとき何聴いてるんですか?」

並んで歩道を歩きながら、河口が再生を停める岡本の手元を指して尋ねた。

「ラジオだよ。前に録音しておいたのを聴き返してるんだ」

「好きな番組があるんですか?」

「ああ、昼間の番組で『はなまるティータイム』っていう、東文放送の」

ラジオ局の名前に、河口は少しだけ目を瞠(みは)る。

「過去の放送を聴き返すって、よっぽど好きなんですね」

「そうだな……好きというか、なんとなく聴いてると安心するんだ。変わらない日常を繰り返してる感じがして」

岡本はイヤホンを巻き取って、ジャケットの内ポケットに収めた。それを見つめていた河口が、言葉を探すように視線を動かして、口を開く。

「あ、そういえば、この前の異業種交流会で知り合った人が、東文放送で働いてるって言ってました。ラジオ業界も大変ですよね。スポンサー探しも一苦労らしくて」

「インターネットが主流になって、今の若いのはラジオなんて聴かないだろうからな」

「動画配信とかもありますからね。でも私、好きな声優さんが番組やってるので、わりと東文放送聴いてますよ」

さらりと明かされた事実に、岡本は思わず部下の横顔に目を向けた。

「声優、好きだったのか」

普段の彼女からは、そのような様子は一切感じなかった。岡本自身は、それほどサブカルチャーに詳しくはない。話題になっているものは、情報としてインプットすることもあるが、久しく漫画にもアニメにも触れていなかった。

「他の人には内緒ですよ。すぐオタクだっていじられるんで」

声をひそめて、河口は念を押す。

「部長の聴いてる、『はなまるティータイム』も、今度聴いてみます」

「平日昼の一時から三時の番組だぞ？　録音できるような機器はあるのか？」

「ラジオ専用のラジカセがあるんです。予約録音できるタイプの」

得意げに言う河口に、岡本は笑う。ラジカセとは懐かしい名称を聞いた。

「radikoっていうラジオが聴けるアプリ、知ってます？　そういうのがもっと普及したら、ラジカセもいらなくなるかもしれませんね」

「そんなのがあるのか」

「場所や時間の制限なく聴けたりする機能も、そのうちできるみたいですよ。技術はほんと日進月歩ですねぇ」

しみじみとそんな会話を交わしながら、会社までの道を歩いた。

「あ、それから、沢田さんの送別会ですけど、来週の金曜に新宿の店に決まりました」

後でメールを送りますと言う河口の顔を、岡本はどこか頼もしく感じながら頷いた。

「やっぱり子どもが欲しかった……、なんて言ったらどうする？」
二年前のある夏の日、妻は夕食の後でそんなことを尋ねた。
毎年夏休み、岡本の妹がいる山形から、小学生の甥と姪が子どもたちだけで新幹線に乗ってやって来て、岡本の家に二日ほど滞在するのがここ数年の恒例になっていた。甥姪とは年末年始に実家で顔を合わせることも多く、妻にもよく懐いている。しかし今年の夏は、その旅行はお預けにすると先ほど連絡があった。妹がこちらの負担に配慮してくれたのだが、子どもたち以上に妻自身が、テーマパークに行くのを楽しみにしていたのに、とぼやいているのだ。幼い兄妹と手をつないで歩く姿は、傍から見れば、きっと何の変哲もない母子に見えるだろう。毎年目にしたその後ろ姿に、何も感じなかったかと言われると、正直なところ嘘になる。

「言いたかったら、言ってもいいよ」

岡本は少しおどけて、妻の空いたグラスにぶどうジュースを注いでやる。アルコールを控えている彼女に付き合って、岡本が呑むものもシャンパン風のジンジャーエールだ。

「嘘よ、今更言わないわよ」

妻は苦笑してグラスを傾けた。

長年の不妊治療で疲れ切っていたのは、二人とも同じだった。一時は夫婦の会話も減ってしまい、先の見えない不安と疲弊だけが家庭に漂っていた。養子のことも幾度となく話し合ったが、治療を終えようと決めて、夫婦の空気感が徐々に戻るにつれ、結局どちらからも言い出さなくなってしまった。

「でもね、ああこれは、全然願望とか希望とかとは別の次元だから、そう思って聞いてほしいんだけど、もしも子どもがいたらっていうのは、ちょっと考えることがある」

グラスに残ったジュースを見つめて、妻は続ける。

「男の子でも女の子でも、あなたに似てるといいなぁって」

音を絞ったテレビから、微かに流れる誰かの笑い声。

「おいおい、急に持ち上げてどうした」

酔ったのか、と茶化す岡本に、妻はわざとらしく真剣な眼差しを返す。

「夫を持ち上げて何が悪いんでしょうか」

「持ち上げてはいるんだな？」

「しまった」

わざとらしく舌を出して、妻は笑った。

河口が予告した通り、翌週の金曜に新宿の和風創作料理の店で、結婚退職する部下の送別会が行われた。仕事が長引いて、少し遅れて店にたどり着いた岡本は、店名が書かれている木製の看板の前でしばし足を止める。店までの地図が載っているメールを受け取ったときから気にはなっていたが、改めてその店名を見ると、もしかしてという考えがより強くなった。

「……創作料理『星』……」

まさかな、と、口元が緩む。店内にポスターがあったら、確認しなければならない。

「あ、部長遅いですよー」

店員に予約者の名前を告げているところで、奥の個室から顔を出した河口が、店内履きを突っかけて出てくる。

「会議が意外と長くてな」

「もう何人か酔っぱらってますけど、適当にあしらってください」

「沢田は？　まだいるか？」

「いますよ。ちゃんとウーロン茶飲んでます」

河口に連れられて個室の入口に立つと、すでに顔を赤くした部下たちが上機嫌で迎えてくれた。その中に、今月末で退職する沢田の姿もある。

「部長！　聞いてくださいよ、河口さんがひどいんですよ、俺の唐揚げを……！」

「黙れ山田。勝手にレモンをかけたお前に発言権はない」

「ほーら怒られた」

「山田、レモンサワーおかわり」

「私もビールおかわり」

「あ、俺ハイボール」

「焼酎ロックで」

「もー、自分で注文してくださいよ～」

じゃれ合っている部下たちの中で、ウーロン茶の入ったグラスを持って、にこにこ笑っている女性に岡本は声をかける。

「沢田、体調は大丈夫か？」

「はい、大丈夫です」

「無理するなよ」

「ありがとうございます」

愛おしそうに、彼女が撫でる腹部のふくらみ。産休も勧めたが、夫の希望もあって産後はゆっくりして、いずれパートを探すという。

「じゃあ部長が来たので、改めて乾杯しまーす！」

河口が音頭を取って、皆にグラスを持つよう促す。岡本も新しく運ばれてきたビールのグラスを持った。

「沢田さん、退職おめでとうー！」

幸せになれよ、元気な子を産めよと、皆が囃し立て、ガチガチとグラスをぶつけ合う。ありがとうございますと笑う沢田は、この瞬間、世界中の誰よりも幸せそうだった。

「すみません」

二時間後、いよいよ宴も酣となり、そろそろ解散しようかという頃、岡本は御手洗いに立ったついでに、通りかかった店員を呼び止めた。

「変なことを訊きますが、このお店のポスターってありますか？」

「ポスター、ですか？」

若い男性店員は、少し困惑気味に問い返す。

「前に知り合いが『星』というお店に行って、店名が入ったポスターを見たと言っていたもので。もしかしたら、違うお店かもしれませんが」

誤魔化しながら告げた岡本に、店員はしばし思案した後に、少々お待ちくださいと言って、厨房の方へと引き返した。岡本は呼び止めるタイミングを見失って、その背中を見送る。それほど大事にするつもりはない。この都内で、同じ店に偶然行くことの確率の低さはわかっている。

「お待たせしました。ポスターですよね？」

ややあって、厨房から年配の店員がやって来る。制服の胸にある名札には、チーフとあった。

「店名のロゴが黒く入ってて、後ろに月があるやつでしょうか？」

「ええ、たぶん……」

夏海の言葉を思い出しながら、岡本は頷く。

年配の店員は、岡本の顔を見ながら申し訳なさそうに眉根を寄せた。

「確かにあったんですけど……、すみません、今年の初めにロゴを一新して、古いものはすべて破棄してしまったんですよ」

「あー……、そうですか」

「申し訳ありません。何か、ご入用でしたか？」

「ああいえ」

岡本は慌てて手を振る。

「ちょっと確認したかっただけです。わざわざありがとうございました」

若い店員にも礼を言って、岡本は部下たちの待つ個室へと引き返した。

「東文放送の『はなまるティータイム』でしたっけ？」

翌週の水曜日、昼休みに社員食堂で食事をしていた岡本のところに、日替わりランチBを手にした河口が現れ、唐突に尋ねた。そして続けて、ここいいですか？　と岡本の隣の席を指す。

「聴いてみたか？」

了承の代わりに、両手がふさがっている彼女に代わって椅子を引いてやる。

「聴きましたよ。あれって古谷アナがパーソナリティだったんですね。古谷アナって、昔茨城の放送局にいたんですよ。私、実家がつくばなんですけど、小さい頃親の仕事場に行くと、よく古谷アナの番組がかかってました」

「へぇ、そうだったのか」

フレックス制を導入している部署もあるため、昼時でも社員食堂がごった返すことはない。二時や三時に食事を摂ったり、昼食を済ませて出勤してくる社員も多いのだ。岡本の勤務する営業一課は、取引先とのやり取りもあるため、通常十時から十九時までの勤務時間だ。申し出ればずらしたり中抜けも可能だが、それでも八時間はきっちり働くよう勤怠管理される。

「昨日の放送は聴いたか?」

「聴きました。あのアシスタント、小松夏海ちゃんでしたっけ?　言葉の選び方が面白い子ですよね」

思いがけず河口からそんな感想を聞いて、岡本は口元を綻ばせる。

「そうだろう?　アシスタントは皆個性が強いんだが、あの子が一番フラットというか、しゃべりで勝負できる子なんだ。でも決して没個性なわけじゃなくて」

「あーわかります。でも、実はすごく頑張ってキャラを作ってるのかなって思いました。素はもっとはっちゃけてるのかも。古谷アナにうまく合わせてる感じしますよね。むしろ合わせ過ぎちゃって遠慮してるのかなって思うところもあるくらい」

グループリーダーを務めているだけあって、河口の洞察力には岡本も一目置いている。二時間の放送だけで、ここまで小松夏海を分析してくるとは。逆に言えば、それだけ夏海がわかりやすいということでもあるのだが。

「なんだか応援したくなりますよね」

河口はいただきますと手を合わせて、箸を持つ。その横顔を眺めて、岡本はふと息を吐くように笑った。

「……なんですか?」

最初に味噌汁に手を伸ばした河口が、ほぐした塩サバと白米を口に入れ、ようやく岡本の視線に気付いて首を傾げた。

「いや……、妻と同じようなことを言う人がいるもんだな、と思っただけだ」

岡本は、残りのビーフカレーを口に運ぶ。

脇の通路を連れ立って歩いていく女性社員。眠そうな顔をした製作チームの一人が、アイスコーヒーを持って通りすぎる。何かを言おうとした河口が、結局何も告げずに、黙々と食事を続けた。

——東京都にお住まいの、はなまるネーム『もけもけ太郎』さんからのメール。古谷さん、夏海さん、こんにちは。僕は中学一年生の男子ですが、三年前に父親が再婚して、去年妹が生まれました。赤ちゃんは確かに可愛くて、両親が夢中になるのもわかるのですが、その頃から僕はいろいろな理由でおじいちゃんの家に預けられることが多くなりました。新しいお母さんは、少しでも僕が妹に触ろうとすると嫌な顔をします。お父さんに相談しても、気のせいだとか、産後で気が立っているだけだと言い、赤ちゃんのお世話に追われて僕の話はあまり聞いてくれません。もう少しだけ僕にも関心を持ってもらいたいと考えてしまう自分はおかしいのでしょうか。時々、僕はいなくなった方がいいんじゃないかと思う時があります。

八月に入って最初の火曜日、岡本は夕食後に録音しておいた今日の『はなまるティータイム』を聴いていた。時刻は午後九時をまわっている。ここのところ残業に関して上層部がいい顔をしなくなったので、よほどのことがない限り早く帰れと言われていた。とはいえ細々(こまごま)した用事を片付けていたら一時間くらいはすぐに経ってしまうのだが、まず管理職から見本を見せろと言われてしまっては、帰らないわけにもいかない。おかげでスーパーに立ち寄って帰っても、この時間には食事を終えている。リビングのソファに座って目を閉じ、岡本は再生される放送に耳を傾ける。昼下がりの二時間に放送する『はなまるティータイム』は、その時間帯と番組スタイルから、明るくてほのぼのした話題を取り扱うことが多いが、時折こういったシリアスなメールが混ざる。陽気なおじさんに見せて、意外と社会派の古谷アナの意向なのかもしれない。番組冒頭のニューストピックなどでも、テレビのワイドショーよりよほど鋭く切り込んでくる。その時の夏海は、あまり積極的に自分の意見を言わず、どちらかというと、とても『無難』な答えを口にすることが多い。そういうところが、遠慮していると思わせてしまうのかもしれない。

——……なるほど。ちなみにもけもけ太郎、学校行ってないのかな？　この時間のラジオ聴けるってそういうこと？

——録音して聴いてくれてるのかもしれないですね。

――ああそうね、そういう方法もあるね。……じゃあ、まずね、おじさんの意見を言うよ。もけもけ太郎が今考えてることは、なんにもおかしいことじゃない。これは絶対。だってまだ中一でしょ？　親の愛情だってまだまだ欲しい時期だよ。

――そうですね。

――おじいちゃんの家に預けられることが増えたってことだけども、おじいちゃんたちにその話はしてるのかな？　できれば自分だけで抱え込まずに、周りの信頼できる大人に相談してみるのがいいと思うよ。でもこういうの、なかなか相談しづらいのかな？

――家庭のこと、しかも自分の親のことって、なかなか周りに言いにくいですからね……

岡本は、ソファに身を預けたまま、薄らと目を開ける。ほんの一瞬、夏海がふと息を吸うような間合いがあった。

――実は私自身も、母親に関心を持たれていないと感じることがあったので、気持ちがよくわかるというか……。承認欲求って言うと、少しネガティブに聞こえるかもしれないけど、それっていけないことじゃないんです。わかって欲しいとか、認めて欲しいとか思うことって、とても自然なことじゃないですか。

一拍置いて、スピーカー越しに微かに震える夏海の声。

——あのね、もう丁寧な感じで言うとまどろっこしいからざっくり言うけど、関心なんて持って欲しいに決まってるじゃん！ 褒めて欲しいし、話聞いて欲しいし、すごいねとかよくやったとか、バカだなーって呆れて笑われながら頭撫でて欲しかったりするじゃん⁉ そんなの大人だってそうだよ！ それのどこがいけないの？ 全然だめじゃないよ！

岡本は思わず身を起こして、彼女の声を再生するICレコーダーに目を向ける。顔も知らないはずなのに、マイクに向かって懸命に声を上げる彼女の姿が、なぜだか容易に想像できた。

——それにね、あと五年もたてばその家を出て自分で居場所を作ることもできるんだよ。絶望する必要なんか全然ない！ もちろん話し合いで解決できればそれが一番いいけど、肝心なのは自分が思うような結果にならなくても落ち込む必要なんて全然ないってこと！ それまではもけもけ太郎のことは全部私が肯定する。全部私が認める。今日も息してるだけで偉いって言う！ だから……

いなくなった方がいいなんて絶対に言わないで！
——だから、生きてください！

最後の言葉が放たれた直後、来客を知らせるインターホンが鳴った。不意に現実へ引き戻された岡本は、ICレコーダーを停止させて、モニターを確認する。見慣れた制服の宅配業者が、画面の向こうで岡本宛ての荷物を告げていた。遅くなってすみません、と申し訳なさそうに伝えてくる。

受け取った荷物はずっしりと重く、差出人には妹の名前があった。品名のところに『野菜』とあるのを見て、その重さをようやく理解する。農家に嫁いだ彼女は、時々こうして畑でとれる農産物を送ってくれる。妻はそれを喜んで料理し、その写真を撮っては義妹に送るのだ。

妹から届いた荷物の中には、季節の挨拶と、こちらの生活や体を気遣う手紙が入っていた。岡本は時刻を確認し、農家の朝は早いだろうからと電話はせずに、お礼のメールだけを打つことにした。

ダイニングテーブルには、妻のために用意した食事がある。彼女と一緒に料理教室で習ったいくつかのレシピは、いつの間にか岡本の得意料理になっていた。

変わらないものなどこの世にはなくて。

永遠などなくて。

ただただ移り変わっていくのが、世の中の常だとわかっている。

居酒屋のポスターも、あのラジオ番組も、あと数年たてば忘れ去られていくのだろう。

それでもボタンを押せば、録音された音声はいつでも変わりなく岡本をあの頃へと連れて行ってくれる。そこにいつまでも揺蕩（たゆた）っていたいと願うのは愚かなことだ。

愚かなことだと、わかっている。

作成していたメールの画面が滲んで、岡本は両手で顔を覆った。

「……無理だ」

指の隙間から、呻くような声が漏れる。

「無理だよ……」

肩が震えて、うまく声にならない。

――生きてください！

電波に乗った夏海の声に、苦悩する少年を励まそうとした彼女の声に、容赦なく責め立てられた気がしていた。

たった一人でどうやって。

どうやって、生きていけばいいのだろうか。

今から約十カ月前。

癌を患っていた妻は、一年と六十七日の闘病を経て亡くなった。

病院のベッドの上でなお、楽しそうにラジオを聴く妻の姿が、瞼（まぶた）に焼き付いて離れない。

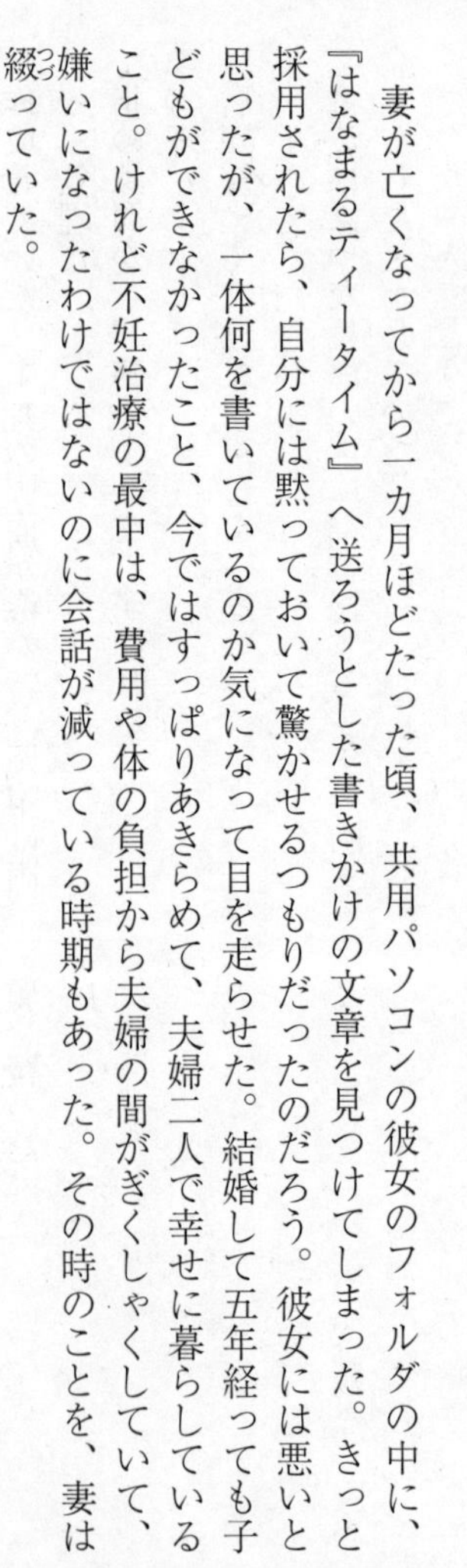

妻が亡くなってから一カ月ほどたった頃、共用パソコンの彼女のフォルダの中に、『はなまるティータイム』へ送ろうとした書きかけの文章を見つけてしまった。きっと採用されたら、自分には黙っておいて驚かせるつもりだったのだろう。彼女には悪いと思ったが、一体何を書いているのか気になって目を走らせた。結婚して五年経っても子どもができなかったこと、今ではすっぱりあきらめて、夫婦二人で幸せに暮らしていること。けれど不妊治療の最中は、費用や体の負担から夫婦の間がぎくしゃくしていて、嫌いになったわけではないのに会話が減っている時期もあった。その時のことを、妻は綴（つづ）っていた。

二人で病院に赴いた帰り、食事を摂ろうと入った行きつけのレストランで、注文した料理を待っているときに夫がぽつりと言ったんです。検査や投薬が苦痛で疲弊しきった私に、もうやめにしないか、と。

「僕は君を愛しているから結婚したんだよ。まだこの世に影も形もない子どものことより、君が幸せに笑っていることの方がずっと大切だ」

いろんな感情が溢れて、涙が止まりませんでした。けれど同時に、この人と夫婦になってよかったと思いました。

これからの人生を、この人とだったら歩いていけると改めて思いました。


泣いて。泣いて。泣いて。

どのくらい泣いたか、わからないほど泣いて。

救えなかったことを悔いて、自分の選択を疑って、一緒に歩くはずだった人生を一人で歩けるはずもないと、すべてを投げ出してしまいたかった。

もう触れることもできない彼女の温度が、たまらなく恋しかった。


しかしそれでも、日常は目まぐるしく巡っていく。

朝、いつも通りの時間に起きて、いつも通りの時間に家を出る。ラッシュでごった返す電車に乗って、会社までの道のりを歩く。ずっと、岡本が繰り返してきた日常だ。

――古谷創史の『はなまるティータイム』！　午後一時になりました！　こんにちは古谷創史です！　これからどうぞ二時間お付き合いください。そして火曜日のアシスタントは――こんにちは、小松夏海です！

イヤホンから流れてくる音声は、ずっと妻のいた過去を繰り返している。それを聴いている間は、ここに留まっていることを許されているような気がしていた。妻がいないという現実を受け入れきれずに、未だに彼女の分の食事を用意したり、回想に浸ったりしながら、なんとかこれまでを生きてきたのだ。もうすぐ一周忌を迎えるというのに、その現実からも目を逸らそうとして、変わらない日常を欲し続けた。

それなのに。

それなのに、彼女は変わってしまった。

「部長」

キーボードの上に乗せた手がいつの間にか止まっていて、岡本は自分を呼ぶ声にはっとして顔を上げた。

「あ、ああ、なんだ？」

こちらを気遣うような目で、河口がデスクの傍に立っていた。

「大丈夫ですか？　今日、体調悪そうですけど……」

「大丈夫だ。昨夜少し遅かったんで、寝不足なのかもな」

誤魔化して苦笑し、岡本はモニターに目を向ける。現実の仕事は待ってはくれない。

没頭さえしてしまえば、ラジオで埋めねばならない虚無感は少しだけ和らいだ。そうやって、この十カ月を過ごしてきた。

河口が、何かを言いたげにして目を伏せる。そしてふと、あの話題を切り出した。

「そうだ、昨日の『はなまるティータイム』聴きましたか？　夏海ちゃん、すごかったですね！」

ぐっと喉元が締まったのを、岡本は自覚する。河口の口から聞くと、急に現実感が増すような気がした。

「あのコーナーでは、今まで古谷アナに同調することが多かったのに、彼女があんなに自分の意見をしゃべったのって初めてじゃないですか？　成長しましたね！」

まるで自分の部下のことを喜ぶように、河口は口にする。

「……ああ、そうだな」

肯定しながら、岡本はなぜか罪の自白を促されている罪人の気分になった。河口が言う通り、あれは夏海の成長だ。今まで抑えていた彼女の、素の部分が解放された一端だろう。しかしそれを認めてしまうということは、変化を受け入れざるを得なくなるということだ。

「……妻が、好きだったんだ。あの番組」

ぽつりと吐き出すと、河口が痛みを堪えるような顔で瞬きした。

「聴かせてやりたかったな」

そう口にすると、どこかで妻が笑った気がした。

タイマーで予約してあるＩＣレコーダーは、引き続き番組を録音し続けていたが、岡本はどうしても聴く気になれずに、盆休みを挟んで二週間ほどそのまま放置した。その間に妹から電話がかかってきて、義姉さんの一周忌はどうするつもりなのかと訊かれてしまった。気付けば命日まで、あと二カ月を切っていた。法要をするなら、それなりの手配をしなければならないし、義両親などにも報告せねばならない。自分がどんなに目を逸らしたところで、結局季節は巡り、今を過去にしていく。

ようやく重い腰を上げ、葬儀屋を通じて法要の予約を入れた、八月最後の土曜日の夜に、岡本はもう一度あの放送回を再生した。

――だから、生きてください！

いなくなった方がいいなんて絶対に言わないで！

　ソファに体を預け、天井を見つめながら、夏海の声をただ淡々と聴いた。最初の時よりは、ずっと冷静に聴けた気がする。しかしまだ呑み込むには痛みが伴った。こんなにも力強く、こちらを肯定してくれる言葉だというのに、それに頷くだけの気力が湧いてこなかった。

　テーブルに置いたスマートホンがメッセージの着信を知らせる。岡本は体を起こし、飲みかけのビールをひと口飲んで、ＬＥＤランプが点滅する端末に手を伸ばす。

「……河口？」

　確認してアプリを開くと、部下からの短いメッセージがあった。

『二十二時から、東文放送で私の推しの番組があります。良かったら聴いてみてくださいね』

　仕事のことだろうかと幾分身構えていた岡本は、予想外のメッセージに拍子抜けして、思わず苦笑する。彼女の推しということは、声優の番組だろうか。ここ最近は、テレビに出ている若いタレントの名前すら憶えておらず、声優となればそのハードルがさらにあがる。

「二十二時か……」

　見上げた時計は、あと五分で二十二時を指そうとしていた。

　未だ見えない傷口は乾かず、ふとした瞬間に血が流れ出る。いつこれが癒えるのかなど、岡本には皆目見当もつかない。だからこそまだ、過去と日常の狭間(はざま)に揺蕩っていたいと思う。生きろと急かされることが、今の自分にはあまりにも辛く苦しい。

しかし、それでもいつか、この夜も思い出になるのだろうか。

夏海の言葉を、素直に受け取ることのできる日が来るのだろうか。

例えば妻に代わって、メールを書けるような日が。

時計の針がカチリと動いて、わずかな未来を連れてきた。

岡本はゆっくりと立ち上がり、ラジオの電源を入れに行く。

TALK #04

小松夏海、22歳

――古谷さん見てくださいこのフォルム！　円盤ですよ、空を飛びますよ！

――飛ばないよ。それ掃除機だからね。

――この空飛ぶ円盤が、今ならニーキュッパ！

――うん、だから自動掃除機だよ。二万九千八百円ね。ニーキュッパって言うと、二百九十八円みたいだからね。

――今なら上に乗る猫がついてくる！

――つきませんよー。ちなみに、ユウちゃんはこういう自動掃除機持ってるの？

――残念ながら……円盤の免許を持っていません……！

――その設定は引きずるんだね。

――不肖片瀬(ふしょうかたせ)、ご期待に沿えず遺憾の意を……！

――遺憾の意の代わりに、購入申し込みのお電話番号お伝えしてください。

――合点承知!

大通りに面したカフェの中から、何気なく外の様子を眺めていた夏海は、小柄な姿が横断歩道を小走りに駆けてくるのを見て、イヤホンを外した。時刻は午後五時を少し回っている。生放送の後に別件の打ち合わせがあることは聞いていたので、それに合わせてきたつもりだったが、少々こちらが早かったようだ。

八月に入ったばかりの猛暑の最中、未だマスクを手放せない夏海とはまた違った理由で、帽子と伊達眼鏡とマスクという完全防備でやって来た彼女は、店内ですぐに夏海に気付き、こちらへやって来る。ベージュのワンピースに黒のカーディガンを羽織った姿は、ごく普通の若い女の子だ。

「ごめんね、お待たせ」

そう詫びて、向かいの席に腰を下ろす。遅れて水を持ってきた店員に、『はなまるティータイム』の月曜日担当アシスタントであり、ピン芸人の片瀬ユウはアイスティーをオーダーした。

月~金のアシスタントの中で、アナウンサーの大久保とユウが、番組開始からずっと出演している。面白い女芸人がいるという噂を聞きつけて、専用劇場で当時まだ大学生だったユウのネタを見た当時の局長が、番組のアシスタントに推したらしい。奇抜なメイクと、『狂宴』と呼ばれる独特の世界観が漂うネタにコアなファンは多く、ラジオ出演をきっかけにじりじりと知名度を上げ、テレビの深夜番組などに準レギュラー出演するようになって、今に至る。夏海は同じアシスタント仲間ということで、水曜日担当の陣内愛美が歓迎会を開いてくれた時に仲良くなり、歳が近かったこともあって、こうしてお茶や食事に行く仲になった。

「今日ね、ラジオショッピングで自動掃除機紹介したんだけど」

「ああ、聴いてたよ。円盤って言ってたやつ」

「そうそう。そしたら後から黒木Dに安直だとか言われて」

「何に喩えたら満足なのよ、あの人……」

そんな会話をしつつ、ユウは外したマスクと伊達眼鏡をポーチの中にきっちり仕舞い、代わりに取り出したハンカチの上にスマートホンを置く。今日これから食事に行く店は彼女が予約してくれたが、最終決定までに熟考に熟考を重ねた上で候補を三つにまで絞り、それぞれの店の特徴、個室の有無、時間制限等などを記載したメールを送ってきた。

番組内では、取扱注意の破天荒キャラで、『月曜日の憂鬱をぶっ飛ばす』を合言葉に自由に古谷を振り回しているが、当の本人は立教大卒のいたって真面目な、真面目過ぎるほど真面目な人間なので、そろそろあのキャラに精神が持たないとぼやいていた。

「今度、テレビの新しいネタ番組が始まるんだけど、さっきはその打ち合わせだったの」

運ばれて来たアイスティーにストローを挿しながら、ユウがややしかめ面で口にする。

「十月には単独ライブもあるから、そのネタも作らないといけないんだけど、番組の方から新ネタでお願いしますって言われたの。だからライブとネタがかぶらないように、考え直さないといけなくなったんだよね。ものすごい無茶ぶり」

ラジオに出る前は、知る人ぞ知る芸人としてコアなファンしか知らなかったが、ラジオ出演以降彼女はじわじわとファンを増やしている。しかしゴールデン枠への出演は、キャラが壊れ過ぎていて扱いに困るという理由で、依頼が来ないらしい。それを思えば、うまくあしらっている古谷は、さすがということになる。

「ユウちゃんのライブ、観に行こうかな。十月だっけ？」

夏海は顎にマスクを引っかけたまま、残り少ないカフェラテを飲んだ。結露を吸った紙が、もう随分ふやけてしまっている。

「物好きね、私の尋常じゃない姿が見たいなんて」

「キャラでしょ？　尋常じゃないとか自分で言わないでよ」

「来るならチケットあげるから言って？」

「ちゃんと買うよ。そういうものじゃん」

地下アイドル時代、チケットの売り上げがすべて夏海たちに還元されていたわけではないが、それでもたくさん売れて、たくさん観客が入るのは単純に嬉しかった。だからこそ、きちんとお金を払って舞台を観たいと思う。

「……ありがとう」

言葉を探していたユウが、結局素直に礼を言う。彼女にも夏海の過去は話してあった。

夏海が未だマスクが手放せないことも、ユウはよく理解してくれている。そういう仲間ができたことが、この上なく心強かった。

夏海のアシスタントデビューから、もうすぐ二年が経とうとしていた。週に一回の出演だけでは微々たる出演料しか入ってこないので、パン屋でのアルバイトは続けている。このまま個人として活動していくことはもちろんできるが、パーソナリティ以外の仕事もやっていくつもりであれば、事務所に入った方がいいのではないかと、ユウから指摘も受けていた。夏海さえ乗り気ならうちの事務所を紹介してもいいと言ってもらっているが、まだそこまでの覚悟が定まらないでいる。この二年で、出演自体には随分慣れた。業界のこともそこそこわかるようになった。古谷の扱い方、番組の進め方にも、ある程度自分の中でマニュアルができている。

しかし――。

「キャラが薄い」

ここ最近、夏海が黒木から散々指摘されているのがそれだった。月曜日は、傍若無人の核弾頭という異名がついている片瀬ユウ、水曜日は溌剌さと大食いが売りの陣内愛美、木曜日は大人の落ち着きと色香を漂わせる大久保久恵、そして金曜は『大人の木曜日』に対して『オネエの金曜日』を銘打つオネエタレントのノッコが担当している。その中で、火曜日の夏海の存在があまりに目立たないのだ。番組の感想が書き込まれる掲示板でも、夏海への言及は一番少ない。悪口ですら書き込まれないのは、関心もないということだ。

「私が薄いんじゃなくて、周りが濃過ぎませんか⁉」

そう散々訴えてはいるが、では自分に合わせて周囲がキャラを薄くするというのも道理が通らない。二年の間にいろいろと模索してきたもののどれもいまいちで、どんどん有名になっていくユウと比べてしまい、妙な焦りもあった。

イノセントに所属していた時代も、夏海は決して目立つポジションにいたわけではない。センターにいたのは目の大きなボブカットの少女で、夏海は舞台の右端にいることが多かった。ライブの進行などを任されることはあったが、それも大人たちが役割を決めただけで、目立って引っぱって行くタイプではない。そもそもが薄いキャラなのでどうしようもないのだ。

ユウと食事をした翌日、夏海は出演のために東文放送を訪れた。持たされているパスを使って警備員のいる社員専用口を抜け、エレベーターで七階のスタジオまで上がる。エレベーターを降りてすぐのところに、前回の聴取率調査で上位に入った番組名が壁に貼り出されていた。常に視聴率を調べているテレビと違い、関東圏のラジオ局では偶数月のある一週間を対象に、どの番組を聴いているか年齢別に聴取率を調べているのだ。

六月の調査で『はなまるティータイム』は、五十代男性の部門ではかろうじて一位を獲得しているが、前回まで一位が取れていた六十代男性、五十代女性の部門では二位に甘んじる結果となってしまい、番組に関わる人間に向けられる目は正直厳しい。放送局自体の成績も、関東圏にある六局のうち、だいたい五位〜三位の間をうろうろしていて、制作局長に尻を叩かれている黒木らの愚痴もよく耳にする。アシスタントとはいえ、夏海にとっても他人事ではない。八月の調査も近々に迫っているので、どうにかして巻き返しをはからなければ。

「それにしても……どこに行っても結局数字か……」

貼り出された番組名を見上げて、夏海はぼそりとつぶやいた。そういえばアイドル時代も、握手会やチェキ会の列の長さで露骨に人気度がわかってしまい、辛かったのを覚えている。それでも熱心なファンは、ライブとなれば奈々子の立ち位置のすぐ近くの席で、名前入りのうちわを振ってくれる。彼らのためにも頑張らねばと、笑顔を作っていた自分が懐かしい。初期から応援してくれて、奈々子の中で顔と名前が一致していたファンもいた。

「元気かな、みんな……」

今となれば彼らに訊いてみたい。一体小松奈々子の、どこがそんなに良かったのかと。

「おはようございまーす」

妙にむなしくなった気持ちを抱えたまま、夏海はスタジオの並ぶフロアへ踏み込む。

いつもミーティングを行うテーブルへ荷物を置いて、ふと一番スタジオに目を向けた。七階にあるスタジオの中で一番大きなそこは、午前九時から午後一時まで、つまり『はなまるティータイム』の前に放送されている『池ちゃんのニッポンテイクアウト』が生放送されている。

「あれ？」

ガラス越しに見えるブース内に、見覚えのある姿を発見して、夏海は近くを歩いていくＡＤの佐伯を捕まえた。

「１スタに入ってるの、大久保さんですか？」

いつ会っても眠そうな顔をしている佐伯は、寝ぐせのついた頭を掻いてそちらを振り返った。

「そうだよ。野間アナが夏風邪とかで、ピンチヒッター」

ブース内では、パーソナリティの池内と一緒に、大久保がにこやかに番組を進めている。調整室にいるスタッフも最少人数で、いつも通り何も変わりがないように見えた。

「さすがベテランだよなぁ。池内さんと長年一緒にやってたような安心感。まぁあの特徴的な癒し系ボイスのおかげで、タクシーに乗ると一発でばれるらしいけど」

「そんなことあるんですか⁉」

「この業界じゃあるあるだよ。行先告げた途端、運転手がバックミラーで顔を確認したりするんだって。古谷さんもよく言ってるし、声優さんからもよく聞くなぁ。まぁドライバーってラジオ聴いてる人多いし、そうなれば一人前とも言えるかもね」

それを聞いて、夏海は喉の奥で唸る。タクシーに乗る機会がほとんどない場合、一体どうやってその目安を知ればいいのだろうか。

「あ、そういえば夏海ちゃん」

夏海とさほど歳の変わらない佐伯は、黒木が小松と呼び捨てるのに対して、ちゃん付けで名前を呼ぶ。それに影響されたのか、もしくは二年経って慣れた証か、同じような呼び方をするスタッフも増えた。

「『社会の隅っこで私を叫ぶ』のコーナー、久々にパンチのあるやつがきてるよ」

「あー、わかりました」

苦笑して、夏海は頷いた。『はなまるティータイム』は、その名の通りティータイムで話すような明るくて軽い話題が多いものの、このコーナーでは、リスナーから寄せられる少し真面目な、時に暗くなってしまいそうな体験談なども取り上げる。闘病の事だったり、亡くなった家族の事だったり内容は様々で、掬い上げて声に出して読み上げてほしいと思っている人は必ずいる、という、古谷の意向だ。実際、他のコーナーと比較してもメールの数は少なくない。

「あのコーナー、夏海ちゃんももっと自分の意見言っていいと思うよ」

今日の番組構成を、佐伯が近くのホワイトボードに書き出していく。

「古谷さんも、よく振ってくるでしょ？」

「そうなんですけど……、どうしても遠慮してしまうというか」

まだ二十二歳の夏海に答えられる人生の解答は少ない。

「みんなも、古谷さんにメールを読んでほしくて送ってきてますしね」

コーヒー取ってきます、と言って、夏海はその話題を切り上げた。そして席を立つついでに、もう一度スタジオ内の大久保に目を向ける。曜日違いとはいえ、同じアシスタント。しかし相手はベテランのアナウンサーで、実力の差は歴然としている。それは陣内であっても同じことで、彼女は豪快に笑うおしゃべり大食い魔人だが、恐ろしく滑舌がよく、少なくとも夏海が放送を聴き始めて以降、一度も噛んだところを聴いたことがない。おまけに彼女らは大学の先輩後輩でもあるらしく、一般の人がそうであるようにきちんと就職活動を経て、アナウンサーとして職を得ている。高校をやっと卒業しただけの夏海とは、経験値が違うのだ。きっと彼女たちであれば、リスナーからの真剣なメールに、自分よりもっといいコメントを返せるのだろう。

フロアの隅に用意されているコーヒーサーバーの前まで行って、夏海は長いため息を吐いた。元地下アイドル、アシスタント歴二年。大久保に追いつけるなどとは微塵も思っていないが、技術もない、キャラも薄いとなれば、自分は何を売りにしていけばいいのだろうか。番組の聴取率以前に、自分の進退について現実的に考えなければいけないのかもしれない。

「なんだ、そんなとこでため息ついて。便秘か？」

立ち尽くしていた夏海の頭の上から、黒木の無神経な声が降ってくる。どうしてこの男は、いつも話のネタが下の方に行くのだろうか。二年間顔を合わせている間に、もはやいちいち反応するのも面倒になってきた。

「悩んでるんです。自分のキャラについて。ていうか、薄いって言ったの黒木さんですからね？」

「事実だろ」

しれっと返して、黒木は手にしていたコピー用紙の束に目を落とす。

「掲示板にも書かれてるぞ。『火曜日のアシスタントって誰だっけ？』」

「……そのレベルなんですか」

「『ノリはいいんだけど、言ってることはスカスカ』『古谷アナが言ったこと繰り返してるだけじゃん』『つーか誰なのこいつ。もうユウちゃんが月火担当でいいんじゃね？』……ここ一カ月でお前について語られたのはこれだけ」

夏海は頭痛を感じてこめかみに手をやる。事態は思っているよりずっと深刻なのかもしれない。

「お前もしかして、ぐいぐい前に出てしゃべることに抵抗あるのか？」

カップにコーヒーを注ぎながら、黒木がふと尋ねた。

「……そんなことは……ないですけど……」

「今のお前は、センターのメンバーに気を遣って黙ってる小松奈々子と同じだぞ」

その言葉が、胸を突く。

イノセントは、もう解散して久しい。脱退後、メンバーと連絡を断ってしまった夏海には、どうして解散に至ったのか詳しいことはわからない。今やそのグループ名すら、ファンの記憶の中に埋もれてしまっただろう。

「リスナーに関心を持って欲しいなら、それなりのしゃべりをしないと伝わらないだろ」

「それはそうですけど……」

喉が詰まって、それ以上の言葉が続かない。

「おはよー」

フロアの入口から古谷が顔を見せて、スタッフからおはようございますと声が返る。

「お、はようございます」

喉を無理やり動かして、夏海は声にした。そのぎこちない様子を見て、古谷が怪訝(けげん)な顔をする。

「どうしたの、また黒木にいじめられた？」

「俺がいつも小松をいじめてるような言い方しないでくださいよ」

「えー、事実でしょ？」

そこから他のスタッフも集まってきて、雑談から打ち合わせに入っていく。

その輪の中で、夏海だけが分厚いガラスの外側にいるような疎外感を味わっていた。

小松夏海の仕事ぶりについて、スタッフからの評判は決して悪くはない。二年も一緒にやっていると気心も知れてきて、助郷が最初から最後まできっちり書いていた台本も、『ここからは流れで〜』や『フリートーク』という指示が多くなってきた。それだけ、夏海に任されることが増えたということだ。

「では続いて第二火曜日はこのコーナー『社会の隅っこで私を叫ぶ』！」

目の前のマイクに向かっていつも通り番組を進めていく古谷を、夏海はどこかぼんやりと眺めた。結婚している古谷には、当然妻がおり、二人の娘がいると聞いている。元々地方のラジオ局のアナウンサーで、転職して東文放送にきたらしく、その間いろいろと思うこともあっただろう。子どもが成長するにつれて、直面した問題も、新たに増えた悩みもあったはずだ。そういうものを乗り越えた人の声だからこそ、リスナーは耳を傾ける。

一方で私はどうだろうか、と、夏海は自分の手元に目を落とした。

経験を元に話そうとすると、そこには必ず奈々子の影がつきまとう。

愛されたくて愛されたくて仕方がなかった少女のことは、もう過去に置いてきたはずなのに。

「――と、僕は思うけどね。でもそれって世代によって違うのかな？　夏海ちゃんはどう思う？」

　問いかける古谷の声が遠かった。

「いやもうおっしゃる通りだと思います」

　定型文は、今日も間違わない。

　夏海はブース内の時計を見上げる。なぜだか涙が滲んで、文字盤が霞んでいた。

「やっぱすごいっすよ黒木さんはっ！」

　東文放送からほど近いイタリアンバルで、ＡＤ佐伯が酔いつぶれるのはそう珍しいことではない。

「営業部に飛ばされて、報道部に飛ばされて、やっと制作部に戻ってきて、あっという間に数字出して……！」

「飛ばされたって言うな」

「やっぱ制作部に必要な人だったんです!!」

　普段万年寝不足のような顔をしているくせに、佐伯は酒が入ると饒舌になる。そして黒木を褒め称え始めるのもいつものことだ。黒木は彼の手元にあるワイングラスを除けて、代わりに水を注いだグラスを近くに寄せる。今日はずいぶんペースが速いと思っていたら、このざまだ。

「俺なんか契約社員ですよ？　三年たったらどうなるかわからぬ我が身！」

そう言ったかと思うと、佐伯はばったりとテーブルに突っ伏した。

「あーやだ、やだよー、可愛い声優と番組作りたいよー、キャッキャウフフしたいよー」

「下心は隠しておくもんだぞ」

呆れて、黒木はグラスに残ったワインを飲む。佐伯の声優好きは今更だ。そもそも入社の動機が、声優と仕事がしたいという理由だったと聞いている。今は念願かなって、『はなまるティータイム』の他にも、若い女性声優がパーソナリティをしている番組を担当しているが、彼女は普段見せているゆるふわ清純派の顔とは裏腹に、少々感情の起伏が激しい人物なので、早々にその洗礼を受け夢が壊れたと嘆いていた。普段は支離滅裂なキャラでも、素の顔がただくそ真面目な片瀬ユウなど、スタッフとしてはありがたいことこの上ない。

「まーその下心が原動力になることもあるからねー」

佐伯の隣では、黒木の同期であり営業部の諏訪部が、セブンスターに火をつけていた。営業部と制作部は同じフロアなので、異動後も何かと顔を合わせることが多い。今日もその流れで呑みに行くことになったのだ。

「仕事相手が美人か野郎かで、気合の入り方は確かに違う」

「ですよねぇ⁉」

がばりと身を起こした佐伯が、自分のワイングラスを引き寄せ、乾杯！　と諏訪部のグラスに強引に当てた。

「お前ら、そういうとこで気が合うよな」

黒木は頬杖をついて、目の前の同期と後輩を呆れ気味に眺める。すると佐伯が、焦点の怪しい目をぐるりと向けた。

「黒木さんだって人のこと言えないじゃないですか！　小松夏海を連れてきたの、黒木さんでしょ？　元地下アイドルだったんですよね？　お気に入りだったんじゃないんですか⁉」

声がでかい、と、黒木はメニュー板で佐伯の頭を叩いた。諏訪部がしれっと自分のグラスを避難させる。ついでに、店員を呼んでチーズの盛り合わせをオーダーした。

「お前それ、いろんなとこでしゃべってないだろうな？」

「言ってないですよ〜。ていうか、そんなに秘密にしなきゃいけないことですか？」

叩かれた頭をさすりながら、佐伯が涙目で訴える。

「いいじゃないですか、アイドルが好きなんて、俺は逆に親近感わきますよ」

「そこの認識をまず改めろ。俺は別にアイドル好きじゃない」

「え、違うんですか⁉　黒木さんが恥ずかしがるから緘口令出てるって聞きましたけど」

「それ俺も聞いた」

煙を吐き出す諏訪部も同調するのを見て、黒木は顔をしかめる。

「誰からの情報だ？」

「吉本Ｐ」

口を揃える二人に、あのおっさん、と黒木は毒づく。まさかそんな誤情報を流されているとは。

「でも、それならなんでわざわざ小松夏海を呼んできたんですか？　元アイドルとはいえ全然売れてなかったんですよね？　なんかコネがあったんですか？」

黒木は運ばれてきたグラスワインを受け取って、盛り合わせのサラミを一枚口に放り込んだ。

「知り合いの演出家に誘われて、たまたまあいつが出てた舞台を観に行ったんだ。その時に、面白そうなやつだと思って覚えてただけだよ」

「へぇー、覚えてもらえるだけでもすごいのに、それで声かけてもらえるとか運がいいっすね」

何気なく言って、グラスに残ったワインを飲み干す佐伯を、黒木は複雑な思いで見つめた。運がいい。本当にそうだろうか。ラジオのアシスタントというポジションを手に入れてなお、それでも彼女の人生にはまだマイナス分があるのではないかと思う。おまけに、今は自分の立ち位置を悩んでいるので、いらぬ苦労を背負ったという見方もできる。そして運と言えば、自分も誇れる立場ではない。まさか制作部に戻ってくるのに、七年もかかるとは思わなかった。

「お前、何か隠してるだろ」

佐伯がトイレに行くと言って席を外すと、向かいの席で諏訪部が煙草を指に挟んだまま、気だるげに頬杖をついて尋ねた。

「何かって、何だよ」

「だからそれを訊いてんだよ。俺も毎回聴けてるわけじゃないけど、小松夏海は元素人同然の地下アイドルにしちゃ、まぁまぁしゃべれてる方だ。古谷さんとの相性もいい。ある程度の適性は見抜いて連れてきたんだろうけど、顔に怪我して引退したっていう元アイドルを採用したのは、何か他にも事情があったんじゃねぇの？」

煙草の灰を落として、諏訪部は続ける。

「俺の記憶が正しけりゃ、お前がその地下アイドルの舞台を初めて観に行った日って、あの飲み会がリスケになった日だろ？　それ以降も、ちょいちょい行ってたよな？」

「よく覚えてるな」

黒木は苦笑する。確かにイノセントの舞台を初めて観に行って以降、黒木は奈々子を観るために何度か劇場やライブにも足を運び、舞台の千秋楽で彼女の即興アドリブを目にしたのだ。

「俺は運命も宗教も信じないが、縁っていうものだけは、たまに信じたくなる」

黒木は帽子を手に取り、伸びた前髪を掻き上げた。

「……小松夏海の初日のあの台詞、本当にお前の演出じゃないのか?」

ワインをひと口飲んで諏訪部が尋ね、黒木は苦笑する。

「よりによって俺が言わせるかよ」

十二秒でバックアップが流れるなら、十秒までは間が取れるってことじゃん?

それはかつて、自分たちのよく知る『関口保(せきぐちたもつ)』というパーソナリティが言った言葉だ。

カンカン帽をトレードマークにしていた芸人だった彼は、例えば生放送のトークの冒頭、わざと十秒の間を取って話し始めたり、オチを言う前に十秒の沈黙でリスナーを焦(じ)れさせたりする。姿など決して見えないはずなのに、今まで流れるようにスピーカーから聞こえていたトークが途切れ、リスナーの意識がこちらに集中するのを見計らうように、関口はもったいぶって口を開くのだ。一部のマニアの間では『関口の十秒』として有名にもなった。彼はあくまでも自分の中の『間』だと言い張っていたが、おそらく半分は悪戯(いたずら)にも似た挑戦だったのだろう。現に、そういうぎりぎりのところを楽しむキャラクターだった。約二十年前の、大らかな時代だったからこそ許されたことだ。十二秒後にクラシック音楽が流れてしまうと、放送事故だと知っていたリスナーたちは、関口の十秒をある意味ひりつくような緊迫感で聴いていた。今日こそその十二秒を、うっかり超えてしまうのではないかと。

黒木は今でも、あの十秒に感じていた高揚を思い出すことがある。

ただ黙っている、それだけのことが、距離を超えて共有する背徳感と好奇心で満たされていた。

だからこそ、夏海がそれを口にして驚愕したのだ。黒木だけではない。あのことを知っている者は、皆スピーカーの前で仰天しただろう。そのエピソードを知っているはずもない小松夏海が、全く同じことを口にしたのだから。

「あの放送後に、お前と同じように思った人間から、局内のあちこちで声をかけられた。面白がって再来とか言う人もいたが、小松が知ったら調子に乗るから黙っててくれって、いろんなとこに根回しして大変だったんだぞ」

「あー、それで誰も言ってないのか。若いやつはどうか知らねえけど、古谷さんや大久保さんなら間違いなく知ってるのに、と思ってた」

諏訪部が黒木から帽子を奪って、自分の頭に載せた。

「どうせなら忠実にカンカン帽にしろよ」

「そこまでの勇気はない」

「意気地なし」

紫煙をわざと黒木に吹きかけて、諏訪部は帽子を持ち主の頭に返した。

「小松夏海の件は、上からの許可が下りてるんなら俺が口を出すことじゃないし、お前の好きにすりゃいいよ」

諏訪部が、昇っていく紫煙を目で追った。あえての苦言も、批判も、同調もしない彼を、黒木は心底ありがたいと思う。

グラスに残ったワインをあおると、渋みだけがやけに舌の上に広がった。

酔った佐伯をどうにか地下鉄に押し込み、駅で諏訪部と別れ、自分は自宅のある中野へと帰ろうと、黒木は東京駅で一旦電車を降りた。大河のように人が流れていくホームで、不意に呼び止められて振り返ると、同じ電車に乗っていたのか、人混みの中で見覚えのある男がひらひらと手を振っていた。

「あれぇ、黒木じゃん」

「……高島(たかしま)」

その名前を、黒木は苦く呼ぶ。大学時代、同じゼミにいた同級生だ。もっとも属していたグループは違うので、それほど仲がいいというわけでもない。卒業してからお互いに就職して、同窓会で再会し、名刺だけは交換している。

「今帰り？ 俺も福岡からの帰り。DVD特典のイベントでさー、皆中洲の夜を楽しんでんのに、俺だけ日帰り。明日どうしても外せない企画会議があってー」

黒のTシャツにジーンズを合わせ、小ぶりのキャリーケースを引いた高島は、訊いてもいないのにべらべらとしゃべり始める。大学卒業後に編集プロダクションに就職し、その際の伝手(つて)で二年後にメディアミックスに強い大手出版社に転職した。そこでライトノベルの編集として働き、アニメ化作品などに多数関わっているらしい。そこまでが、本人から聞いた情報だ。

「随分景気が良さそうだな」

自分よりも背が低い高島を、黒木は見下ろす。高島は得意げに顎を上げて、まぁなと笑った。

「春に出した担当作家の新シリーズが当たって、コミカライズも順調だし、アニメの話も動いてる。今はどんな弾でも欲しいんだってさ。原作が足りてないから入れ食い状態。作家の機嫌も取らなきゃいけないし、制作会社も接待しなきゃいけないし、こっちの身体が足りないっつの」

もともとそういったコンテンツに関わりたいとは聞いていたので、今の仕事はそれが叶った結果だろう。好きな仕事ができているということは、幸運なことに違いない。

「お前は？　もしかしてまだラジオ業界にいる？」

その問いの温度に、黒木はわずかに眦(まなじり)を動かした。

「地味だよなぁ。なんでそんな化石にしがみついてんの？　維持はできても儲かりはしないだろ？　もうネットで配信できる時代だぜ？　もっと派手な仕事しろよ」

「……化石か」

繰り返して、黒木は鼻先で自虐的に笑った。そんなことは、言われなくてもわかっている。YouTubeを筆頭に、動画配信サイトは毎年ユーザーを増やし、ツイッターなどのSNSも企業や店舗がアカウントを持つなどして盛り上がりを見せている。個人の自己表現と承認の場の選択肢は多くなる一方で、これからラジオはおろか、テレビさえネットに食われていく時代が来るだろう。

「ま、転職したくなったら声かけろよ。これでも人脈は多い方だから、どっかに口きいてやる」

黒木の胸のあたりを馴れ馴れしく拳で突き、高島はリモワのキャリーケースを見せつけるように引いて、ホームを歩いて行った。

——……ラジオの何がいいかってね、勝手に想像できるところなんだよ。しゃべってるのが関口だってわかってても、今日はどんな格好してんのかなとか、髪はぼさぼさなのかなとか、パンツは何色なのかなとか……それはない？　うるせぇよ！　俺のパンツも想像しろよ！（笑）……まあパンツは置いといてもね、そういう自由さが残ってるとこがいいでしょ？　だってそうして想像したことって、誰にも否定されないし、奪われないし、自分だけのものだろ？　あとなんでか実際に見たものより記憶に残ったりするんだよな。別にテレビほどやかましく言われないとか、こっちの方が過激なことやったって許されるとか、そんなこと全然思ってねぇよ？　いや、ほんとほんと（笑）。

黒木が中高生だった頃は、まだインターネットがほとんど普及しておらず、子どもたちの娯楽と言えば、テレビか漫画かラジオだった。特に勉強しながらでも聴けるラジオは学生との相性がよく、黒木も好んでよく聴いた。当時木曜十時から放送されていた、『関口の××な話』は、中高生を中心に爆発的な人気があり、黒木も熱心にハガキを送った。運よく読まれた次の日には、友人と学校で報告し合い、ラジオネタでひと盛り上がりするのが常だった。『関口の十秒』が生まれたのも、この番組だった。

大学に入ってからも、テレビの代わりにラジオをかけることが多く、とても自然な流れでラジオ局への就職を決めた。運よく新卒で入社し、希望していた制作局に配属され、これから面白い番組をどんどん作ってやろうと意気込んでいたのを覚えている。しかし目立つ杭とは打たれるもので、先輩ディレクターからのいびりに真っ向勝負を挑んで騒動となり、黒木は翌年の人事で営業部へ飛ばされ、先輩は系列の製作会社へ転職した。

「運がいいのか、悪いのか……」

独りごちて、黒木は最寄り駅の改札を出る。五年前、ちょうど『はなまるティータイム』の開始に合わせ、騒動の際に黒木の上司だった石井が、制作局長になっていることもあって呼び戻してくれた。素人同然の夏海をオーディションに呼び、採用に至った経緯も、石井が黒木を買ってくれているからという側面がある。

「まぁ運なんて、悪いと思った方が負けか」

ぬるい風が頬を撫でていく。

「……悪いと思った方が負けだぞ、小松」

仕事に慣れてきた彼女が、今漫然と伸び悩んでいることはわかっている。本当はキャラが薄いとか、アナウンサーのような技術がないとか、そんなことは二の次で、あまりにも本人に自信がないことが原因なのだ。小松夏海を名乗りながら、彼女は未だに小松奈々子の影から抜け出せないでいる。

五年前、公式の発表によると、小松奈々子は体調不良のため治療に専念するという理由でイノセントを引退した。しかし黒木がその情報を知ったのは、奇しくも彼女がひったくりに遭って左頬に怪我をし、それが原因で引退に至ったという、ネットニュースの小さな記事を見た後のことだった。こういう芸能ニュースにしては珍しく、事件の内容はほぼ本人が話す通りだったが、それ以外に母子家庭という部分を大きく取り上げ、彼女がアイドルをしているのは家計に金を入れるためだという憶測を、さも事実かのように書き立てていたのを覚えている。しかしおかげで黒木は、小松奈々子の窮地を知ることになった。救おうなどと傲慢なことを思ったわけではない。現にその時、すぐに何か支援ができたわけではない。ただ新しいアシスタントを探さねばとなったときに、真っ先に浮かんだのが彼女だった。

あの日、演出家に誘われて観た『絶望歌劇ロージア』。

ハムレットを真似たような脚本は、お世辞にもよくできているとは言い難かったが、演じている少女たちは皆真剣だった。その中でなぜだか黒木の目を惹いたのが小松奈々子だった。物語終盤のコミカルなシーンで、主人公を相手に威勢よく啖呵を切るシーンが気に入り、その後も何度か足を運んだ。そして千秋楽、いつもと同じように彼女のターンを待っていると、小松奈々子はそこに時事ネタを盛り込んだアドリブを突如ぶち込み、観客の笑いを取った後見事に通常の流れへと引き戻した。ライブでは進行役を任されていたものの、目立って仕切るのはセンターのメンバーで、あくまでも一歩引いた位置でそれを聞いている彼女を観ていただけに、黒木にはそれがかなりの衝撃だったのだ。

本当はもっと、しゃべりたいことがあるんじゃないのか。

マイクを持ちながらもメンバーに会話を譲ってしまう奈々子は、舞台上の台詞という形で、ようやく伸びやかに言葉を発しているように見えた。

ならば、しゃべらせてみたい。このまま埋もれさせてしまうくらいなら。

これも縁だと、なぜだかあっさり納得した。

あの時の自分の決断は、今でも間違いだったとは思っていない。

商店街を突っ切って家路を辿りながら、黒木は空を仰いだ。

都会の薄明るい空に星は見えず、半端に欠けた月だけが浮かんでいた。

「無駄なことしてるわね」

自分以外のアシスタントが担当している曜日の収録を、一度きちんと見てみたい。そう言って、バイトの時間を調整し、連日スタジオに通うことにした夏海に、大久保がさらりと言い放った。

「む……無駄かどうかは……やってみないことには……」

「じゃあ訊くけど、参考になるようなことが何かあった？」

午後三時、ちょうど『はなまるティータイム』の放送が終わって、スタジオからスタッフが引き上げていく。本日担当した大久保は相変わらずの癒し系ボイスで、古谷をたてながらそつなく番組に貢献した。知識も豊富で、クラシックと聞いただけで、楽曲はもちろん著名な指揮者や楽団の名前を次々と並べ、本日のゲストだったバイオリニストとも大いに盛り上がった。木曜日だけは古谷も大久保にやや甘えるところがあり、頼りにされているのは一目瞭然だ。

「……見聞を、広げなければと……」

手元のメモ帳を握りしめて、夏海は妙な威圧感を醸し出す大久保から視線を逸らす。

実のところ、それ以外メモ帳に書いてはいない。

「そんなことに今頃気付いたんだとしたら、アシスタントどころか社会人失格なんじゃない？」

冷笑して、大久保はスタッフにお疲れ様、と声をかけながら歩いていく。

「そこまで言いますか……」

啞然と大久保の背中を見送って、夏海は小声でつぶやいた。あそこまで歯に衣着せず言われると、逆に清々しさすら感じる。

「悪い人じゃないんだよ？」

不意に背後から声がして、夏海はびくりと振り返った。

「大久保さん、悪い人じゃないんだけど、口は悪いの」

いつの間にかそこにいた陣内が、そっと夏海の手を取って何かを握らせた。

「私はいつでも夏海ちゃんを応援してるから」

やたら慈悲深い眼差しで言った陣内は、そのまま出口まで行き、またこちらを見て、
一度意味ありげに深く頷いてから、扉を閉める。慰めだったのか何なのかよくわからな
いまま、夏海が手元に目を落とすと、なぜかそこにはカニみその瓶が収まっていた。

「よう、社会不適合者」

カニみそに気を取られている間に、背後から聞き慣れた声がそう呼びかけ、夏海は渋
い顔で振り向く。案の定黒木が、しれっとした表情でこちらを見下ろしていた。

「不適合者じゃなくて、失格者らしいです」

「どっちでも似たようなもんだろ」

「いや、なんか不適合より失格って言われた方が潔い感じが」

「否定する気はないのかよ」

黒木は面倒くさそうに首の後ろを掻く。

「大久保さんに言われると、何も言い返せないというか。おっしゃる通りですとしか……」

夏海は乾いた笑い声を漏らす。何ひとつ彼女に勝っているものがないのだから、反論する材料すらない。

もはや目が据わっている夏海を、黒木が気味悪そうに眺めた。

その口から吐き出された、ため息。

「俺たちはそんなポンコツと一緒に番組作ってるのか」

その一言に、夏海は顔を上げた。

「あ、……いや、その……」

「そんな奴に声をかけた覚えはないんだけどな」

畳みかけられて、夏海は困惑する。自虐のつもりだったが、思わぬところに着火させてしまった。

「小松、お前が自分を否定したら、そのお前を呼んできた俺も、それにゴーサインを出した吉本Pも、そのさらに上の局長まで、判断が間違ってたことになる」

度が入っているのかどうかわからない黒縁の眼鏡を押し上げて、黒木は口にする。

「俺たちはチームだ。少なくともその中に、プライドのない奴はいらない。初日の出演で、派手に散ってやるって言ったお前はどこに行ったんだ？　あの時の方がよっぽど面白かった」

「そんな……」

見えない力に絞られるように、喉の奥が締まっていく。初日の方がよかったのであれば、この二年は何だったというのだろう。今あがいていることさえ、無駄だというのだろうか。

「キャラが薄いとは言ったが、別に核弾頭みたいなのをわざわざ作れという意味じゃない。そもそもそういう番組でもないだろ。ユウのキャラが特別なだけだ」

失望の色を浮かべる、黒木の目が怖かった。

応えられない。

期待に応えられない。

こんな時、何と言えば笑ってもらえるのだろう。

ステージに立っていた、あの頃の自分の姿が脳裏をちらつく。

「お前、本当は自分でわかってるんじゃないのか。自分に何が足りてないのか」

身体中の骨が砕けて、そのまま崩れてしまいそうだった。こんなにも脆い身体を、あの日から騙し騙し走らせていたのだ。そのことを、あっさり見抜かれてしまった。

ADの佐伯に呼ばれて、黒木はその場に夏海を残して歩いていく。

夏海はしばらくの間、その場に立ち尽くしたまま動くことができなかった。

本当は、黒木の言う通り薄々気付いている。自分に決定的な癖があること。毒親ともいえる母親に育てられたことと、曲がりなりにもアイドルとして活動したことが、その原因だ。

母の機嫌を損ねないように
ファンが離れて行かないように
事務所から怒られないように
メンバーから疎まれないように
美しく成形したコメントを、奈々子はいつも読んでいた。
それは、予測変換で出てくる定型文に等しくて、自分の言葉などそこにはなかった。
認めて欲しいと、わかって欲しいと、承認欲求は人一倍あるくせに。
小松夏海は、自分の言葉で話すことができない。
今まで見て見ぬふりをした、あまりにも致命的な欠陥だった。

「難しい問題ねぇ」

新宿にある小さなバーのカウンターで、筋肉質の体のラインをよく拾うTシャツを着た男が、少々窮屈そうに胸の前で腕を組む。片手を頬に当てる仕草は、よく見る彼の癖だ。

「でもあれでしょ？　別にこうして普段話してる分には問題ないわけでしょ？」

「はい。普段は普通に……。ただ、マイクを意識するとだめなんです。その向こう側の人を意識しすぎてしまうというか……。ちょっとふざけたり、面白いコメントを言うのは大丈夫なんですけど……」

カウンターに四席と、四人掛けのソファ席が二つしかない小さな店は、まだ午後九時前という時間帯もあって、客は夏海たちだけだった。

「でもそれ、ちょっとわかるかも」

夏海の隣で、ミモザの入ったグラスを持って、ユウが同意する。

「今なんて特に、切り取られた言葉だけがすぐにネットで独り歩きして炎上したりするし、気を遣ってる人は多いと思う。言ってることが全部本音なんて、そんなことはないと思うし」

それを聞いて、カウンターの中の男が、確かにねぇ、と溜息をついた。姿はどう見ても男性だが、その心は紛うことなき女性だ。時折オネエ枠でテレビ出演もしている彼女こそ、金曜日アシスタントのノッコだ。年齢は非公開で、三十代とも四十代とも言われている。商才にも長ける彼女は、ここ以外にも都内に数店舗飲食店を経営しており、普段は雇った人間に店のことは任せているのだが、知り合いを連れて来店した時は自らカウンターに立つことが多い。

「程度が問題ってことよね？　でもアタシは夏海がしゃべってるの聴いてて、特に気になったことはないけど？　確かに『社会の隅っこで～』のコーナーの時は大人しいなとは思うけど」

　ノッコは自分のために作ったハイボールをあおる。彼女を含め、夏海もユウもそれほど酒に強いわけではない。一度陣内の家で、大久保を除くアシスタントメンバーで家呑みをしたが、どれだけ呑んでもテンションと顔色が変わらない陣内に、全員が負けを喫している。

「小松夏海はただでさえ二十歳そこそこの小娘だし、過去のことを全然話せないし、そういうのもあって、余計に言葉が出ないというか……」

　番組に慣れれば慣れるほど、どんなコメントを求められているか、どういうことを言えば古谷と嚙み合うかがなんとなくわかってくる。その流れに乗ってしまえば、自分の言葉などなくとも番組は進む。アシスタントなのだからそれでいい。脇役なのだからそれでいい。そう思っていたけれど、徐々に腹の底は重くなっていった。嘘を口にしていか。
るわけではない。騙しているわけではない。それでも、他人に寄り添えるほど誠実なの

そんな自分の声が、電波に乗って一体どこに届くというのだろう。
誰に届くというのだろう。

「正直言うとね、私は無理に自分の言葉でしゃべろうなんて、思わなくていいんじゃな
いかなって思うの」

グラスを傾けながら、ユウがぽつりと切り出した。

「そういうのって、意識してしまったらだめっていうか、その瞬間に本音じゃなくなる
っていうか、うまく言えないけど、自然と出るものだから価値があるのかもしれない。
私だってぶっ飛んだ痛いキャラの力技で押してるだけだから、リスナーに対して誠実な
のかって言われたらよくわからないし」

「いや、でもユウちゃんのキャラは求められてるから……。それをわかって演じるのは、
すごく誠実だと思うよ」

「ユウの場合はねぇ、なんとなくこの人真面目なんだろうなって思わせる部分も垣間見
えるから、なんというかメタなのよね、存在が」

頬にグローブのようなごつい手をあてて、ノッコがしみじみと口にする。存在がメタ
だと言われたユウが、複雑な顔でミモザを飲んだ。

「話を聞いてて思ったんだけど、夏海が悩んでることって、夏海がまだ夏海っていうキ

ヤラを掘り下げられてないことも原因のような気がするわ」

「キャラを掘り下げる?」

陣内からもらったカニみそのことを思い出して、カバンの中を漁(あさ)っていた夏海は顔を上げる。

「小松夏海は生まれてから二年しかたってないでしょ? いわば二歳よ? 二歳が何を言おうが何を考えようが、スッカスカに決まってるじゃない。だってまだ二年の経験しかないんだもの」

「そうです、だから掘り下げようにも、掘り下げるものが……」

「だーかーら、小松夏海だけで考えるからダメなのよ~……やだ、なんでカニみそ?」

「陣内さんにもらったんです。おつまみに使ってください」

「陣内のカニみそってかなりのとっておきよー?」

そうだったのか、と、夏海はノッコの手にある小瓶に目を向ける。陣内なりの最大級の励ましだったのかもしれない。

「アタシは、あんたが元地下アイドルの小松奈々子から小松夏海に生まれ変わって仕事をしてることは、すごいことだと思うわよ。勇気がいったと思うし、簡単なことじゃなかったはずよ。でもだからって、小松奈々子の存在をなかったことにはしなくていいんじゃないかしら」

ノッコは手早くカニみそを小鉢に開け、マヨネーズと混ぜて七味を振ったものを、野菜スティックと一緒に出してくれた。

「小松奈々子を経た小松夏海だと思えば、口にする言葉も、きっと変わってくるはずよ」

ノッコの太い指が、大根スティックを一本さらっていく。

「奈々子を経た、夏海……」

つぶやいた夏海の背中を、ユウが励ますようにぽんぽんと叩いた。

最寄駅の駐輪場に停めた自転車を引っ張り出して、夏海は夜道をのろのろと漕ぎだした。自宅方面へのバスもあるのだが、節約のためにもっぱら自転車移動しているのは、アシスタントの仕事を始める前と変わらない。今ではずいぶん脚力もついて、自宅に続く坂道も難なく上れるようになった。二年前より成長したことといえばそのくらいではないのか、と考えて、夏海は自虐的すぎるなと頭を振った。また黒木にプライドがないと言われてしまう。自己肯定感の低さは、自分でもよくわかっていた。
「ただいまー……」
玄関の扉をなるべく音を立てないように開けて、夏海は小声で帰宅を告げた。時刻はすでに午後十一時をまわっている。朝が早い祖母は、すでに寝ている時間だ。起こさないよう気を遣いながら廊下を抜け、居間の灯りをつけると、テーブルの上に置手紙があるのを見つけた。スーパーのチラシの裏に祖母のおおらかな字で、『おかえり　冷蔵庫に揚げ出し豆腐があるから、お腹が空いてたら食べなさい』と書かれている。途端に空腹を覚えて、夏海はとりあえず風呂に入ってから揚げ出し豆腐をつまみに呑み直すことに決めて、自室へ向かった。

二階にある六畳の和室は、父が家を出る前に使っていた部屋だと聞いている。畳は色あせてしまっているが南向きで日当たりもよく、窓からは庭の梅の木が見えて、折り重なる他家の屋根の向こうに海を望むこともできた。この部屋で、夏海は約二年をほとんど引きこもって過ごした。ネットニュースに面白おかしく書かれてからは、どこからそれが漏れたのかと疑心暗鬼になって、事務所のこともメンバーのことも信用できなくなり、いつしか連絡を断ってしまった。他人と接触することが怖くて、通院以外は家から出ることもなかった。食べることへの欲も、生きることへの渇望もなく、ただひたすら現実から逃避するように眠る日々が続いていた。そんな生活を繰り返していたある日、手術後の経過がよく、痕もそれほど目立たないかもしれないと医師に言われたことで、少しずつ食欲が戻り始めた。単純だと言われればそれまでだが、夏海にとっては単なる傷以上に、自分の育った環境のすべてを集約した十字架のように感じていたのだ。それが完璧ではなくとも、目立たないようになるかもしれないという事実は、とても大きな希望に思えた。

「奈々子を経た夏海だから、言えることかぁ……」

風呂あがり、予定通り揚げ出し豆腐を温め直し、自家製の梅酒と一緒に居間で一人晩酌を始める。あれからノッコに言われたことをずっと考えているが、思い起こす過去はどれも暗いものばかりで、決して人に誇れるものではない。夏海は揚げ出し豆腐を頬張って、木目の浮かぶ天井を見上げる。あの頃、この苦しみから抜け出す術などないと思っていた。自分に向かって世界は閉じていて、自分がこの世に存在する意味もわからなくなっていた。祖母がいなかったら、今こうして生きていたかどうかもわからない。

毎日毎日、死んでしまいたいと思っていた。

それは死ぬということを理解した上での衝動ではなくて、ただただこの世からパッと消えてなくなりたかったのだ。あの母親の娘だという事実も、承認欲求にまみれたアイドルの小松奈々子も、傷を負った左頬も、すべてを消し去ってしまいたかった。

「……あ、あとで陣内さんにメールしよ」

ノッコの店で食べたカニみそのことを思い出し、お礼を言いそびれていたことに気付いた。

「美味しいって、幸せなんだな……」

食べ物が喉を通らなくて、やせ細るばかりだったあの頃。味わっている余裕もなかった。

出汁に浸った鰹節の香り。

金色の梅酒。

チラシの裏に躍る、祖母の優しさ。

恵まれているなと、今なら、今だからこそ思うことができる。祖母という味方がいたこと、事情を知ったうえでアルバイトに雇ってくれる店があったこと、そしてたぶん、黒木と出会ったことも。

不意にテーブルの上に置いた携帯電話が震えて、夏海は慌てて取り上げる。こんな時間に誰かと思えば、当の本人だ。

「……お疲れ様です」

昼間のことを思い出し、夏海は少し逡巡してから通話のボタンを押した。ノッコとユウに励まされ、そこそこ癒されて帰宅したが、彼からは重い一撃を食らったままだ。

「お疲れ。今どこだ？」

「家ですよ。さっきまでノッコさんのお店にいましたけど」

「へー」

「何の用ですか？　こんな時間に……」

どうせまた、佐伯あたりと呑んでいるのだろう。東文放送ビル近くのイタリアンバルか、この時間なら明け方までやっている串料理屋かもしれない。黒木の酔い方は、早々に眠くなった後で、解散しそうな頃に復活して皆を引き留めるので性質が悪いのだ。

「わかったか？　お前に足りないもの。一日考えたらわかるだろ」

前置きなどなく、黒木は問うてくる。

「まだ十二時間も経ってませんよ」

「充分だろ」

「せめて二十四時間ください。こっちも覚悟とかあるんで」

「まどろっこしいな」

携帯を手にしたまま、夏海は鼻に皺を寄せる。この男は、繊細な乙女心など絶対にわからないタイプだ。

「メールがきてる」

夏海が何か言い返すより先に、黒木がそう口にした。

「古谷さんじゃなくて、比較的歳が近いお前を指名だ。中学一年生から」

「私を？　科学班のコーナーですか？」

「いや、『社会の隅っこで私を叫ぶ』の方だ」

庭の方から、虫の鳴き声がする。

「小松、わかってると思うが、リスナーっていうのはめちゃくちゃ敏感だ。声しか聞こえないのに、それが自分たちにとって良いものかどうかをシビアに判断する。まして、こちらを向いてほしいと望んだ人なら余計にな。ラジオは電波に乗ってたくさんの人が聴いているが、一対一だと思って聴いてる人がほとんどだ。ある意味孤独な人ばっかりなんだよ。お前それに、今度こそちゃんと向き合えるか？」

答えようとして、夏海は自分の喉が閉じていくのがわかった。それをこじ開けるように、無理矢理息を吸う。そして吐き出す一言。

「……わかりません」

掠れた声で、口火を切る。

「わかりません、わかりませんよそんなこと！　だいたいどんな内容なのかもわかんないのに、ガンバリマスとか適当なこと言えませんよ！　中学一年生が将来東大に行きたいけどどうしたらいいか、なんていう質問だったらどうするんですか？　高校すら出席日数ぎりぎりで保健室登校して追試受けまくって何とか卒業して、現時点でフリーターしてる私に何が答えられます⁉　つい最近まで年金も払ってなかったんですよ⁉　私に答えられることなんてアイドルの前髪はなんで崩れないのかと、パン屋の内部事情くらいです！」

一気にまくしたてて、夏海は肩で息をした。あんな質問をしてくるくらいなのだから、黒木もとっくに夏海の欠陥には気付いているはずだ。それを承知で、向き合えるかなどと訊いてくるのは意地が悪い。

向き合いたいに決まっているではないか。リスナーにも、自分にも。

それが簡単ではないから悩んでいるのだ。

「……なんで崩れないんだ？」

しばしの無言の後で、黒木がぼそりと尋ねた。

「は？」

「アイドルの前髪はなんで崩れないんだ?」

夏海は思わず携帯を耳から離して、液晶画面を見つめた。どうしてそこに興味を持つのか。

「……髪の根元まで水で濡らして、乾かしながらクセをとって、そのあとストレートアイロンとコテで形を整えて、キープするスプレーを根元と表面にかけるんです。分け目のところは、指にスプレーをつけて毛先につけると、崩れません……」

一体自分は、三十路の男相手に何の話をしているのだろうか。夏海が話の趣旨を忘れかけて首を傾げていると、電話の向こうで黒木が意外にも感心した声を出す。

「わりと手間がかかってるんだな」

「……そうですね」

「初めてだな」

「何がですか?」

「お前がアイドル時代の話をしたのが」

そう言われて。

不覚にも、返す言葉が見つからなかった。

今までずっと意識して、あるいは無意識にすら、避けていた奈々子の話。

「来週、このメール採用するからな」

黒木はそれだけを言って、通話は途切れた。夏海はゆっくりと携帯を耳から外し、放心してその場に倒れ込む。仰向けに寝転がって、呆然と天井の木目を見上げた。もしかして自分は、とても馬鹿なことをしていたのではないだろうか。

どんなに遠ざけようとしても、自分から奈々子を切り離すことなどできないのに。

ならば奈々子を抱いて、生きていくしかないのに。

「小松奈々子を経た、小松夏海……」

ノッコに言われた言葉を繰り返して、夏海は左頰に触れる。

見上げた木目が次第に歪んでぼやけ、曖昧な世界が目尻から流れていった。

――東京都にお住まいの、はなまるネーム『もけもけ太郎』さんからのメール。古谷さん、夏海さん、こんにちは。僕は中学一年生の男子ですが、三年前に父親が再婚して、去年妹が生まれました。赤ちゃんは確かに可愛くて、両親が夢中になるのもわかるのですが、その頃から僕はいろいろな理由でおじいちゃんの家に預けられることが多くなりました。新しいお母さんは、少しでも僕が妹に触ろうとすると嫌な顔をします。お父さんに相談しても、気のせいだとか、産後で気が立っているだけだと言い、赤ちゃんのお世話に追われて僕の話はあまり聞いてくれません。もう少しだけ僕にも関心を持ってもらいたいと考えてしまう自分はおかしいのでしょうか。時々、僕はいなくなった方がい

いんじゃないかと思う時があります。

中学生からの重い言葉を、夏海は一言ずつ噛み締めるように読んだ。黒木にメールを渡されてから本番までの間、ただじっとこの文章を打つ彼のことを想像した。

——……なるほど。ちなみにもけもけ太郎、学校行ってないのかな？　この時間のラジオ聴けるってそういうこと？

——録音して聴いてくれてるのかもしれないですね。

——ああそうね、そういう方法もあるね。……じゃあ、まずね、おじさんの意見を言うよ。もけもけ太郎が今考えてることは、なんにもおかしいことじゃない。これは絶対。だってまだ中一でしょ？　親の愛情だってまだまだ欲しい時期だよ。

——そうですね。

——おじいちゃんの家に預けられることが増えたってことだけども、おじいちゃんたちにその話はしてるのかな？　できれば自分だけで抱え込まずに、周りの信頼できる大人に相談してみるのがいいと思うよ。でもこういうの、なかなか相談しづらいのかな？

——家庭のこと、しかも自分の親のことって、なかなか周りに言いにくいですからね

……

そう口にして、ガラスの向こうにいる黒木と目が合った一秒。

夏海は、覚悟を決めて息を吸った。

――実は私自身も、母親に関心を持たれていないと感じることがあったので、気持ちがよくわかるというか……。承認欲求って言うと、少しネガティブに聞こえるかもしれないけど、それっていけないことじゃないんです。わかって欲しいとか、認めて欲しいとか思うことって、とても自然なことじゃないですか。

母からもらえなかったものを、他の人に求めたという形だけ見れば、それは歪んでいるのかもしれない。けれどそれは、責められるべきことだろうか。

――あのね、もう丁寧な感じで言うとまどろっこしいからざっくり言うけど、関心なんて持って欲しいに決まってるじゃん！　褒めて欲しいし、話聞いて欲しいし、すごいねとかよくやったとか、バカだなーって呆れて笑われながら頭撫でて欲しかったりするじゃん⁉　そんなの大人だってそうだよ！　それのどこがいけないの？　全然だめじゃないよ！

見えるはずなどない小さな背中が、世界に絶望していた自分と重なる。

その感情を知っているのは、小松奈々子だ。

——それにね、あと五年もたてばその家を出て自分で居場所を作ることもできるんだよ。絶望する必要なんか全然ない！　もちろん話し合いで解決できればそれが一番いいけど、肝心なのは自分が思うような結果にならなくても落ち込む必要なんて全然ないってこと！　それまではもけもけ太郎のことは全部私が肯定する。全部私が認める。今日も息してるだけで偉いって言う！

だから。

——だから、生きてください！

いなくなった方がいいなんて絶対に言わないで！

「佐伯」

ブースとガラス一枚隔てた調整室で、入口近くの椅子に陣取っていた黒木が、卓の前で収録を見守るＡＤを呼んだ。

「なんすか」

洟を啜って、佐伯が振り返る。その隣で、ミキサーの横川もしきりに目をしばたたいていた。

「いいパーソナリティの条件って何だと思う？」

ブースの中では、CMに入ると同時に堪えきれなくなった夏海が嗚咽していた。それを古谷が慰め、助郷がティッシュを手渡している。

「それ、今する質問ですか？」

生放送中に何を言い出すのかと、佐伯が呆れ半分に脱力する。

「アナウンサーなら、ニュースを正確に伝えなきゃいけない。滑舌はよく、聞き取りやすい声は必須だ。でもパーソナリティは必ずしもそうじゃない。相手の話を引き出すのがうまい聴き上手か、それとも自分の引き出しから素早く相応しい話題を持ってこられる発信上手か。その両方なら最高だ。でも、それよりもっと重要な条件がある」

そろそろCMがあける。きっと夏海は涙声を引きずるだろうが、それはかまわない。彼女がようやく、自分の魂を削るような言葉で話したことの方がずっと重要だった。

「結局のところ人柄なんだよ」

表情も姿も見えないラジオという媒体で、声と言葉だけでそれを判断するのは難しいようにも思える。けれどリスナーは、まるで第六感の敏感さで驚くほど繊細に選別する。

「声は、嘘がつけない」

コーナーの始まりを告げるジングルが流れた。佐伯の合図とともに、古谷の張りのある第一声が、先ほどまでの空気を振り払って新しい流れを作り出す。

「ただなあ、人柄だけで飯が食えるほど世の中も甘くないんだよ」

開け放っている入口からのっそり顔を出したプロデューサーの吉本が、そう言って黒木の隣に並ぶ。

「ネコの件から二年が過ぎて、ベリルがそろそろ新人を使ってくれと言ってきてる」

吉本が小声で言うのを聞いて、黒木は眉を顰めた。

「……ほとぼりが冷めた、ってことですか？」

「向こうはそう思ってんだろうな。番組の聴取率がジリジリ下がってきてるところを突いてこられたんじゃ、こっちも言い訳ができない」

吉本は、ガラスの向こうに目を向けて腕を組む。

「どうだ黒木、これまでに小松夏海はうちに貢献できたか？」

首の後ろを掻きながら尋ねる吉本の横顔を、黒木は見つめる。答えがわかっている問いをわざわざ口にするのは、黒木にあのことを思い出させるためだろう。夏海を採用する際に、石井局長と吉本の間で交わされた、結果が出なければ切るという約束だ。

「ベリルのタレントは、今うちの夜十時枠でガンガン数字取ってるぞ。どっちを大事にした方がいいかなんて、一目瞭然だろ」

「でも、小松もようやく……」

「いいか黒木」

黒木の言葉を遮って、吉本はその目を傍らに立つディレクターに向ける。

「この番組のプロデューサーは俺だ。お前のわがままに付き合ってやったことを忘れるな。聴取率を上げるためのテコ入れはするし、番組の存続を第一に考える。いざとなったら、小松の首は簡単に切るぞ」

「待ってください！」

思わず大きくなった黒木の声に、佐伯がちらりとこちらを振り返った。事務所に所属していない夏海は、守ってくれる組織も後ろ盾もない。契約を更新しないと言われればそれまでだ。そして吉本はそれを、ためらわずにやるだろう。

「まあ、今後の番組の調子次第で早まるか、ちょっと遅くなるかってとこだ」

黒木の肩に手を置いて、吉本は告げた。いずれにせよ、夏海のアシスタントとしての将来は危ういということだろう。

組織の思惑など知る由もなく、夏海はマイクに向かって笑っている。

スタジオを出ていく吉本の背中を見送って、黒木は渋面で帽子をかぶり直した。

TALK #05

小松夏海、23歳

――先月のスペシャルウィーク、あれやったでしょ？　生電話。

――リスナーさんに古谷さんと私が直接お電話して、お悩みを聞くというやつですね。

――そう。あれね、事前に電話をかけてほしい人に応募していただいて、その中から我々がピックアップしていくんだけど、ここで非常にね、納得いかないことがあったんだよ。

――なんです？

――応募メールに、夏海ちゃんを指名するものが圧倒的に多かったんだよね。

――やったー！　ありがとうございます‼　って、ちょっと待ってください、それが納得いかないんですか？

――納得いかないよ～。僕だって伊達に長く生きてないんだからさぁ、アドバイスうまいよ～？

――でも、年齢別で言うと、年配の方は圧倒的に古谷さんに相談したいって方が多かったじゃないですか。私を指名してくださったのは、結構若い子が多くて。

――そう！　びっくりしたのは、この時間のラジオでも意外と十代の若い子が聴いてるんだよね！

――いろんな事情の子がいるってことですよね。

――古谷はアダルトもヤングも応援しています。ヤングの皆さん、古谷創史もよろしくお願いします。

――言い方が古い（笑）。若者の皆さんはもちろん、年配のリスナーの皆さん、小松夏海をあなたの娘、もしくは孫だと思って、どしどしメールやおハガキを送ってください。

――あ、ずるい！　子ども孫アピールずるい！　ヤングの皆！　古谷はパパですよ！　パパでーす！

――パパー、シャネルのバッグ買ってー。

――そっちのパパじゃない！


ラジオやテレビの業界では、番組が入れ替わる改編期というものがある。主に四月と十月の二回で、今まで放送されていた番組が終わって、新しい番組が始まるのがこの時期だ。当然だが企画自体はもっと早くから動いており、ラジオではその目安として聴取率調査が重視されている。数字の悪い番組にはテコ入れ、もしくは番組そのものが変わることもある。

「芳しくない」

三月半ばになって、打ち合わせ室に集められた『はなまるティータイム』の番組スタッフを前に、制作局長の石井は二月の聴取率調査の結果を発表した。去年の六月の調査以降、どの部門でも順位を下げており、今回まで結局盛り返せていない。むしろ、さらに下がった部門もある。しかしこれは『はなまるティータイム』だけに限ったことではなく、すでにこの時点で、十月改編の対象になっている番組もあった。

「新コーナーの『今日の夕飯何にする？』は、メールを見る限り評判いいんだけどね」

奥の席で、腕を組んだ古谷がぼやいた。古谷が外に出ていく企画を増やしてみたり、ゲストのカテゴリーを見直したりと、聴取率奪取のためにいろいろ取り組んでは来たが、残念ながら今のところ結果はついてきていない。

「俺もあんまり数字の事ばっかり言いたくはないが、こればっかりは無視もできない」

椅子に身を預けて、石井が長く息を吐いた。呼び出されたプロデューサー以下が皆ラフな私服であるのに対し、彼だけが濃紺のスーツだ。プロデューサー時代はTシャツでふらふらしている姿を見かけることもあったが、局長になってからはずっとスーツを着用している。

「日曜深夜二時半の『ミッドナイトガーデン』って、クラッシュ決定なんですよね？

ひたすら懐メロ流してるやつ。あれも聴取率悪かったからですか?」

「あれは俺判断だ。もう二年やったし、そろそろ違う感じでやってもいいかと思って。でも『はなまる』はそうもいかないだろ。一応うちの看板長寿番組だ」

口を挟んだ佐伯にそう返して、石井は口を湿らせるようにコーヒーをひと口飲む。

「まあ打開策もいろいろ試したし、それでもだめだとなると……て話なんだけどな」

石井が隣に座る吉本にちらりと目をやった。それを受けて、吉本がややもったいぶった動作で口を開く。

「ここはひとつ、新しいアシスタントを迎えて新風を入れようかってことになった」

それを聞いて、黒木は嫌な予感とともに眉根を寄せた。

「え、でもアシスタントって……、誰か辞めるんですか?」

誰か心当たりがあるのかと、佐伯が周囲を見回しながら尋ねる。その他のスタッフも、皆首を傾げたり、目を見開いたりしているだけで、初耳のようだ。

「辞めるっていうか、契約終了っていうか……なあ、黒木」

吉本の目に捉えられて、黒木は苦いものが胸の中に広がるのを感じる。

まさか、こんな早くにこの時が来てしまうとは。

「……小松を切るんですか?」

冷静に尋ねた声は、思いの外よく通った。隣にいた佐伯が、わかりやすく腰を浮かして動揺する。

「は？　え？　なんで夏海ちゃんが？　本人が辞めるって言ったんですか⁉」

「契約終了だって言ってるだろ」

「そんなのおかしいですよ！　責任だったらスタッフも出演者も平等にありますよね⁉なんで夏海ちゃんだけが責任取るみたいな形になるんですか⁉　今、すごくファンも増えて、彼女に読んで欲しいっていうメールもたくさん来てるのに！」

　思わず身を乗り出す佐伯に、吉本が面倒くさそうな視線を送る。その顔を見る限り、もう彼と石井の間で決定事項なのだろう。先に話を聞いていたのか、古谷は腕を組んで一点を見つめたまま、難しい顔をしていた。

「ベリルのタレントが、後釜に入る」

　吉本の代わりに、石井局長が告げた。

「ベリルって……前の……」

「実は去年からずっとせっつかれていて、とうとう断れなくなったってところだ」

　そんな、と佐伯がつぶやいた。黒木は膝の上で拳を握る。どこの業界であっても、コネや権力が勝ることは往々にしてあることだ。ここにいる者は、多かれ少なかれそれを理解している。特に夏海に関しては、黒木が石井と吉本を押し切る形で採用した。その歪みが、いよいよここに来て目に見える形になろうとしている。

「石井さん、それどうにかならないの？」

　黒木が口を開こうとした直前、ふと古谷が尋ねた。

「数字が取れなかったのは僕のせいでもあるから偉そうなことは言えないけど、今小松夏海はものすごくノってるよ？　夏海ちゃんへのメール、一日に何通来てるか知ってる？」

去年から始まったコーナーのひとつに、日常の些細な出来事を夏海が褒めるというだけのものがある。飾らない自分の言葉で中学生を励ましたことをきっかけに、『今日も息をしてるだけで褒められたい』リスナーから、夏海に向けて何通もメールが届くようになった。夏海の知名度と人気は、確実に一段階あがったのだ。掲示板サイトへの書き込みも、好意的なものが増えている。古谷の視線を受けた石井が、一瞬だけバツの悪そうな顔をした。

「そうは言っても、メインの古谷さんを辞めさせるわけにもいかんでしょ？　番組自体は存続の方向だし」

気だるそうに座り直して、吉本が口を開く。

「女子アナのどっちかを交代させるって手もあるが、大久保はイベントで顔出しもしててファンが多いし、陣内はキャラが面白くて、こっちからアナウンス部に頭下げてアシスタントにした経緯がある。それなのに交代させたってなると、アナウンス部の部長がいい顔をしない。ユウやノッコは、事務所との兼ね合いもあって波風を立てたくない。だから小松が最適なんだよ。アシスタントを替えたっていう事実だけで、納得する連中もいるんだし」

夏海を採用する際のやり取りは、三人だけしか知らないことになっている。それでも吉本の普段の立ち回りを見ていれば、不自然に思う者はいないだろう。古参だけあって、彼はこの業界で生き残る術を熟知している。平気で掌を返すのも、情もなくばっさり切り捨てるのも、いつからかそれが吉本のやり方になった。

「なあ黒木」

不意に吉本に名を呼ばれて、黒木は目線を上げた。

絡みつくような、粘度のある視線とぶつかる。

「お前ならわかるよな？」

やれやれとでも言いたげな口調で、吉本が同意を求めた。

「その辺の素人に毛が生えたようなだけの女と、ずっと長い付き合いのベリルと、どっちをとるかなんて考えるまでもないだろ？」

「そんな言い方って！」

「佐伯」

椅子を蹴って立ち上がろうとした佐伯の肩を、黒木は摑んで押し戻す。その左手に、思いの外力がこもる。

「……もう、変えられないんですよね？」

腹の底から絞り出したその問いは、石井に向ける。

「……すまん」

小さく、けれどきっぱりと口にするその言葉を聞いて、黒木はそれ以上何も言い返さなかった。

黒木が高校生の頃、東文放送は浜松町ではなく、四谷二丁目の信号近くにある小学校の南側にあった。今ではすっかり綺麗なマンションが建っていて当時の面影もないが、元々はカトリックの聖パウロ教会が設立した放送局で、五十四年間使用された社屋は、教会を改築したものだった。それゆえかいろいろな怪奇現象の噂も多く、当時はネタとしていろいろなパーソナリティが番組内で語っていた。

「ディレクターがよく言うんだよ。夜中に一人で編集作業とかやってると、女性の声が聞こえたりするって」

収録スタジオは意外とシンプルで、防音壁で囲まれた中に、マイクのある机と椅子。それ以外には何もない。もちろんもっと広いスタジオもあったのだろうが、当時黒木がスタッフに案内されたのは、ほんの六畳ほどの狭いブースだった。そこで、中高生を中心に爆発的な人気を誇っていた『関口の××(ペケペケ)な話』のパーソナリティである関口保は、トレードマークのカンカン帽をかぶったまま番組の冒頭にその話をした。ちょうど八月の中旬、お盆の時期だったことを覚えている。そこから番組は通常通り進行していくのだが、所々で雑音が入ったり、ラップ音が混ざったりする。実は関口が話しているマイクとは別のところで、スタッフがザルの中で豆を転がしていたり、小枝を折ったりしながらその音を出しているのだ。今でこそボタンひとつで効果音が出るようになっていて、もちろんその時代もそれなりのSE（サウンドエフェクト）はあったのだが、昔は音のひとつひとつを、道具を用いて作っていた。その収録ではわざと、それをリアルタイムでやるのだ。その間、関口は何も知らないふりで、「あれ？　ちょっと雑音が入ってる？　すみませんね、今スタッフが確認を……」などと、いかにもハプニング感を出して話す。そのうちに、黒木をはじめ見学に来ていたリスナーたちにも小道具が渡され、それぞれがスタッフの合図で紙コップについた糸をしごいたり、笛を吹いたりして心霊現象を演出した。やがてスタッフが「これやばいです」などと言って煽（あお）り、目の前で起こるポルターガイストを、関口が一人芝居で実況して番組の前半は終了した。そして後半が始まると同時に今度は降霊術をして、十秒の間をたっぷり取りながら、呼び出した霊をゲストに迎えるという無茶苦茶な展開を迎えることになる。

「どう？　楽しかった？」

収録後、関口は子どものような笑顔で、招待したリスナーにそう話しかけた。番組に送ったハガキが十回採用されると、こうして収録の見学に呼んでもらえるのだ。しかし毎回このような凝った収録が行われるわけではなく、トークに参加という形になるときもある。憧れのパーソナリティと一緒に番組作りの裏側を観ながら、なおかつ自分もそこに参加させてもらえるという貴重な体験は、高校生だった黒木にこの上ない衝撃と興奮を与えた。

「はい！　面白かったです！」

この時初めて、黒木はラジオを聴くということから、番組を作るということを意識した。テレビでは決してできない世界がこうして構成されていることに、今まで以上にひどく興味が湧いた。スピーカーから流れてくる音を聴きながら、今まで想像しかできなかった世界に、初めて踏み込んだ気がしていた。

「あの、関口さん」

帰り際、お土産に番組の特製バンダナをもらって、黒木は高揚を抑えきれないまま尋ねた。

「ラジオの世界で働くには、どうすればいいですか？」

少年の頭を、関口は大きな掌で包む。

「そんなの簡単だ。東文放送に就職しろ」

そう言って豪快に笑う彼の声は、今でも不意に耳元で蘇ることがある。

「だけどひとつだけ言っておくことがある」

黒木少年の目を覗き込んで、関口はにやりと笑って告げた。

「東文放送は十二秒沈黙が続くとクラシック音楽が流れる。いいか？　十二秒だぞ？　だったら十秒はいいのかなんて、俺の真似すんじゃねえぞ？」

「関口さん、子どもにあんまり妙なこと吹き込まないでくださいよ」

ディレクターにそう制されて、関口はわざとらしく肩をすくめた。そして声を潜めて、黒木にだけ聞こえるように囁いたのだ。

「でもあの十秒、最高にわくわくするだろ？」

黒木は、今でも想像することがある。

十秒。たったそれだけの時間に一瞬だけ現れる、誰にも奪えない世界を。

「お前、まさかそれですごすご引き下がったわけ？」
夏海の契約を終了するという方針を聞かされた日の翌日、黒木は佐伯と営業の諏訪部とともにいつものイタリアンバルに来ていた。ヤケ酒ともいえるスピードでワインを空けた佐伯は、早々にテーブルに突っ伏している。上層部の決定について、実は彼が一番納得していないのかもしれない。
「俺一人の力で、どうにかなる問題じゃない」
諏訪部の言い方に少々苛立ちつつ、黒木はしかめ面で言い返した。当の本人は、そんな視線を無視してスパークリングワインを追加注文する。

「番組の調子が上向きになれば避けられたかもしれんが、テコ入れしても数字がついてこなかった。吉本さんも一応やることはやったんだ。それでもだめだったから、よりでかいテコ入れとしてアシスタントを替える。一応筋が通ってるし、反論材料なんてゼロに等しい」

黒木は苛立ち紛れに、サラミを一枚口の中に放り込む。こちらも無策だったわけではないが、ベリルはやり手の社長が一代で興した、多くの有名芸能人を抱える大きな事務所だ。ラジオ局はおろか、テレビ関係、服飾業界にもコネがあると聞く。少々相手が悪すぎるのだ。

「俺の責任だ」

つぶやいて、黒木はワインでサラミを飲み下した。自分で連れてきておいて、小松夏海という素材を充分に生かしきれなかった。正確に言えば、今になってようやく味が出てきたところだったのだが、いかんせんそれが遅過ぎた。あの石井と吉本の様子を見る限り、近いうちに『予定』は『決定』になるだろう。夏海本人に契約終了を伝えるのは、モチベーションを下げさせないためにも、早くて八月になる。番組内で発表するのは、九月の半ばくらいだろうか。なんにせよあと約半年、黒木はそのことを胸に秘めたまま、いつもと変わらず番組を作らなければならない。

「いっそ小松をベリルに入れればよかったのに」

意表を突く諏訪部の言葉に、黒木は一瞬動きを止めたが、すぐに首を振る。

「ベリルが売りたいのは、あくまで社長のお気に入りのタレントなんだよ。小松じゃない」

「それであっさりあきらめるのか？　自分が拾ってきたくせに」

「だから、俺の責任だって言ってるだろ！」

諏訪部の挑発にまんまと乗って、言葉が熱を持った。突っ伏した佐伯が何かを呻いてごろりと頭の向きを変える。それに毒気を抜かれ、黒木は気まずく目線を逸らして帽子をかぶり直した。口にすればするほど、無力さを痛感して虚しい。実力と人気をつけてきた夏海を今更手放すのは、惜しいに決まっている。

「黒木お前、入社した時『関口の××な話』みたいな番組作りたいって言ってたよな？」

素面でも酔っていても、諏訪部のテンションはあまり変わらない。不意に問われて、黒木は言葉に詰まった。

「……よく覚えてるな」

「同期入社舐めんな」

諏訪部はセブンスターに火をつけた。店内の空調に紛れて、煙草の煙が流れていく。

「それに自分と同じようなこと考えてる奴がいたら、覚えてるもんだろ。俺はてっきり、お前はいずれ小松とそういう番組を作るもんだと思ってた。正直、情報番組のアシスタントってポジションじゃ、小松夏海を生かしきれないだろ」

その諏訪部の言葉に、黒木は一瞬だけ鼻白む。

「……小松と関口さんじゃ格が違う。それにあの番組は、当時だったから面白かったんだ」

時代によって、世間が面白いと思うものは移り変わっていく。ヒットしたものを真似しても、結局本家を超えられずに八十点どまりだ。ぶっちぎりで百点を超えるものは、ある日突然見たこともない化け物が生まれるようにこの世へと出てくる。

「へぇ、じゃあもう『関口の××な話』を超えるものは作れないってことか？」

煙草を咥えたまま、諏訪部がどこか煽るように尋ねる。やけに絡んでくる同期に、黒木はしかめ面で答えた。

「作れないいんじゃない、比べられないっていう話だ。もしも小松とやるなら、昔を追いかけるんじゃなくて、今の時代に面白いと思うものを作らなきゃ意味がない」

「そうだよなぁ。俺もそう思う」

「なんださっきから」

「黒木」

吐き出す煙で名を呼んで、諏訪部は突っ伏したままの佐伯を指さす。

「これ誰？」

「……佐伯だろ？」

「じゃあ俺は？」

「諏訪部、お前酔ってるのか？」

「そう諏訪部。入社以来営業一筋で広告代理店と仲良しの諏訪部。意外と人脈持ってる諏訪部。お前の同期の諏訪部」

指に挟んだ煙草から、紫煙が立ち昇る。

「俺としては、お前が楽しそうに仕事してるなら、それが続けばいいなと思うわけ。俺とお前の面白いと思うもんは似てるからな」

黒木のかぶった帽子のつばを、諏訪部が指で弾く。同期の彼と仲良くなったのは、二人とも『関口の××(ペケペケ)な話』のリスナーだったと判明したのがきっかけだった。

「だからこのままお前が、はいそうですかって小松を潰すとは到底思えないんだな、俺は」

諏訪部は、煙草の灰を落とす。

正面に座る彼と、目が合った二秒。

「何を企んでる？」

そう問われた瞬間、黒木の背中を鳥肌が駆け上がった。

桜の季節が過ぎ、大型連休を経て梅雨を迎え、夏休みの若者が街にあふれる季節が今

年もやって来た。七月が終わり、大人たちが盆休みを渇望する八月が、ようやく始まった頃だった。

「おねえちゃん、もしかして芸能人？」

出がけに荷物を受け取った際、宅配業者の男性から言われた言葉を思い出して、夏海はマスクの中で何度目かの思い出し笑いをした。問われた瞬間ぽかんとして、いいえ違いますよと冷静に返したが、続いて業者の男性が口にした言葉は、今になってじわじわと夏海のテンションと機嫌を上げている。

「なんかその声、聴いたことあるんだよな。ラジオだったかなぁ」

イヒヒと漏れそうになる声を、夏海はなんとか嚙み殺す。気付けば乗り込んだ電車はすでに浜松町駅に到着しており、閉まりかけた扉から慌ててホームに降りた。途端に、真夏の蒸し暑い空気が体を包む。以前佐伯から、古谷や大久保は声のせいで正体がばれるという話を聞いたが、ついに自分もそこに近いところまできたようだ。ただ小松夏海という名前は出てこなかったので、あの男性の勘違いという線も否めないが、この際前向きに受け取っておきたい。

夏海は東文放送ビルの、警備員のいる従業員専用入口を通り、エレベーターのボタンを押す。従業員用の入口はいくつかあるが、防犯上の理由で公にはなっておらず、夏海もユウや陣内に教えてもらうまで知らなかった場所もあった。

「あ、おはようございます」

手持ち無沙汰にエレベーターを待っていると、駐車場の方から見知った人物がふらりと顔を見せた。くったりした紺色のポロシャツを着た吉本は、夏海に目を留めて、ああ、と小さく口にする。出演者とあまり馴れ合わないタイプらしく、夏海も彼との距離感を測るのにかなり時間がかかった。番組プロデューサーという肩書ではあるが、企画などに関しては黒木を中心に動いていて、吉本は滅多に口を出してこない。よって関わる機会もさほどなく、こんな風に二人になると少々気まずい。

「今日は打ち合わせだったな」

「はい、『はなまる科学班』の。届いたメールを選別して、流れをどうするか相談を……」

吉本からは、いつも煙草の臭いがする。到着したエレベーターに乗り込んで、夏海は七階のボタンを押下した。

「……俺が若い頃は、汚ねぇ字がびっしり詰まったハガキが局に届いてた。筆圧に魂がこもっててな、それ見てるだけでわくわくしたもんだ。メールの文字はそっけなくて、未だに慣れん」

不意にそんな話をする吉本を、夏海は見上げる。彼からこんな話を聞くのは初めてだ。

「ラジオなんて聴いてる奴は、皆孤独なんだよ。孤独で、寂しくて、その隙間を埋めようとしてる。その力がな、面白いもんを生むんだ。だけど最近は、そういうリスナーも減ったな」

リスナーとしては歴の浅い夏海にとって、昔がどうだったのかはよくわからない。しかしインターネットがまだなかった時代、確かにラジオはテレビに次ぐメディアのひとつだったに違いない。黒木がそうだったように、夢中になってラジオを聴いた若者もいたのだろう。

「……ラジオには、テレビやネット動画と違って映像がないから、リスナーに想像をさせる」

夏海がぽつりと口にすると、吉本が一拍置いてこちらに目を向けた。

「そうして想像されたものは、誰にも否定されないし、奪えないって、黒木さんに言われたことがあります。リスナーからのハガキも、そういう想像力で書かれてたんですかね？」

吉本が若かった頃のラジオ業界を、夏海は想像することしかできない。番組とリスナーの間でどんなやり取りがあったのか、明確なことはわからないけれど。

「でもそれって、今でもきっと変わらないですよ。リスナーは確かに減ったかもしれないけど、ラジオはラジオのままじゃないですか」

一瞬だけ、吉本が虚を突かれたような顔をした。

しかしすぐに我に返って、階数を表示する液晶パネルを見上げる。

「……ま、あと何回か、最後までせいぜい頑張ってくれ」

七階に到着したエレベーターの扉が開き、吉本はひらひらと手を振りながら降りて行った。

「……最後？」

ぽつりと繰り返した夏海の声は、静かな廊下の壁に吸い込まれて消えた。

「クビだ」

打ち合わせ終了後、話があるのでそのまま残っているように言われ、黒木以下スタッフと古谷、それに吉本までが集合したところで、それは唐突に告げられた。

「クビ……？」

夏海は事態が呑み込めずにぽかんと口を開けた。

「え……え……？　クビ？　クビってあの……クビですか？」

「あのクビだ」

自身の首を触りながら、黒木が頷く。

「ちょ、待ってください！　私何かしました⁉」

夏海は、思わず椅子を蹴って立ち上がる。

打ち合わせが始まる前、吉本に言われたことを、どういう意味ですかね？　などと軽く訊いた時に、なんだかおかしな雰囲気になったなとは思った。しかしまさか、こんな結果を告げられるとは考えてもいない。ここのところ、ようやく自分のキャラも摑めてきて、リスナーからもいい反応をもらっていたし、古谷とのコンビネーションもうまくいっていて、テーマがなくても二人で延々話していられるくらいには仲良くもなった。スタッフとも呑みに行ったりして、コミュニケーションは取れていると思う。謝罪しなければいけないような失態も犯していない。

それがなぜ、クビなのか。

「まぁ、『お前は悪くないが』ってやつだ」

夏海の目の前で、黒木が気だるげに足を組む。

「十月の改編で、お前の火曜日アシスタントは終わり。代わって、ベリルが売り出し中のタレントが入る」

「え、ベリルって前の……」

「そうだ、お前の前に入ってたアシスタントの事務所。うちとズブズブの事務所」

「ズブズブ……」

夏海は呆然とその単語を繰り返す。

「要は、圧力がかかったと……」

「話が早いな」

あっけらかんと黒木が認めた。そんなところで褒められても、何ひとつ嬉しくはない。

「……じゃあ、もう私は……」

喉が締まって、呼吸がしづらい。胸元に手を当てて、夏海は次の言葉を探した。

「いらなくなったって、ことですか……?」

五人のアシスタントの中で、首を切りやすいのは確かに自分だろうと、夏海はぼんやり思った。夏海だけが、関係を断ったところでどこにも頭を下げたり詫びを入れたりする必要がない。

「どうしても古谷の番組のアシスタントをさせたい、と言われてしまったんじゃね。最近じゃユウがブレイクしたし、二匹目のドジョウでも狙ってるんだろう。小松には悪いが、そういうことだ」

入口付近に気だるげに立っていた吉本が、義理は果たしたと言わんばかりに、あとはよろしくと黒木に手を振って部屋を出ていく。それを苦く見送って、古谷が口を開いた。

「僕としてはかなり反対したんだよ。せっかくいい感じに番組が盛り上がってきたのに、それを崩す意味がどこにあるんだって」

「古谷さん……」

「結局この業界コネですよね。コネ持ってるやつが強いんすよ」

佐伯が力なくテーブルに突っ伏した。

「……納得いきません」

テーブルに両手を突いて、夏海は奥歯をかみしめる。

「往生際が悪いぞ。会社が決めたことだ」

「でも！　せっかく面白くなってきたのに！」

目線を上げた先。眼鏡の奥の、黒木の瞳が読めない。

　この人は、敵か味方か。

　いや、もうすでに、敵でも味方でもなくなったのかもしれない。

「小松」

　呼びかける声に、感情は含まず。

「あと二カ月、しっかり――」

　黒木の言葉を最後まで聞かずに、夏海は打ち合わせ室を飛び出した。

　勢いに任せて東文放送のビルを出ると、太陽は西に傾きつつも、まだ強い日差しを振りまいていた。夏海はその中を感情に任せて走り、息が切れた頃にようやく足を止めた。歩道を行き交う人々の中に、肩で息をする夏海に注意を向ける者はいない。皆、暑さに顔を歪めて歩き去るだけだ。夏海はのろのろと歩道の端に寄って、先日購入したばかりのスマートホンを取り出した。こんな時相談できる相手は限られている。ユウにメッセージを送ったが、すぐに既読にはならなかった。きっと仕事中なのだろう。去年登場したこのメッセージアプリは、ノッコの勧めでダウンロードし、今や当たり前のように使っている。百四十文字限定のＳＮＳの使い方もようやくわかってきて、小松夏海名義で取ったアカウントはフォロワーが千人を超えた。番組の放送中も、放送が終わってから

も、感想や励まし、時に突っ込みのメッセージをくれるフォロワーは多い。裏切ったわけでもないのに、それに近い罪悪感を抱いてしまうのはなぜだろう。スマートホンの画面を見つめて、夏海は白いマスクの下で唇を嚙んだ。

結局自分は、応援してくれる人をまた置き去りにしていくのか。

ひとつため息をついて、夏海は顔を上げる。自宅に帰る気にもなれず、そのまま増上寺方面へと歩き出した。思えばここ最近は、浜松町に来ても駅と空中通路で直結している東文放送のビルに行くだけで、周辺を歩いてみることもなかった。スタッフと一緒に近くの居酒屋にはよく行くが、その道順しか知らない。すぐそばにある増上寺にも、きちんと参拝したことはなかった。

片側二車線の道路を跨ぐ朱塗りの大門を抜けて、同じく朱漆の塗られた三解脱門が見えてくると、その背後には揃えて誂えたかのような色合いの東京タワーが見える。スカイツリーの登場に伴い、テレビ各局が予備送出装置を置いている電波塔だが、まだ数局のラジオ局はメインの送出装置として使用している。夏海はその姿に誘われるように、増上寺とプリンスホテルの間の道を歩いた。両側に緑が生い茂る中を通り抜けて交差点を渡ると、途端に東京タワーの塔脚が見えて少々ぎょっとする。近くに来ると、改めて巨大な建造物なのだなと思い知らされた。

「じゃあここから、今到着した設定でお願いしまーす」

夏海がタワーを見上げている間にそんな声が聞こえて、我に返って目を向けると、塔脚の近くで大きなカメラを構えている人が見えた。その他スタッフらしき人間と、傍に止まったマイクロバス。カメラのレンズが向けられた先では、テレビで見たことのあるタレントが数名、ディレクターのキューとともにしゃべり始めていた。

「東京タワーって、展望台に行くイメージしかなかったんですけど、今日一日ですごく印象が変わりました！」

「食べ物屋さんも意外と充実してるし、ビアガーデンならぬハイボールガーデンも今の時期いいよね！」

「東京タワーを見上げながら呑むって、なかなかできないですよね～！」

中心に立っている二名の男性は、バラエティ番組でよく見かける芸人だ。確か、ユウの事務所の先輩だったように思う。まばらに集まる野次馬に混じって撮影風景を覗き込んだ夏海は、左端に立つ女性タレントに目を留めて、無意識に息を詰めた。

「私、あまり浜松町って来ないので、今日は増上寺や東京タワー含め、意外といろんなお店があったりして楽しめるスポットなんだなってわかって、とっても楽しかったです。なんで今まで来なかったんだろう」

収録も終盤なのか、司会に感想を求められて、そつなく笑顔で答えてみせる。すらりとした手足も、シミひとつない肌も、夏海が知っている当時以上に磨き上げられて、一層あか抜けた彼女を華やかに見せた。彼女のトレードマークだったショートカットヘアを、今は肩につくくらいまで伸ばしている。

「……里緒」

彼女の名前を、夏海はそっと囁く。

秋山里緒。元イノセントの、夏海と同じく結成当時からいる初代メンバーだ。事務所のプロフィールを見る限り、グループが解散した後は、受験をして大学に通い、クレバーキャラとして再度売り出して成功した。夏海が初めてテレビで見かけたときは、そっくりな別人かと疑ったほどだ。今ではファッション雑誌の専属モデルとしての活動を中心に、ドラマやCMなどにも出演している。バラエティ番組のひな壇にいる姿もよく見かけた。きっと今回の撮影も、そういった番組のひとつなのだろう。元メンバーの中で唯一、芸能界で『活躍している』と言える。百七十センチ近い身体は相変わらず細身で、プロ意識が高く、カロリーを制限して体形を維持していたのはもちろん、ダンスや演技の練習も遅くまで残って熱心にやっていた記憶がある。

「カット！」

スタッフの声と同時に、それぞれのスタイリストやマネージャーが近づいていって汗を拭い、メイクや髪を整えたり、飲み物を手渡したりする。女性マネージャーからストローの刺さったペットボトルを手渡された里緒は、先ほどまでの笑顔と一転し、ひやりとする温度の眼差しでそれを飲んだ。それを目にして、夏海は変わってないな、と思う。画面や紙面で見せる笑顔とは裏腹に、この冷たい表情が彼女の素なのだ。感情の起伏もあまりなく、数年一緒に活動していたが、最後まで彼女のことは読めなかった。ただ、ツンケンしていて近寄りがたいというよりも、徹底的に仕事に集中しているように見えた。それは、同じ年ごろの女の子が集まればどうしても馴れ合いがちな集団の中において、そしてイノセントというグループの中で、とても異質なものだった。

けれど今ならよくわかる。

おそらく彼女は、誰よりもずっと、先の未来を見ていた。

「撮影終了でーす！　お疲れ様でしたー！」

導入部分を再度撮り直して、撮影は終了となる。集まっていた野次馬はほどけ、芸人にサインを求めて駆け寄る何人かがスタッフに制された。それをぼんやり眺めていた夏海は、撤収するスタッフが近くに置いてあった機材を取りに来たのに気付くのが遅れ、慌ててすみませんと口にして避ける。その際咄嗟に顎にずらしたマスクが、ほんの数秒素顔を曝(さら)した。そしてすぐに、立ち去ろうとして踵(きびす)を返す。

「ねぇ、待って」

しかし予想外にも、呼び止める声があった。

「……奈々子？」

ためらいがちに振り向いた先で、細い首を傾けた里緒がこちらをうかがっていた。

「家、鎌倉じゃなかった？」

「あーうん、そう」

「何してるの、こんなとこで」
「えーと、仕事の、帰り」
「へぇ、この近く？」
「うん……浜松町駅の……近くで……」
スタッフの撤収準備が済むまでの間、駐車場の一角で夏海は思わぬ再会を味わってい
た。何も咎められることはないはずなのだが、いろいろな感情から答えはしどろもどろ
になる。あえて言えば、ただただ気まずい。さして親しくもない会社の元同僚に会うと、
こんな感じなのだろうか。
「社会復帰してたんだね。よかったじゃん」
里緒の言葉は、相変わらず感情がこもらない。本当にそう思っているのか、うわべだ
けなのか、判断に迷う。
「さっきの収録ね、再来週の放送なの。毎週水曜夜七時からやってる、『日本のどこか
でこんにちは！』の中の、路線バスの旅。知ってる？」
「あ、うん、何度か観たことあるかも……」
「解散してからメンバーはあっという間に散ったから、顔を見ることってほとんどない
の。だからまさかここで会うとは思わなくてびっくり。舞台で頑張ってる子もいるけど、
あとはほとんど普通に学校行ったり就職したりしたって」
そう言って、里緒は片手に持った水を飲む。ペットボトルの蓋にカッターで穴を開け

て、そこにストローを差し込むのは、夏海もアイドル時代によくやっていた。直飲みするよりグロスが取れにくくて、わりと重宝するのだ。そして里緒は、この暑い時期でも、わざと常温の水を飲む。

「……里緒は、今でもメンバーと連絡取ってるの？」

「取ってない。たまに、SNS見るくらい」

涼やかな眼差しで里緒は答え、奈々子は？　と問い返す。

「今は……誰とも取ってない」

コンクリートの地面に、目を落とす。

小松奈々子がイノセントを脱退して以降、心配して何人かのメンバーが連絡をくれた。けれど、迷惑をかけてしまった後ろめたさと、顔に傷ができたショックとで、返信はなかなかできなかった。そのうちに事件のことがネットニュースに掲載されてしまい、誰が漏らしたのかと疑心暗鬼になったこともあって、イノセント関係とは一切連絡を断ってしまった。

「あの、さ……」

気まずく顔を上げて、夏海は尋ねる。

「イノセントって、何で解散したの？」

奈々子がいなくなってちょうど二年後、公式ホームページでひっそりと解散が知らされた。メンバー間に亀裂があったとか、メンバーと運営が揉めたとか、検索すればそれらしい理由はいくつか出てきたけれど、本当のことは何も知らない。

「たいした理由じゃないよ。社長がいくつかやってた事業が立て続けに赤字を出して、資金が無くなったから切られたの。アイドル囲ってる場合じゃなくなったのよ。別に珍しい話じゃないでしょ」

あくまでも淡々と、里緒は口にする。

「そんな理由だったんだ……」

夏海は喉の奥で唸った。聞いてしまえば、ネット上の噂話よりよっぽど生々しい。

「それとも、イノセントの解散は小松奈々子のせいだ、とでも言ってほしかった？」

目が合って、夏海は鼻白む。少なくともそれまでは順調だった活動に、水を差す結果になってしまったことは確かだ。けれど夏海からすれば、誰がユダだったのかという疑いは晴れていない。もちろん、それが絶対にメンバーの中にいるとは限らないこともわかっている。

里緒は腕を組んで、視線を上げた。

「ただね、奈々子の事件のこと、誰がネットにタレ込んだかでちょっと揉めたの。それは事実。あれってメンバーと事務所のスタッフしか知らないことだし、変な脚色もされてたしね。結局犯人はわからなかったけど」

「そう、なんだ……」

地下アイドルのイノセントにとって、どんな話題であれメディアに出るというのはまたとないチャンスだ。そこで注目してもらえれば、知名度は一気に跳ね上がる可能性がある。たとえそれが、メンバーを犠牲にする記事であっても。そう考える人間が、メンバーとスタッフの中にいたのかどうかは、正直あまり考えたくはない。

「それからメンバーの間はちょっとぎくしゃくしたけど、運営もザルだったし、なるべくしてなった結果だよ。解散が決まったときに、夢を返して、なんて叫んでたメンバーもいたけど、他人が倒れただけで奪われる夢に、どれだけの価値があったんだろうね」

その言葉に、夏海は密かに息を呑んだ。

レッスン費用や、劇場に通う交通費など、無理をして捻出していたメンバーもいたかもしれない。そんな人にとっては、叫びたくもなるだろう。

けれどそんな夏海の心中を見透かすように、里緒は続けた。

「だって本当に叶えたい夢なら、泥を塗られたって、踏みにじられたって、自分で守るべきでしょ？」

ああそうだ。

秋山里緒はこんな女だった。

だからこそ今もこうして、自分の足で立っている。

「……もう、全然目立たないのね」

不意にそう言われて、夏海は何のことかと首を傾げた。

里緒のやや切れ長の目が、夏海の顔をまじまじと見回す。

「どっちの頬だったかもわからないくらい」

「あ……」

　ようやくあの傷のことだと思い至って、自然と左頬に手をやる。今は化粧をしてしまえば、そこに傷があると言われて初めてなんとなくわかる、といった程度だ。少なくとも、指摘されたりすることは一切ない。

「じゃあ、私そろそろ行くね」

　スタッフが粗方作業を終えたのを見計らって、里緒はロケバスの方へ歩き出す。

　連絡先の交換は、あえてどちらからも言い出さなかった。

「そうだ、私今度映画出るの。ちょい役だけど、三井監督のやつ。年末に公開だから、よかったら観に来て」

　思い出したように振り返った里緒が、そう告げる。

「観に行く。すごいね、映画なんて」

「大した役じゃないけどね。でも、こういうのって積み重ねでしょ」

　それだけ言うと、それじゃあね、と言い残して、里緒は再び歩き出す。

　華奢な背中。

　けれど誰より、努力していることを知っている。

　その細い足で、懸命に歩いていることを知っている。

　彼女の冷たい眼差しの先には、いつでも情熱的な未来があった。

その手で掴み取る夢があった。

「——里緒！」

何も言わずに見送って数秒、夏海は弾かれたようにその背を追いかけた。

「あの、あのね！　私実は今、ラジオ番組でアシスタントやってて……！」

驚いて足を止めた里緒が、ラジオ？　と小さくつぶやいた。

「東文放送の、『はなまるティータイム』っていう番組。火曜日の、アシスタント。時間があるときでいいから、よかったら聴いて欲しい」

感情が昂（たかぶ）って、うまく言葉が出てこない。

それでも夏海は、しっかりとかつての仲間の目を見て告げる。

「小松夏海。それが、今の私の名前」

目を見開いた里緒がすぐにいつもの落ち着いた表情を取り戻し、わかったと頷く。

そして、少しだけ笑った。

こんな私に何ができるのかと思っていた。

私の声を、どのくらいの人が聴きたいのかといつも不安だった。

それでも三年間、小松夏海として必死で走ってきた。

そのことだけは、誰が何と言おうと誇りに思いたい。

里緒と別れてすぐ、夏海は東文放送を目指して引き返した。ただでさえ暑さで息苦しいので、マスクは顎に引っ掛けたまま、できる限り速く走った。赤信号をもどかしく待ち、小さく見えていた大門の下をくぐった後は、まだかすかにしか見えない、駅と東文放送を繋ぐ歩道橋を睨みつけて走った。息が切れて、口の中が乾いて、額を流れてくる汗が目に入っても、それでも足を止めなかった。一刻も早くこの口で、自分の言葉で、伝えなければいけないと思ったのだ。

小松夏海に、失うものなんてあるのか？

デビュー初日に、黒木はそう言った。あれから三年、小松夏海には仲間も友人もリスナーも増えた。失いたくない居場所ができた。それを大きな力が奪い去ろうとしている今、ただ黙って指を咥えて見ているのは癪に障る。その場所には、小松夏海が生まれてから今日までの歴史が詰まっている。それを、易々と引き渡してたまるものか。

業界の繋がりもない、何の後ろ盾もない、素人に毛が生えたようなアシスタント。

それは逆に言えば、何をしようが誰にも迷惑はかけないということだ。

夏海は、息を切らしてなお走る。

むかつく、とようやく思った。

そっちの都合で勝手に決めやがって。

やっと身体中に電気が通るように、力がみなぎる。作戦などない。当たって砕けろの一択だ。何も喧嘩（けんか）を吹っ掛けようというわけではない。社会というものの中に力関係があることも理解はしている。ただ、ここで小松夏海が、聞き分けのいい良い子でいる意味がどこにあるだろうか。何もしなくても、二カ月後には首を切られるというのに。

ならばいっそ、ひと暴れしてやろう。

まだ伝えきれていないのだ。あの場所がどんなに、夏海にとって大切であるかを。

「黒木さん‼」

制止する佐伯を振り切って、ノックもせずに打ち合わせ室の扉を開けた夏海は、そこに局長の石井と、営業部の諏訪部がいるのを見つけて、ちょうどいい、と腹を決めた。

「契約終了の件でお話があります！」

「うるせえな、もうちょっとボリューム絞れよ。アナウンス部から苦情がくるだろ」

黒木が呆れ気味に目を向ける。

「私やっぱり納得できないっていうか！」

「だからボリュームを」

「だってやっとわかってきたところだったんですよ⁉」

諏訪部が頬杖をつき、石井は組んだ手の上に顎を載せて、興味深げに夏海を見つめた。

「元はと言えば、黒木さんがスカウトしに来たんですよね？　それなのに用済みになったらポイですか⁉　いきなり放り出さないでくださいよ！　責任持ってくださいよ！」

小松夏海の居場所を取り上げないでください！」

夏海のすぐ後ろで、佐伯がおろおろと様子を見守っている。止めずにいてくれるのは、ありがたかった。

「……お前、その直訴で降板がひっくり返るとでも思ってるのか？」

「思ってないことはないです！　けど、何もしなかったら結局このままじゃないですか！　宝くじだって買わなきゃ当たらないんだから、買うくらいのことはしますよ！　しかも宝くじと違って直訴なんてタダだし？　私の懐全然痛まないし⁉」

どうせ二カ月後にすべてを取り上げられるかもしれないと思えば、恐れるものなど何もないのだ。今抵抗しておかなければ、絶対に後で後悔するだろう。何もしないで、納得済みだとみなされるのはごめんだ。

「私この仕事続けたいんです！　どうにかしてください！」

「どうにかって……」

「小松さん」

もはや無茶な要求を突きつける夏海に、黒木が半ば呆気に取られている中、ずっと聞いているだけだった石井が静かに口を開いた。

「小松さんは、本当にこの仕事がしたいの？」

唐突な質問に、夏海は口を開けたまま瞬きする。

「本当は居場所が欲しいだけなんじゃない？ それってラジオの仕事がしたいかどうかってこととは別の問題だよね？ 本当に番組と局のことを考えてるなら、ここはあなたが身を引くべきだと思わない？」

頭の一部がすっと冷える代わりに、腹の中が余計に燃える感覚がした。

誰もいない家で、点けっぱなしになっていたテレビに照らされながら、菓子パンを齧っていた幼い自分のことを、なぜだか思い出した。

自然と拳を握りしめて、夏海は真っ直ぐに石井を見つめ返す。

「居場所が欲しくて何が悪いんですか」

以前夏海にメッセージをくれた、中学生のことが脳裏をかすめた。

「人間誰だって、居心地のいい場所にいたいって思うのなんて普通じゃないですか。それが私にとってはこの職場なんですよ！ 三年間毎週顔を合わせて、リスナーの辛い身の上話には一緒に涙ぐんで、くだらない話で一緒に笑って、新コーナーの企画をああでもないこうでもないって語り合ったスタッフと一緒に働きたいって思って何がいけないんですか？ それって何かとてつもない損害出すようなことですか⁉」

感情が昂って涙が零れそうになるのを、夏海は必死で堪えた。こんなところで、意地でも泣いてたまるものか。

「ベリルとの関係が切れないこともわかってます。でも、もう一回考えてもらえませんか？」

もう誰にも奪われたくない。

この手で選んだ、自分の居場所を。

奈々子から夏海に生まれ変わったこの場所を。

「……だそうだよ、黒木」

片頰を吊り上げるようにして笑った石井が、向かいに座る彼に目を向ける。やれやれと息を吐いた黒木が、帽子を取って髪を搔き上げた。

「じゃあやってみるか？」

「……は？」

「スポンサーは、諏訪部と広告代理店がもう見つけてきた。ゲームの制作会社だ」

「え？」

黒木が何の話をしているのかわからなくて、夏海はひらひらと手を振る諏訪部と黒木を交互に見た。

「日曜深夜二時半の『ミッドナイトガーデン』が九月いっぱいで終わる。そこの三十分枠を、十月からお前がやれ。小松夏海が一人でみっちりしゃべり倒すトーク番組だ」

言葉にならない声が、夏海の口から漏れた。何を言われているのか理解できない。

「ただしもともとアナウンサーを使う予定だったから、ギャラを出したら予算オーバーになる。よってノーギャラだ。それでもいいならな」

「私の、トーク番組……？」

　そう尋ねた声が、思った以上に上ずっていた。

　答える代わりに、黒木はにっと唇を引く。

「スタッフは俺と佐伯、それにミキサーの横川が入る。予算の関係で構成作家まで入れられないから、台本は俺と佐伯が適当に用意する」

「夏海ちゃん、黙っててごめんね！」

　黒木の横に並び、なにやら両手を合わせている佐伯を眺めて、夏海は眉根を寄せたまま首を傾げた。そして徐々に、意味を理解して頭の中がクリアになっていく。

「……つまり、新番組を立ち上げるってこと……？」

　二カ月後にクビ。確かそんな話ではなかったか。納得がいかずに抗議にきたものの、それがどうしてこんな話になっているのか。

　しかも聞き間違いでなければ、黒木はその新番組をお前がやれと言ったのだ。

　誰かのアシスタントをするわけでもなく、三十分夏海がしゃべり倒すトーク番組だと。

「……ていうか、それ決まってたんですか？」

「まあ、六月くらいにはな」

「なんでさっきのクビ宣告のときに言ってくれなかったんですか⁉」

「お前が全部聞く前に出て行ったんだろうが」

「引き留めてよ！」

「知るか」

夏海は未だ実感が伴わずに瞬きする。先ほどまでの、暗澹たる心理状態をどうしてくれるのだ。アップダウンが激し過ぎて、頭と感情が混乱する。

「どうする、小松」

黒縁の眼鏡の向こうで、不敵な笑みが尋ねる。

「俺と来るか？」

その自信に満ち溢れた顔面に、妙な悔しさを感じはしたけれど。

ほんの一瞬、泣きそうになった。

「……途中でやめたって言うのなしですよ」

「言わねえよ」

「絶対？」

「たぶんな」

「たぶん⁉」

「やるのかやらないのかどっちだ。もう一回言うが、ノーギャラだぞ」

「ノーギャラ……」

呻くように夏海は口にする。要はタダ働き、ボランティアということだ。交通費を思えばむしろ赤字になる。

それでもこの場所にいられる。

また番組を作ることができる。

夏海は決意を込めるように拳を握る。自分の代わりに、佐伯が涙ぐんでいた。

「……やってやろうじゃないですか」

その一言で、すべてが動き始めた。

「……なんか、今更ですけど」

午後五時を過ぎて夕立が降り始めた八月半ばのある日、夏海は呼び出された打ち合わせ室で新番組の企画書をめくりながらぼやいた。

「黒木さんが私に声をかけに来た時って、結構切羽詰まってたんですね」

思い起こせば、あれは梅雨の最中の六月だったはずだ。十月からのキャスティングをその時期に覆されたのであれば、かなりの修羅場だっただろう。わかってはいたが、こうやって自分のことととして体験すると、よりリアルに感じる。

「お前もようやくそういうことがわかるようになってきたか」

相変わらず室内でも黒の帽子をかぶったままで、黒木は番組に寄せられるメールの束を見ながらコーヒーを飲んだ。実は六月付でディレクターからプロデューサーへと昇進していたのだが、態度の大きさは以前からプロデューサー級だったので特に変化はない。彼がプロデューサーとして担当する初めての番組が、夏海の新番組になるのだ。

「あれから三年ですからね」

窓の外に、夏海は目を向けた。ビルの間に大粒の雨が降り注いでいる。

「感慨深いか？」

「それなりには」

手元の企画書には、先日の会議で決まったばかりの番組タイトルがある。『小松夏海のまよなかスマイル！』。放送時間帯は、日曜の深夜二時半からの三十分。月曜の朝を元気に迎えてもらうために、小松夏海がありったけの元気を分けるというのがコンセプトだ。スタジオでのトークを中心に、少しだけ音楽もかけたり、街へも繰り出したりして番組を作る。初回の企画のひとつとして、なぜだか料理があがっていた。キッチンスタジオを借り切って収録するというが、当然リスナーにはその姿は見えない。音と声だけで想像させるのだ。きっと黒木の手腕が、遺憾なく発揮されていくのだろう。とはいえ、昼間やゴールデンタイムの放送と比べると、なかなか聴いてもらうのは難しい曜日と時間だ。だからこそ宙に浮いていた枠で、夏海が入り込む余地があったのだが。

「……でも、なんで私を新番組に推してくれたんですか？」

黒木の話によれば、もともとアナウンサーを使うはずの枠だった、と言っていたはずだ。そこにノーギャラとはいえ、なぜ石井を説得してまで夏海をねじ込んでくれたのか。

「お前にしゃべらせたら面白そうだと思ったからだよ」

「え、急に褒めるのやめてもらっていいですか？　逆に不安になるんで」

「どうしろと」

「本当にそれだけですか？」

「他にどんな理由だったら納得するんだよ」

八階の打ち合わせ室に、地面を打つ雨音は聞こえない。

夏海は、企画書の文字を指でなぞる。

「……黒木さんと会った頃は、私が『元気を分ける』なんて思いもしませんでした。むしろ元気玉が欲しい方でしたから」

その言い方に、黒木がふっと息を吐いて笑った。

「冠番組は本当にありがたいし、一生懸命やらせていただきますけど、その前に、ちゃんと、古谷さんのアシスタントを最後までやります」

小松夏海という人生を選んで三年。まだ奈々子のトラウマを完全には拭えていないが、それでも変わったこともたくさんある。

出会った人もたくさんいる。

届けた声もたくさんある。

受け取った声も、数えきれない。

「『はなまるティータイム』は、小松夏海を生んで、育ててくれたところですから」

夏海の卒業がリスナーに伝えられるのは、九月の二週目に決まった。それまではいつもと変わりなく、古谷と一緒にパイプレイヤーを務めなければならない。

「好きにしろ。もう小松夏海には、お前の声を聴きたくて仕方がないファンがいる」

さらりと告げた黒木の、カップホルダーを持つ指先。

「それから、古谷さんから伝言だ。今番組でやってる、お前が褒めまくるだけの承認欲求のコーナー、あれは小松夏海の物だから、持って行けって」

「……いいんですか？」

「古谷さんがいいって言ってるんだから、いいんだろ」

黒木がそっけなく答える。今まで当たり前のように隣にいたベテランパーソナリティからの、思いがけない餞別だった。

決意を新たにして、夏海はもう一度窓越しに鈍色の空を見上げる。

雲が透けて、少しだけ薄日が差していた。


――では小松が読ませていただきます！　東京都にお住まいの、はなまるネーム『ラライ』さんからのメール。『古谷さん、夏海さん、こんにちは。夏海さんがアシスタントを卒業すると聞いて、いてもたってもいられずメールをしています……』

番組内で夏海の卒業が発表されると、東文放送には通常の倍のメールやハガキが寄せられた。夏海の卒業を惜しみ、続投を望む声も多かったが、同時に新番組の発表もあっんどだった。

たので、大半はそちらでの夏海の活躍と、絶対に聴きますというような応援の声がほと

――卒業する夏海ちゃんにね、実は白米さんからこんなプレゼントも届いてるんだよ。

――プレゼント？　白米さんってあの白米さん？

――そう、今ね、ＡＤ佐伯が運んできたこれ。

――え、これお米ですか？　白米さんだけに⁉

――そう。白米さんはね、お米屋さんなんだよ。だからはなまるネームが白米なんだねぇ。で、贈ってくださったこれは富山のブランド米でね、『てんたかく』っていう銘柄なんだって。夏海ちゃんがこれから、天高く舞うように活躍できることを祈って。

――なんて粋なことを……！

――お手紙もいただいてるから読むね。夏海ちゃんへ……

――ぎゃー！　待って！　白米さんからの手紙とか待って！　絶対泣くやつ！　泣くやつ‼

――古谷さんがトイレから戻ってこない、と言われたあの日が懐かしく思い出されます。

――もうだめもうだめ！　ティッシュください、箱で！

TALK #06

真崎悠一、19歳

早朝、午前四時三十分。

四月中旬の今、日の出まであと三十分ほどといったところだろうか。閉店時間は変わらないので、同じ時刻に見上げる空の明るさで季節が巡っていることを感じる。表に出している黒板式の看板を下げに外へ出てきた真崎は、薄い制服の襟元を寄せてひやりとした空気に身震いした。季節はすっかり春だが、この時間帯はさすがにまだ冷たい風が吹く。

「ごちそうさまー」

始発を待っていた常連客グループが、気怠そうにあくびをしながら店から出てきた。

この辺りで早朝まで営業しているのは、漫画喫茶などを除けば、串料理などの一品料理を扱うこの店くらいしかないので、必然的に終電を逃した人が集まってくるのだ。

「あー徹夜明けって目が乾く。コンタクトと眼球が一体化する」

「夏海ちゃん、よくそう言って目薬買ってるの見るけど、使い切ってる?」

「この前自分の部屋掃除したとき、使いかけのやつが五、六個出てきた」

「期待を裏切らないね」

「佐伯ー、俺会社で寝て帰るわ」

「え、タクシー乗りましょうよ！　そして俺を途中まで乗せてくださいよ！」

「一人で帰れ。もうすぐ電車動くだろ」

　男性三人、女性一人の四人組、日によって男性が二人の時もあるが、いつも同じ面子(メンツ)のこのグループは、近くにある東文放送に勤務している。早い時間から来ることは少なく、おそらく二軒目でこの店にやって来て、結局朝までいるパターンを多く見かけた。真崎が系列店からこの店舗に移って、初めてこの常連客を接客した際、女性の声にあまりにも聴き覚えがあって、思わず反応してしまった。それ以降、向こうもこちらの顔を覚えてくれている。

「真崎くんお疲れー。寒いね」

　入口脇に立っていた真崎に気付いて、トレンチコートを羽織って、顎にマスクを引っかけた彼女がひらひらと手を振る。東文放送の人気パーソナリティ、小松夏海。真崎が毎週欠かさず聴き続けている番組の主と、まさかこうして直接言葉を交わせるようになるとは思わなかった。

「お疲れ様です。風邪ひかないようにしてくださいね」

「そうだね、お互いにねー」

その言葉尻に、夏海のコートのポケットで、スマートホンがユーミンの曲を奏でた。

「あ、おばあちゃん。相変わらず早起き……」

メッセージを確認して、夏海は素早く返信を打つ。

「おばあちゃんからの着信、ユーミンなんすか？」

「そう。うちのおばあちゃんユーミン大好きでねー」

「そういえばよく番組でもユーミンかけてますよね」

「かけてるかけてる。ていうか、真崎くんユーミン知ってるんだね？　今いくつ？」

「今年二十歳になります」

「え、てことはまだ十九？　去年まで高校生？　若っ」

「はい。ユーミンは、アニメの主題歌で知りました」

「あー、ジブリのね！」

液晶画面に目を向けたまま、夏海が納得したように頷く。

「……それから」

真崎は一拍置いて、朝の冷たい空気に声を混ぜる。

「高校の修学旅行の時に聴いてたラジオで、流れてたんです」

一瞬だけ、あの日の光景が脳裏を走った。

「修学旅行でラジオ聴いてたの？」

「消灯後にスマホで小さくかけてたんです。夏海さんの番組でした」

「え、私の⁉」

「はい。ちょうど『まよなかスマイル！』から『スマイルスマイルスマイル！』に変わった頃でした」

「やだちょっと、懐かしい！　リスナーなのは知ってたけど、そんな頃から聴いてくれてたの？」

「そうですよ、俺『まよなか』の初回からずっと聴いてますから」

真崎は誇らしく胸を張ってみせる。バイトが午後帯から深夜帯のシフトになったときは、正直辛そうだと思っていたが、今となってはありがたい出会いに繋がった。

「修学旅行といえばさぁ」

笑っていた夏海が、空を仰いで小さく息をつく。

「行きそびれたんだよね、私。高校の修学旅行」

「なんでですか？」

そういえば、ラジオパーソナリティになる以前の彼女のことは、よく把握していない。芸能活動をしていたらしいという噂を聞いたことはあるが、番組サイトのプロフィールには、昼間の帯番組でアシスタントとして採用された以前のことは、記載されていなかったはずだ。

「まー、いろいろあってねー」

左頬に手を添え、夏海は苦笑する。

「十代って、いろいろあるじゃん？」

「まぁ、でも、それ言い出したらいろいろない人生なんてなくないですか？」

「そりゃそーだ」

大袈裟（おおげさ）な身振りで夏海が頷いて、真崎は少し笑った。

「十代ってね、まだなんにも免疫がなくて、外からの刺激を受け流すこともできずに全部受け止めて、傷ついたり悩んだりするじゃん？　しんどいんだよね、あれって。出口がないみたいに思えて、すごく苦しい」

　何かを堪えるような表情で、夏海は遠くを見る。

「この絶望が永遠に続くような気がするの。その外側に、知らない世界なんてまだまだ広がってるのにね」

　ふと微笑んだ夏海につられて、真崎も唇を引いた。

「小松！　置いてくぞ！」

数メートル先の路上で、黒木が叫ぶ。しばしば番組にも登場する彼と夏海の、ラジオと変わらないやり取りが見られるのは、得をした気分だった。

「今行きますってば！」

　叫び返して、夏海は真崎にまたね、と手を振った。またお待ちしております、と店員らしく返して、真崎は歩いていく彼女の背中を見送る。

　夏海の過去に何があったのかは知らない。けれどおそらくあの人は、自分が未だ消化できずにいるこの痛みを、笑ったりしないだろう。

夜明け前の街を歩いていく夏海の背中に、真崎はそんなことを思っていた。

学校生活というものは、生徒の中で何かしらグループが構成されている。入学当時はお互いを探り合うようなぎこちない会話をして、居心地のいい相手を探す。気付いたらなんとなく、類が友を呼んでグループは出来上がり、高校に入学して一カ月もたてば、皆がそれなりにクラス内で居場所を見つけるものだ。しかし真崎は、あえて必要最低限の会話と受け答えしかせず、わざと一人でいるように行動した。最初は気を遣って話しかけてきたクラスメイトも、そのうちに構わなくなり、どこのグループにも属さない真崎の高校生活は、そんな風にして始まった。

「真崎ー！」

五月の連休が終わって、そろそろ高校で初めての中間テストが近づいてくる頃、真崎は無遠慮なほど大きな声に廊下で呼び止められた。

「……なんだよ」

昼休み、すでに食事を終えてそれぞれくつろぐ生徒から、思いの外視線を浴びる。それを居心地悪く感じながら猫背のまま振り返ると、良く言えば天真爛漫な、悪く言えば何も考えていない馬鹿そうな顔で、同じ中学だった小野寺が駆けてくるところだった。

「どこ行くの？」

「図書室」

「サッカーしない？」

「だから図書室行くんだって」

「それ終わったらサッカーしない？」

あくまで引き下がることなく、小野寺は提案を続ける。身長はそこそこあり、運動神経も抜群で、愛嬌のある犬顔。勉強は得意でなく、しばしば天然のボケを炸裂させるので、女子には可愛がられている。そんな小野寺は、その日の気分でいろいろなグループに転々と顔を出し、グループからはあぶれて個人行動している真崎にも、屈託なく絡んでくる。ある意味空気が読めないところは、中学の頃から変わっていない。

「サッカーなら他の奴とやれよ。誰かいるだろ」

「あ、俺、図書室行くの初めてかも！　四階だっけ？」

「相変わらず人の話を……」

聞かないな、という真崎の言葉を、まさに最後まで聞かずに、小野寺は一段飛ばしで階段を上っていく。中学の頃はクラスが同じだっただけで、それほど仲が良かったわけではないのだが、彼の中にはおそらく知っている人と知らない人というカテゴリーしかなく、知っている人のカテゴリーに入った人間は皆『友達』という扱いになっているのかもしれない。

図書室が存外居心地いい場所だと知ったのは、中学生の時だ。最初は、エスカレートしつつあった『いじり』から逃げるための、休み時間の避難先として選んだ。それほど本好きというわけではなかったので最初は時間を持て余していたが、そのうち図鑑やアート集などを手に取るようになった。眺めているだけでなんとなく知識が蓄積されていくのが面白くて、以降は好んで通うようになったのだ。

高校の図書室は、通常の教室ふたつ分の広さが設けられていて、蔵書が多い代わりに閲覧できる机は少ない。おそらく借りて帰ることが前提で作られているのだろう。そのため本を必要としない自習で使用することは禁止されていて、たまにグループワークなどで必要な調べ物をしている以外は、皆黙々と本を読んでいる。物珍しげにいろいろなジャンルの棚を物色している小野寺を放置し、真崎は図鑑や図録がまとめられているコーナーに向かう。昨日まで見ていたのは気象図鑑で、様々な気象現象について平易な言葉でわかりやすく解説されていたので、思わず隅々まで読み込んでしまった。今日はその隣にある空の色図鑑を手に取って、真崎は空いている手近な席に座った。濃紺色の空の地上に近いところに、日の入りか日の出か、とにかく鮮やかな朱色の走る表紙をめくると、真っ青な空の中に力強く入道雲が湧きたつ写真があった。解説は少なく、図鑑というより写真集のような構成だ。一枚ずつ丁寧にページをめくっていた真崎は、中盤に差し掛かってふとその指を止めた。

『朝焼け』と題された見開き一杯のその写真は、遠くに見えるビル群の向こうの空が、日の出を予感させる山吹色に染まっている。その手前の空には、高いところに紗幕(しゃまく)のような雲がかかっていて、そこだけが薄紅とも薄紫ともつかない不思議な色に彩られていた。雲の隙間から見えているのは確かに青空であるのに、雲だけが色づいているという光景は、一瞬地球ではない別の星のものかと思わせるほど異様で、美しかった。

「おわー！　綺麗な色！」

いつの間にかちゃっかり隣の席に座っていた小野寺が、無邪気に声を上げる。

「馬鹿お前、声が大きい……」

「ねぇ中村(なかむら)ー、これ見て！　すげぇ綺麗」

真崎が制するのも聞かず、小野寺は傍の本棚で本を物色していた長身の男子生徒に声をかけた。銀縁の眼鏡を押し上げて、彼がこちらに目を向ける。襟元のバッジは一年を表しているが、見たことのない顔だった。

「紅掛空色(べにかけそらいろ)」

その空を見た中村は、聞き慣れない単語を口にする。

「そういう色を、紅掛空色と言うんだ」

へーそうなんだー、と小野寺が能天気に返事をして、その声の大きさに司書が咳払いをした。

小野寺経由で知った情報によると、中村は隣の二組の生徒で、中学時代からずっとバレー部に所属しているという。どこにでも顔を出す小野寺の『知り合い』の一人で、普段は部活仲間とつるんでいることが多い。それでも時々ふらっと一人で図書室に来ていることもあり、もっぱら文庫小説の棚辺りにいる。知り合って以降、中村は図書室で真崎を見つけると、他に席はいくらでも空いているのに、わざわざ隣に座るようになった。真崎としては一人でいる方が気が楽で、望んでいないのに傍にいられることは正直鬱陶しい。だからといって彼を避けて別の場所に行くのも、なんだか負けを認めているようで釈然としなかった。図書室での遭遇さえ我慢すれば、あとはクラスも違うので接する機会はほぼなかったが、中間テストの期間の昼休み、小野寺が購買で会ったと言って真崎のもとに連れて来て以降、いつの間にか昼食を一緒に食べるようになった。テストが終わって六月に入り、梅雨になる頃には、部活のない日に一緒に帰ろうと誘ってくるようにもなった。

「中村さぁ、なんでこっち側にわざわざ絡んでくるの？」

お互いに傘を持っていなくて、二人して雨が止むのを待って教室に居残っていた。運動部に入っていて、それなりに友人も多い中村と、帰宅部でグループに属さずにいる自分とでは、大げさな言い方だが生きている世界が違う。真崎は手元のスマートホンで、次々と新しい動画をタップしながら問いかける。学校の大半の生徒が登録しているメッセージアプリは、家族との連絡以外使用していない。インターネットはどこでも誰とでも繋がるが、人間など結局みんな孤独だと、どこかで達観めいたことを思っていた。指先だけの繋がりに、意味などあるのだろうか、と。

「別に俺じゃなくても、一緒に帰る奴なんかいっぱいいるだろ」

小野寺はカバンを教室に置き去りにしたまま、どこかへ姿をくらましている。大方どこかの部室か教室で、カードゲームにでも興じているのだろう。本人はバスケット部なのだが、それほど熱心な部ではないので、週に三回ほどしか練習はないらしい。

「真崎とは、帰る方角が一緒だし」

なぜそんなことを訊くのかと不思議そうにしながら、中村が答える。

「それに一人より二人の方がいいだろ？　三人ならもっといい」

「俺は一人でも構わない。むしろ一人がいい」

「強がるなよ。まぁ真崎の左手に世界を七日間で焼き尽くす炎が封印されてて、額には第三の眼があるとかそういう設定なら、一人になりたがるのもわかるけど」

「中二病って言いたいのか」

「心当たりが？」

「ねぇよ」

真崎は苦い顔で窓の外に目を向けた。銀縁の眼鏡の向こうで、中村が余裕ありげに笑うのが気に食わない。

「中二病なのはお前の方だろ。図書室で借りてる本、ほとんどラノベじゃねぇか」

今日も異世界に転生するシリーズ物の続きを、一度に借りられる冊数の上限まで借りていたはずだ。

「部活やりながら、よくそんな小さい字の本を読む時間があるな」

精一杯の嫌味のつもりだったが、中村は少しだけ困った顔をした。

「俺が読んでるんじゃないんだ。だから実は内容はそんなに知らない」

じゃあ一体誰が読んでいるのか、という真崎の疑問を汲むように、中村は口にする。

「弟のために借りてる。病気でずっと入院してて、本を読むことと絵を描くことしか、楽しみがないんだ」

用意していた言葉が、声になる前に霧散した。

中村は、未だ雨が降る鈍色の空を窓越しに見上げる。

「紅掛空色は、弟に教えてもらった。日本の伝統色っていう色鉛筆のセットを買ってもらって、それで覚えたみたいだ。綺麗な色だよな」

開け放ったひとつの窓から、湿った風が流れ込んでいた。

最初は、とても些細なことが始まりだった。

中学生時代、パートで夕方まで家を空ける母親から、学校帰りに買い物を頼まれることがあった。その日も、安売りになっているおひとり様一点限りのトイレットペーパーと、その他こまごましたものを買ってきてほしいとメモを渡されていた。ポケットに入れていたそれが、たまたま別のものを取り出したときに落ちて、拾ったクラスメイトが、親のパシリにされているとからかったのだ。その時はこちらも笑いながら言い返して、一緒になって囃し立てていた周りも笑って終わった。しかし翌日から、メモを拾った男子生徒が執拗に絡んでくるようになった。ペン一本を取り上げては、ママに買ってもらったのか？とニヤついて尋ね、体操服を隠しては、ママが用意してくれなかったのか？と笑う。彼とよく一緒にいる他の生徒も真似をはじめ、それはだんだんエスカレートした。

真崎が教師に訴えるべきか迷っていた時、事態を重く見た周囲の生徒が担任教師に相談し、真崎も自分がされたことを包み隠さず報告した。しかし担任は、首謀者の男子生徒の名前を聴くと途端に渋い顔をして、とにかく大事にしないようにと繰り返すばかりだった。結局、保護者のもとに連絡がいくことはなく、生徒同士での解決となり、真崎はいじめていた側の生徒から謝罪を受け、彼らもやり過ぎたと反省したので事態は沈静化した。後に加害グループの一人が話してくれたところによると、首謀生徒の両親は小学校と高校の教師で、担任が内々に処理をしようとしたのはそれが原因だろうということだった。もしかすると先輩後輩だとか、知り合いだとか、そんな理由があったのかもしれないと。それを聞いて、真崎はひどく驚き、同時に落胆したことを覚えている。

幼稚園の先生。小学校の先生。中学校の先生。そして高校に行けばそこにも先生がいる。手を洗いましょう。廊下は走ってはいけません。給食はできるだけ残さず食べましょう。宿題はきちんとやりましょう。お友達には親切にしましょう。弱い者いじめはいけません。そう教えられて育ってきた。だからこそ、その教えを説く教師は、立派な大人なんだろうと思っていた。

けれど実際は、自分の子ども一人、満足に指導できていないではないか。

おまけに仲間意識なのか、教師はいじめに発展しかねない事態を取り繕う素振りさえ見せる。

そんな『大人』の、何を信用すればいいのだろう。

そんな考えに囚われて、『教師』の言うことを、何の疑問も抱かずに聞いているクラスメイトが、急に気味悪く思えた。自分だけが世界の真実に気付いたような気になって、洗脳めいた輪の中にいることが、ひどく恐ろしいと思うようになった。

真崎が一人を選ぶようになったのは、そんなことがきっかけだった。

しかし周りと距離を置くようになったところでそれほど不自由は感じず、漫画を読んでゲームをしていれば時間はあっという間に過ぎた。ラジオを聴くようになったのは、中学三年の時にスマートホンのアプリで聴けることを知ってからだ。真崎にとっては、それまで視聴していた動画サイトなどと同じ『暇つぶし』のひとつであり、普通に聴くだけであれば課金もいらなかったので、あっさり選択肢に加わった。動画の音声だけを流して宿題をすることもあったので、声だけで構成されるラジオは意外と馴染みがよく、テスト勉強で夜遅くまで起きていた日に偶然聴いた『まよなかスマイル！』が好みに合ってからは、ずっと聴くようになった。小松夏海というパーソナリティはその時初めて知ったが、彼女の明るい声や、ノーギャラでやっていると暴露してしまう性格、しばしばトークに登場するプロデューサーにも負けじと挑んでいく姿勢は好感が持てた。そして何より番組の終盤にやる『お前らの承認欲求をぶつけろ！』という直球すぎるコーナーが好きだったのだ。

──神奈川県、スマイルネーム『森のゴリラ』、『今日はちゃんとさぼらずに掃除した！』

──えらい！　ゴリラえらい！

──埼玉県、スマイルネーム『キンキン丸』、『めちゃくちゃ眠かったけど宿題終わらせた』

──睡眠欲に打ち勝つとか超すごい！

──東京都、スマイルネーム『ナナクレ』、『五連勤でやっと座れた電車の席だったけど、おばあちゃんに譲った』

──もうノーベル平和賞受賞しなよ！

──東京都、スマイルネーム『雪之丞』、『イラストが上達した』

——個展開くときは花贈るから！

　プロデューサーの黒木が読み上げていくリスナーからのメールに、ただただ夏海が褒めて応えていくだけのコーナーなのだが、その褒め方のバリエーションとテンポの良さがリスナーにウケ、日曜深夜二時半という時間にもかかわらず、着実にファンを増やしているようだった。スタジオだけでなく外に出ていくことも多く、夜の公園で酒を呑みながら放送したり、路上の屋台から放送したりすることもあった。普段は収録だが、予告なくやる生放送回で、リスナーが何人集まるかという企画をやったとき、指定した場所に人が集まりすぎて騒動になったこともある。

「あ、俺その集まり行ったことあるかも！」

　昼休み、真崎がスマートホンで小松夏海のファンがまとめているサイトを見ていると、後ろから覗き込んだ小野寺がそんなことを言い出した。

「……まじで？」

「まじで！　ラジオのやつでしょ？　たまたま適当にチャンネル合わせて放送聴いてて、家から近かったから行ってみようかなーって」

「夜中の二時半まわってたのに？」

「親はもう寝てたから、抜け出し放題。結構人が集まっててさ、その真ん中で、スタッフがスタジオと中継してんの。パーソナリティ？　の人は居なくて残念だったけど。騒いだら警察呼ばれるからって、皆静かにわくわくしてたし、俺もなんかわくわくした」

能天気に笑って、小野寺は購買で買ってきたカレーをかき込む。それを聞いて、真崎の向かいで持参した弁当を食べていた中村が、興味深そうに顔を上げた。

「なんていうラジオ？　部活の奴らが話してたやつかな」

「えっとね、なんだっけ？」

適当にチャンネルを合わせただけだと自己申告しただけあって、小野寺は真崎にパスをまわす。

「……『小松夏海のまよなかスマイル！』」

「ああ、それだ。真崎も聴いてるのか？」

「ああ、まぁ……」

曖昧に返事をすると、中村はスマートホンを取り出して番組を検索した。

「日曜の深夜二時半か。面白そうだな、俺も聴いてみよう」

「俺も、もう一回聴こうっと」

小野寺が真崎のペンケースから黒ペンを取って、掌にでかでかと日曜二時半と書いた。

「それ油性だぞ」

「消えたら忘れるから、ちょうどいい！」

「今日木曜だぞ……？　さすがに油性でもそこまでもたねぇだろ……」

「え、もたないの⁉」

「日曜になったら、俺がメールしてやるよ」

兄のような顔で中村が言って、真崎は少し居心地悪くその場をやり過ごした。自分だけの世界に中村たちが踏み込んでくることが、なんだかとても複雑だった。ラジオなど、自分の他に何千何万というリスナーがいるというのに。

——……あのさぁ黒木さん。

——なんだ。

——どうしてこの番組は、食べ物系で無茶ばっかりするんですか？　この前はハートのピノが六個揃うまで延々ピノを食べたし、その次はファミレスのメニューでカロリーが高いのはどっちだって選ばせて、外れたら完食しなきゃいけなかったし……。

——そもそも始まりは、お前が日本酒を飲み比べたいって言い出したあの日からだろ。

——黒木さんが泥酔してガンダムの初代オープニングテーマを歌ったあの日ですか？

——そうだ。泥酔したお前が清酒の紙パックを無線機にして、警察官のモノマネをする柳沢慎吾（やなぎさわしんご）さんのモノマネをしたあの日だ。

——あああああ！

この日の放送を聴いた中村が、『泥酔回』の音源を持っていないかと真崎に訊いてきて、真崎は渋々ながら録音していたデータを渡してやった。渡さないこともちろんできたが、あまりにも中村が期待に満ちた顔で訊いてくるので、断り切れなかったのだ。

その後で小野寺も聴きたがって、結局放課後に三人で聴くことにした。爆笑しながら耳を傾けている間、窓からの夕陽が教室を黄金色に染めていた。

「俺も、メール送ってみようかな」

昇降口までの廊下を歩きながら、まだ笑いの余韻を引きずった中村がぼそりと言った。

「あ、じゃあ今ラジオネーム考えようよ！　そしたら読まれたときすぐわかるから」

小野寺の足元で、廊下と上履きのゴムが擦れてキュッと鳴る。

「ラジオネームか……。わかりやすいのがいいよな……」

「ナカムラ」

「それ本名だし」

「中村屋」

「それ歌舞伎の人だし」

小野寺とじゃれ合って、中村がふと真崎に目を向けた。

「真崎は、何がいいと思う？」

急に振られて、真崎は露骨に顔をしかめた。所詮聴き専なので、投稿しようなどとも思っておらず、他人のラジオネームなど心底どうでもよかった。けれどあまりにも二人の顔が高揚していて、真崎は中村の姿をまじまじと捉え直す。

「……めがね」

「え」

「めがね」

「めがね？」

「まんまじゃーん！」

小野寺の声が廊下に響いて、遠くに吹奏楽部の練習音が聞こえていた。

高校二年になる際のクラス替えで、真崎と小野寺と中村は、なんの因果か同じクラスになった。真崎は相変わらず一人でいることを好んで、時折同じような主義のクラスメイトと共通の趣味について情報交換する。小野寺はいつも通りいろんなクラスやグループを渡り歩き、メッセージアプリの登録人数を増やしながら、購買で新商品の菓子パンを見つけては、真崎に報告にやって来た。中村は部活の仲間と行動を共にしつつも、移動教室の時は小野寺を連れて移動し、昼食の時は真崎のところで済ませていく。その様子を見ているクラスメイトの中で、三人は仲がいいのだという認識が出来上がるくらいには、一緒の時間を過ごしていた。一人より二人がいい、二人より三人がいいという中村の主張は、未だ受け入れることができないままだった。

ですけども……

――……というわけで、今夜はスーパーで買ったベーコンと、お取り寄せしたアグー豚のベーコンを焼いたとき、どっちが美味しそうに聞こえるか、という企画だったわけですけども……

春の大型連休を迎える直前の四月下旬、真崎はいつも通り深夜二時半に『まよなかスマイル!』を聴いていた。録音もしているのだが、この番組だけは生で聴きたくて、放送時間に合わせてアラームで起きるようにしている。よって、いつもベッドの中で耳を傾けていた。

――これね、確実に深夜の飯テロになってますよね。

――まあそうなるわな。

――もうスタジオ中いい匂いが充満してて、この匂いだけでご飯三杯くらい食べられそう。

――このベーコンは、あとでスタッフが美味しくいただきます。小松は匂いだけで飯が食べられるそうだからいらねぇな。

――いらなくないですけど!? ちょっと待ってマジで言ってます? 私ベーコンなしですか? こんないい匂いだけ嗅がされて!? ……あっ、食べてる! あっちの部屋で

佐伯Dがすでに食べてるんですけど！　その炊飯器どこから持ってきたの⁉

番組は終盤になって、いつもはBGMに曲がかかるのだが、今日はずっとベーコンの焼ける音だ。真崎も例にもれず空腹を覚えて、胃のあたりをさすった。

——ここで小松にいい知らせがある。

——なんですか⁉　佐伯Dが食べてるのは食品サンプルだとか、そういうこと？

——十月から『まよなかスマイル！』が、日曜夜十一時半の枠に移動になる話がある。

——は？

あまりにもあっさりと告げた黒木の言葉に、真崎は思わず瞑って(つむ)いた目を開いて、音声だけを吐き出すスマートホンを見た。

——ちなみに移動になったら、小松のギャラも出る。一年間のノーギャラ生活におさらばだ。

——え、え、何それ私聞いてないんですけど⁉

——当たり前だ、言ってない。だから今発表してんだろ。

——収録中に言うことなの⁉　しかもまだ決定じゃないってこと？

――そうだ。だからこの企画が成功するかどうかで決める。

プロデューサーの黒木がそう言って、『まよなかアンケート』なる企画の詳細を伝えた。つまり、夜十一時半という時間帯に番組が変更になることを、『リスナー』が望むのかどうかというアンケートを取るという。方法はメールやハガキ、FAXなどで、番組へのメッセージとともに、枠移動に賛成か反対かを書いて送るだけでいい。

――リスナーからの投票で、私がギャラをもらえるかどうかが決まるってことですか⁉

――そういうことだな。

――なにそのギャンブルライフ！

――メール、ハガキ、FAXの送り先は、番組ホームページにも記載しておりますので、奮ってご参加ください。それでは皆様、また来週。

――ちょっと待って！　待ってってば！　皆知ってたの？　知らないの私だけ⁉　ちょっとどういうこと……

騒ぐ夏海の声は次第にフェードアウトし、代わりにベーコンの焼ける音が大きくなって、CMへと切り替わった。

「……まじかよ」

　唐突な発表に眠気が吹き飛んで、真崎はゆっくりと身体を起こした。一昨年の十月に放送が開始されてから約一年半。小松夏海がノーギャラでやっている深夜の番組が、夜十一時半という、人気声優などが受け持つような時間帯に変更が検討されているということは、それだけ放送局に認められたということだ。喜ばしいことであるというのに、妙に落ち着かない気分を持て余して、真崎はスマートホンを手に取った。番組のSNSを覗くと、早くも『賛成の一票！』だとか『たとえ時間が変わってもずっと聴きます！』などという応援の声で溢れていた。確かに夏海がノーギャラでやっているということが本当なのであれば、きちんと収入を得られるよう協力したいとは思う。けれど時間帯が変わってしまうかもしれないことが、真崎は妙に引っかかっていた。インディーズバンドがメジャーデビューするとき、ファンはこんな気持ちなのだろうか。あの番組が手の届かないところに行ってしまうようで、複雑な気分だった。


「毎週楽しみに聴いています。夏海さんがかわいそうなので、お金をあげてください」

「それじゃあ夏海さんが本当にかわいそうな感じになるから、もうちょっと違う書き方がいいんじゃないか？」

「えー？　よくない？」

「直球すぎる」

翌日の放課後、昨夜の放送を聴いていた小野寺と部活に行く前の中村が、出し忘れていた世界史のプリントを書いている真崎の傍で、早速番組宛てに送るメールの文面を考えていた。

「これさー、同じアドレスから何回も送ったらノーカンになんのかな?」

「チェックはしてそうだよな。パソコンのアドレスからもう一通くらい送っておくか」

「俺もそうしよー」

プリントから顔を上げて、真崎はそんな会話をしている二人にふと目を向ける。その後ろで、風をはらんだ白いカーテンが揺れていた。グラウンドから、運動部のかけ声が聞こえる。

「でもさーでもさー俺はさー、実はちょっと複雑」

小野寺がぱたりと机に突っ伏して、顔だけをこちらに向けた。

「夜中の二時半っていう放送時間、結構好きだったんだよねー。知る人ぞ知るって感じで」

そう言う小野寺と目が合って、真崎は慌ててプリントへ視線を戻した。まさか、彼が同じようなことを考えていたとは。

「ああ、実は俺もそれは思った」

文章を作る指先を止めて、中村が苦笑する。

紙の上で、真崎の握ったシャープペンシルの芯がぽきりと折れた。

「でも小松夏海のギャラのためだ」

「だよね！」

「それに、面白い番組だからいろんな人に聴いて欲しい。ファンもきっと増えると思う。そうしたらイベントとかもやるかもしれないし」

「うわー、それ超楽しそう！」

小野寺があっさり懐柔されて、がばりと身体を起こす。

「ねーねー真崎ーー！」

「なんだよ」

「真崎もアンケート送ろうよ！」

「俺はいいよ。お前らだけでやれよ」

そっけなく答えて、真崎はプリントの残りを適当に書いて埋めた。


——毎度毎度くだらないことばっかりやってるこの番組ですけど、もし、仮に、放送時間枠が変わったとしても、私がパーソナリティをやる限り、『お前らの承認欲求をぶつけろ！』のコーナーは続けますからね！　死守しますから！

——小松のバリエーションが尽きたらやめます。

——だからやめませんって！　バリエーションなんか捻（ひね）り出してみせますよ！　皆多

かれ少なかれ、誰かに褒められたいし、認められたいじゃないですか。それを私に任せていただけるなら、いくらでもやります。それくらいしか、私がリスナーの皆さんのためにできることってないんですから。私に吐き出して癒えることなら、いくらでもメール送ってください！

——じゃあ早速今日も行くか。

——よっしゃ来い！

——山梨県、スマイルネーム『ちゅるママ』、『嫌いな同僚にもちゃんとお土産を買ってきた』

——ちゅるママはそいつより出世する。間違いない。

——埼玉県、スマイルネーム『はるはる』、『家のトイレットペーパーが切れても誰も替えないので、毎回私が替えてる』

——えらいなぁ、超善徳つんでる。

——東京都、スマイルネーム『おねえちゃん』、『毎日弟のお弁当作ってる』

——おねえちゃん大好き！

——千葉県、スマイルネーム『恐怖の豆餅』

——恐怖の豆餅ってどんなの⁉

——『雨の日に子猫を拾って、そのまま飼ってる』

——もう博愛の豆餅に改名しなよ！

『まよなかアンケート』は五月中旬で締め切られ、中間報告によると予想以上の賛成メッセージが集まったとかで、小松夏海が感激して番組中に泣いていた。そして六月になっていよいよ結果発表となり、九月いっぱいで『まよなかスマイル！』の終了と、十月から夜十一時半の枠で『スマイルスマイルスマイル！』という小松夏海の新番組が始まることが知らされた。実際のところは、番組の変更はすでに決まっていて、アンケートは演出の一環だったのかもしれない。それでも、二百通来れば健闘した方だと言った黒木の予想を超える、三百通近くの賛成票が集まったことは、パーソナリティの人柄ゆえだろう。そういえば真崎もアンケートを送ったのかと、思い出したように小野寺に問われたが、真崎は最後まで惚(とぼ)け続けた。

十月になって予告通り『スマイルスマイルスマイル！』が始まり、ちょうどその頃に真崎たちは修学旅行で関西を訪れた。班決めの際に適当にグループを組めと言われて、小野寺が当たり前のように真崎と中村を誘い、それがきっかけでようやく二人とメッセージアプリのＩＤを交換した。三泊四日の日程が組まれた修学旅行は、定番の京都や奈

良の名所を巡ったあと、最終日の丸一日が大阪のテーマパークで過ごす予定になっていた。園内で班ごとの自由行動ということではあったが、集合場所を決めて個人行動する者も多く、真崎の班も入園してすぐ解散となった。

「くれぐれもはめは外すなよ。東院高の一員だという自覚をもって行動しろ」

学年主任の新庄が、威圧感たっぷりにそう言って、テーマパークの入口で生徒たちを見送った。

「制服着てるんだから、そうそう変なことできないっつーの。する気もないけど」

一人で好きに回ろうと思っていたのに、中村とともに小野寺に捕まってしまい、真崎は一番人気のアトラクションを目指して広い園内を移動する。

「せんせーの方が気を付けた方がいいと思うけどね。新庄ってアルコール依存症っていう噂あるよな。昨夜の見回りもちょっと酒臭かったし」

「やけに突っかかるな？」

「別に。ただ教師って信用できなくて好きじゃないだけ」

小野寺はパンフレットを片手に、真崎たちの数歩先をきょろきょろしながら歩いている。かと思えば、通路に出ている土産物屋のワゴンに突進していて、きちんと見張っていないと、あっという間に見失ってしまいそうだ。

「教師だって人間だよ。完璧な大人なわけじゃない」

やけに物知り顔で中村が言うのが気に食わず、真崎は眉根を寄せた。

「でも俺たちはその大人から学んでるんだろ？　それなら完璧を求めたいじゃねぇか。不完全な奴から何を学べばいいいんだよ」

そう問う口調が、思ったよりきつくなった。真崎自身、自分が『子ども』だという認識はある。けれどそれは『未成年』であるというだけで、思考は『大人』と変わらないと思っていた。むしろあの出来事のおかげで、皆が気付いていない領域を見透かしているという、優越感にも似た自信があった。

「大人も不完全である、ということを学べばいいんじゃないか？」

ざわめきに紛れて、中村はさらりと口にした。

「期待しすぎると肩透かしを食うし、頼りにしすぎるとがっかりする。大人って、俺たちが思ってるほど『大人』じゃないぜ」

真崎は思わず、隣にいる中村の横顔に目を向けた。それに気付いて、中村は苦笑する。

「……俺の家、弟の病気がわかったとき、両親が揉めて離婚騒ぎになったんだ。責任を擦（なす）り付け合って、どっちの遺伝子が悪かったとか、そんなくだらない言い争いに発展した。俺は弟が好きだったし、両親のことも好きだった。誰も悪くない、ただ不運だっただけなのに、家族がバラバラになろうとしてることに耐えられなくて、なんとか繋ぎとめたくて、必死で両親を説得したことがある」

目当てのアトラクションに続く列を見つけた小野寺が、周囲の視線も構わずこちらに向かって大きく手を振っている。

「だから余計に、大人は完璧じゃないって思ってるのかもな。でも、嫌いにはならなかった。俺はなんとなく、許せたんだ。親だからかもしれないけど」

小野寺に合図して、中村が駆けていく。その背中を呆然と見送って、真崎はゼンマイが切れるように足を止めた。この時ようやく、一人より二人、二人より三人がいいと言っていた彼のことが、ほんの少しだけわかったような気がした。

自分のことを完璧だと思っているわけではない。未熟だという自覚はあるが、それはまだ『子ども』だからだと思っていたし、『大人』になれば、それなりに整った人物になれるのだろうと漠然と思っていた。けれど中村に、子どもが思うほど『大人』は『大人』じゃないと言われたことが、時間がたてばたつほど自分の中で大きくなった。それならどうやって『大人』になればいいのか。歳を取る以外に『大人』になる方法が果たしてあるのか。その時の真崎には、考えもつかなかった。
——ということで、『スマイルスマイルスマイル!』の今月のメッセージテーマは『卒業』。自分はこんなことから卒業したとか、もしくは卒業しなきゃと思っていることとか、実際の卒業式のエピソードでもかまいません。たくさんのお便りお待ちしておりま

す！

——ちなみに、小松の卒業エピソードは？

——私ですか？　そうですね……去年やっと車の免許取ったんですけど、初めての坂道発進のときに『半クラ』が何かわかってなくて、フヮァン……って半分クラクション鳴らした自分からは卒業できたかと思います。

——はあああ腹痛い！！！

——ちょっと笑いすぎじゃないですか⁉　マニュアル車選んだあたりを褒めていただきたいんですけど⁉


消灯時間を過ぎて一時間ほど経った頃、同室のメンバーのほとんどが寝息をたてる中、寝相の問題から一番端に追いやられた小野寺が、小音でラジオアプリを起動させた。

微睡(まどろ)んでいた真崎はそれがすぐに小松夏海の番組だと気付いて、小野寺の方にごろりと頭を巡らせる。

「……録音、じゃないよな？　なんで？　大阪は東文放送聴けないだろ？」

東文放送は、関東広域圏を対象に放送している。確かに今日は日曜だが、大阪では聴けないはずだ。

「なんと、おおさかラジオでも同時刻に放送してるんでーす」

そう言う小野寺の顔が、液晶の灯りでぼんやりと浮かび上がる。

「ネットしてる……ってことか？」

真崎はラジオ局の詳しい事情はわからないが、関西テレビでフジテレビの番組が流れていることと同じような仕組みなのだろうか。なんにせよ、今回の放送は聴けないものとあきらめていたので、小野寺に感謝すべきだろう。

「小野寺、そういうことは早く言えよ」

寝ていなかったらしい中村も、外していた眼鏡をかけ直してこちらに顔を向ける。三人はスマートホンを中心にして、できるだけ音を小さくして顔を寄せ合った。新番組と銘打って始まった『スマイルスマイルスマイル！』だが、内容は今までとほとんど変わらず、夏海と黒木のトークを中心に、ラジオという媒体を無視してスタッフのお宅訪問をやったり、収録中にジャンケンをして、負けた方が着ぐるみでコンビニに買い物に行ったりするくだらない企画をやっている。

――そう言う黒木Pは、何かエピソードないんですか？

――俺はまさに高校の卒業式の話だけど、いろんな女子から制服のボタンくれって言われて。

――うわ、自慢だ。

――まぁ聞けよ。神に誓って本当にボタンは全部ハケたんだ。でもそのあとで、弓道部で苦楽を共にした武内から記念に制服交換しようぜって言われて、なんかそういうノリでしたわけ。だから今の俺の実家にある制服は、全部ボタンが残ってる。

――っていう黒木Pの妄想ですか？

――事実！

――えー、だってちょっとにわかには信じられないっていうかぁ。

――じゃあお前うちの実家にきて確認しろよ！　内ポケットのとこに武内って刺繡がある制服見せてやるよ！

――それがタケウチの制服だっていう証明にはなっても、黒木Pの制服のボタンが全部ハケた証拠にはならないじゃないですか。

――そこまで言うなら武内に電話してやる。

――え、今？　今ですか？

　枕に顔を押し付けて、小野寺が必死に笑いを堪えている。中村も口元をにやつかせて、二人のやり取りに聴き入っていた。ラジオは不思議だと、真崎はつくづく思う。音声だけしか情報がないというのに、どうしてこんなにも惹きつけられるのだろう。

――あ、もしもし武内？

『そうだけど、何、どうした？』

――これ今ラジオの収録中なんだけど、ちょっといい？

――『は？　え、何？　ラジオ？』

――俺の名誉のために答えて欲しいんだけど、高校の時の卒業式覚えてる？

――『あ、ああ、なんとなく』

――制服交換したよな？

――『したした』

――その時、俺の上着にボタンなかったよな？

――『……えー……そうだっけ……？　もう二十年前だし……』

――そうだったよ！　思い出せ！　たのむ！

――『えーちょっとわっかんないわ俺。しかも制服、お袋が早々にバザーに出して残ってないし』

――たけうちー！！！

結局黒木プロデューサーの『ボタン完パケ』は証明できず、勝ち誇った夏海が散々黒木をいじり倒して、番組は終盤のコーナーを迎えた。

「もしかしたら、脚本通りの展開なのかもしれないけどさ……」

今夜もお前らの承認欲求聞いてやるぜ！　と夏海が吠えているのを聴きながら、不意にぽつりと、中村が口にした。

「黒木Pとタケウチの関係が本当なら、二十年経ってもあんな会話ができるのって、なんかいいな」

小野寺がにこにこ笑って、そうだねと頷いた。

真崎は、何も口にしなかった。

中村は真崎に何か言いたげにしたが、結局それ以上は声にしなかった。

——それでは今日は、スマイルネーム『ビタミンK』さんからのリクエストを聴きながらお別れです。私も大好きな松任谷由実さんで『卒業写真』。

真崎たちに中村の転校が知らされたのは、それから一カ月後のことだった。拡張型心筋症という病を患った弟の、大阪への転院によるものだと聞いた。家族がバラバラになることを嫌がる中村には、一人東京に残るという選択肢はなかったのだ。

高校二年の年明けに、中村は大阪へと転校していき、真崎と小野寺はごく普通に残りの学期を過ごし、進級して三年生の一年を過ごした。小野寺とは最後までクラスが一緒で、この頃には彼のあちこち出歩く癖が収まって、真崎といることが増えた。そしてい

よいよ卒業後の進路を決定する際、真崎はどうしても将来の青写真が描けず、やりたいことも見つからず、ただ漠然と大学に通うことが良いことだと思えなくて、両親の反対を振り切ってとりあえずの進学は見送ることにした。小野寺はどうにか中の下レベルの大学に滑り込んで、卒業後はたまにメッセージアプリでやり取りをするくらいだった。

進学をしないのなら、実家を出て一人暮らしをしろという親の言い分に従って、真崎は安いアパートを借りて住むようになった。決して高くはないバイト代で生活のすべてを賄うのはなかなか大変で、改めて父や母の苦労を身に染みて感じた。そんな話をバイト先の店長にしたら、深夜帯のシフトに入れば少しは時給が高くなると言われ、自宅からの距離は遠くなるが早朝まで営業している浜松町店の勤務を希望したのだ。

「いらっしゃいませー」

深夜帯のシフトに入っている真崎の勤務時間は、午後十時から始まる。途中一時間の休憩を挟んで、早朝四時半の閉店まで六時間半の勤務だ。とはいえ、閉店作業を含めると、店を出られるのはだいたい五時過ぎになる。それでも、去年の夏からの約八カ月の勤務で、もうすっかり身体は慣れてしまった。強いて言えば、昼夜逆転生活のため銀行や郵便局に行きたいときなどが、少々不便というくらいだ。

「おひとりさまですか?」

その日、ちょうど真崎がホールに入ったのを見計らったように、一人の客がやって来た。サイズの大きなグレーのパーカーを羽織って、黒のリュックサックと白のスニーカー。ふとその顔に目を向けて、真崎は瞬きする。

「小野寺……」

約一年ぶりに会う彼は、やっぱり何も考えていないような能天気な顔で、久しぶり、と笑った。

「ビール！ ジョッキで！ あとねぎまと手羽先と軟骨とー」

厨房近くの空いているテーブルを選んだ小野寺が、メニューを指さしながら適当に注文を口にする。

「……待て、お前の誕生日八月じゃなかったか？」

「うん、そうだよー」

「そうだよーじゃねぇよ。未成年にアルコールはお出しできかねます」

「マジで⁉」

「ウーロン茶で我慢しろ」

真崎は注文のビールをウーロン茶に訂正して、ハンディで厨房に送信する。会うのは卒業式以来だというのに、まるで昨日まで普通に会っていたような小野寺の態度が、なんだかほっとした。ここで働いているということは、以前メッセージをやり取りした時に伝えたように思う。その時社交辞令的に、近くまで来たら寄れと言った覚えがあるが、もしかしてそれを律儀に果たしに来たのだろうか。

「新しい職場どう？」

酔ったサラリーマンのご機嫌な声に紛れて、ウーロン茶を運んできた真崎に小野寺が尋ねる。

「ここって東文放送近いじゃん。小松夏海来る？」

「あー……まぁ、何度か」

「まじ⁉ どんな人？ 綺麗？」

「まぁまぁ」

「しゃべった？」

「うん。小野寺は、大学どう？」

「レポート多くてしんどい」

当たり障りのない近況報告をしながら、小野寺はウーロン茶を飲んだ。

「悪いな、あんまりゆっくりしゃべってるとまずいから」

厨房の方にちらりと目をやって、真崎はその場を離れようとする。今日キッチンに入っている社員は、それほどうるさく言う人ではないが、店員の私語が褒められたことではないことは真崎も充分理解している。しかも金曜の今日は、いつもよりやや混雑していた。せめてあと二時間後くらいに来てくれれば、それなりに客も減っているのだが。

「あのさーあのさー真崎」

「だから、次の料理運んで来た時に聞くから」

そう制して、踵を返そうとした瞬間。

「中村の弟、手術成功したんだって」

その一言に、息が止まった。

「……連絡、取ってたのか」

真崎はそれだけを尋ねた。転校以降、自分は中村と一切連絡を取っていない。メッセージアプリのIDもブロックするか迷って、結局非表示にして見えないようにしている。冷静に考えれば小野寺もそうとは限らないのに、なぜだか考えがまわらなかった。

「うん。取ってた。連絡。だから」

単語をぶつ切りにして、小野寺は続ける。

「会いに行かない？」

呼吸が止まる。

一瞬の空白があって、真崎は我に返って瞬きをした。小野寺が、懇願するようにこちらを見ていた。

「……行かない」

「住所わかるよ」

「迷惑だろ」

「中村も会いたいって言ってたよ」

「冗談きつい」

「冗談じゃないよ」

「俺は会いたくねぇよ！」

言い返した声が、思いの外大きくなった。

「友達なのに？」

小野寺が、ぽつりと口にした。

あの日中村の転校が告げられて、クラスメイトや部活仲間に囲まれる彼の姿が、真崎の脳裏に蘇った。あと一年だろ？　残ればいいじゃん。一人暮らししてさ。知り合いの家に下宿とか。などと、矢継ぎ早に提案されるのを困ったように笑って聞いていた。

「中村は怒ってないよ。むしろ謝ってたよ」

珍しく必死な顔で小野寺が言うのを、真崎は苦い顔で聞いた。

「……じゃねぇよ」

絞り出した声が、舌の上で言葉になる。

「友達じゃねぇよ」

自嘲気味な笑みすら含んだその一言は、店内のざわめきに紛れて消えた。

閉店までの勤務を終え、真崎はいつも通りの電車に乗り、自宅近くの牛丼屋で朝食として一杯の牛丼を食べた。レジで金を払う時に、財布の中にドラッグストアの割引券を見つけて、そういえばシャンプーがそろそろ切れることを思い出す。実家に住んでいた頃は、コンディショナーもボディーソープもいつの間にか満タンになっていたし、冷蔵庫を開ければ食べるものがあったし、洗濯機に汚れ物を放り込めば、綺麗に畳まれて自室に返ってきた。隣人に迷惑をかけないようにテレビの音量を絞ったり、ゴミ捨てのルールを守ったり、トイレや排水口の掃除をしたり、一人で生きていくということは、当たり前のように求められることがたくさんある。自分が『大人』に近づけているのかどうかはわからないが、あまりにも自分に知らないことが多過ぎたことだけは、なんとなくわかり始めていた。

自宅のアパートに戻って来た真崎は、そのままの足で狭い六畳の隅に置いたカラーボックスの前にしゃがみ込んだ。そこからSDカードケースを取り出し、ちまちまとつけた日付の付箋を頼りに一枚のカードを選ぶ。そしてもどかしくポケットから出したスマートホンに差し込んだ。

――それがタケウチの制服だっていう証明にはなっても、黒木Pの制服のボタンが全部ハケた証拠にはならないじゃないですか。

――そこまで言うなら武内に電話してやる。

――え、今？　今ですか？

『まよなかスマイル！』は、たまたま聴いた初回の放送以外、二回目の放送から欠かさ行に行っていたあの日は、母親に頼んで彼女のスマートホンで録音してもらっていた。修学旅行になってからもそれは続けている。ず録音し、『スマイルスマイルスマイル!』になってからもそれは続けている。修学旅

大阪でも聴けるとわかっていたら、自分で録音できていたのだが。

懐かしい放送に耳を傾けながら、真崎は薄い壁にもたれて目を閉じる。疲労と気怠さの中で、あの修学旅行の夜のことが鮮やかに蘇った。そして同時に、中村の転校が知らされた日のことを思い出す。

彼の転校は、ホームルームで担任からクラス全員に知らされた。しかし真崎にとってはその事実以上に、前からわかっていたはずなのに、他のクラスメイトと同様に隠されていたことについて、自分でも驚くほど心が落ち込んだのだ。いつの間にか中村を友人として受け入れ、しかもかなりの信頼を置いていたことに動揺し、真崎はそれ以降中村の一切を無視した。話しかけられても無言で立ち去り、メッセージも、着信も、すべてを拒否した。

なんて幼くて、なんてみじめなことをしたのだろうと、今なら思える。

けれどあの時、行くなと言えばよかったのか、行けと言えばよかったのかはよくわからない。

中村が転校するまでの間、真崎は彼を避けて過ごし、小野寺がなんとか間を取り持とうとしたけれど、結局それ以降一言も言葉を交わさず別れることになってしまった。何度も話しかけようとしていた中村を、徹底的に無視したのは自分だ。

ずっと言えなくてごめん。
すれ違いざま、中村が口早に告げたその言葉すら、聞かなかったふりをした。
彼が家族を大事に思う気持ちはわかっていた。
引き留めることは彼の望みに反することもわかっていた。
それでも小野寺のように何も考えていない顔で、素直に口にすればよかったのか。
寂しい、と言えばよかったのか。

抱えた膝に額を押し付けて、真崎は両腕に力を込める。
スマートホンの小さなスピーカーから、あの日三人で聴いた『卒業写真』が、変わらぬ鮮やかさで流れていた。

「なんか今日、難しい顔してるね」
小野寺がやって来てから二日後の日曜日、午後十時を過ぎて大半の客が帰った頃、夏海たちがいつものメンバーで顔を出した。そして窓際の席を早々に陣取って、あれやこれやと注文を始める。他のメンバーは赤ら顔であるのに対し、黒木がわりと元気そうなところを見ると、どこかで呑んで復活した後だろう。

「そんな顔してますか？」

ハンディを操作しつつ、真崎は思わず頬に手をやる。実はあまり眠れなかったのだが、それが出てしまっているのだろうか。

テーブルに頬杖をついて、夏海がこちらの顔を覗き込んだ。

「さては恋の悩み」

「残念ながら縁がないっすね」

「なんだ、じゃあ仕事？」

「違いますよ」

苦笑して、真崎は顔を上げる。

「実は昨日、『スマイルスマイルスマイル！』の過去の放送を聴き返してて」

その言葉に、夏海の隣にいた構成作家の三浦が、筋金入りだ、と笑みを漏らした。自分でもその自覚はある。毎回聴いているならともかく、録音までしているのはよほどのマニアだ……と思ったところで、ふと、ひとつの可能性が浮かんだ。

あいつは今でも、この番組を聴いているだろうか。

「……今度、リクエストするので曲かけてもらえますか？」

あまりにもするりと、その言葉が真崎の口から出た。淀みもなく、戸惑いもなく、そうすることが自然で必然であるかのように。

「ちゃんとメール送ってくれたらね。でも贔屓はしないよー？」

「ちなみに、何の曲だ？」

夏海に続けて、黒木が興味深げな顔をする。

「ユーミンの、『卒業写真』です」

「へぇ、何でまた？　世代じゃねぇだろ」

「修学旅行の時に聴いた『スマイルスマイルスマイル！』で、かかってた思い出の曲なんです。黒木さんの友達の、タケウチさんが出てきた回」

「あの回か！」

結局証明できなかったボタンの件を思い出して、黒木が途端に渋い顔をした。それを見て、ディレクターの佐伯が堪えきれずに笑う。

「あー、でもそういう意味で、世代が違っても思い出の曲だったり、聴きたい曲になってたりするのかな。音楽の教科書にも載ってたりするもんね。なんか納得した」

「納得？」

真崎が首を傾げると、夏海はおしぼりの袋を開けながら続ける。

「実はね、ここ半年くらい、『卒業写真』をかけてほしいっていうリクエストがぽつぽつくるの。なんでこんなに多いのかなって思ってたけど、そういうことなのかなー」

「でも送ってきてるの、全部同じ大阪の人だよ。アドレスもラジオネームも毎回一緒。もう俺覚えたもん、ラジオネーム『めがね』」

「何か思い入れがある曲なんだろうね。で、眼鏡かけてるんだろうね」

わかりやすい！　と言って夏海と佐伯が笑うのを、真崎は曖昧な笑みで聞いていた。

もしかして、と甘い考えがよぎって、すぐにそんなわけがないと打ち消す。

けれど自分が思いつくことであれば、向こうも思いついていておかしくはない。少なくとも彼は、真崎が『スマイルスマイルスマイル！』のヘビーリスナーであることを知っている。

それに――。

それにあのラジオネームは、自分が口にした。

「夏海さん」

夏海と佐伯の会話に無理に割り込んで、真崎は尋ねる。

「その大阪の人の、名前わかりませんか？」

真崎の勢いに驚いて、一瞬目を見開いた夏海が、すぐに平静を取り戻す。

「ごめん。それはたとえわかってても言えない」

リスナーの個人情報を、部外者に易々と漏らすわけにはいかない。そんなことは、わかっているはずだった。

「……ですよね。すみません」

「あ、でも」

笑ってごまかそうとした真崎に、夏海が自身のスマートホンを指して告げる。

「今日放送されるよ。そのメール、収録で読んだから」

——ということで、そろそろお時間になってしまいました。お別れの曲は、大阪府にお住まいのスマイルネーム『めがね』さんから『遠くにいる友達に、この曲を贈ります』というメッセージ付きでのリクエスト。松任谷由実で、『卒業写真』。

閉店間際、社員が煙草を吸いに出るのを見て、真崎はradikoの、始まったばかりのタイムフリー機能で放送を細切れに聴いた。これだけでは何の証拠にもならないし、そうだと思い込むのはあまりにも自信過剰で危うい。『卒業写真』は広い世代に親しまれる名曲だ。ラジオネームだって、何の特徴もないよくあるものだ。そう理屈を並べて、自分を納得させていたのに。

二十年経ってもあんな会話ができるのって、なんかいいな。

中村が言ったそのひと声を思い出して、真崎は歯を食いしばった。

十二月生まれの真崎は、八カ月後に二十歳になる。成人になる今でも、実は大人になるということがどういうことか、具体的に説明できない。自分で稼いで税金を納めたり、家のことを自分でやったりすることは、大人になることとは少し違う気がする。だから自分はまだ子どもで、また誰かを傷つけてしまうのではないかと思っていた。

だから、だからまだ、彼には会えない。


「真崎くん」

喫煙所のある非常階段の方から社員が顔を出して、真崎を手招きする。

「は、はい」

真崎は慌てて顔を上げて、なんですか？　とそちらに歩み寄った。ホールには夏海たちを含め三組の客がいるが、ラストオーダーは終わっているので、そうそう呼ばれることはないだろう。

「見て。空すごいよ」

そう言われて。

非常階段へ踏み出した先に広がっていた色彩が、不意打ちで心臓を貫いた。

「ピンクなのか紫なのかよくわかんないけど、世紀末みたいな色だよねぇ」

冷たいコンクリートのビルをも内包して、東京の空に黎明（れいめい）を告げる。

「……紅掛空色」

そう口にしたら、涙が零れた。

「紅掛空色というんです」

あの日彼に教えてもらった空が、そこにあった。

朝日が昇ったら、小野寺に電話をかけよう。新幹線の乗り方などよくわからないが、二人で行けば何とかなるだろう。『大人』になんていつなれるのかもわからない。けれどそれでもいいと言ってくれるだろうか。こんな自分でも、友達だと言ってくれるだろうか。

そうしたらまた三人で、あのラジオを聴けるだろうか――。

TALK #07

小松夏海、28歳

「『スマイルスマイルスマイル！』のスポンサーがやばい」

深夜の串料理屋で、眠気から復活した黒木が、ウーロンハイをあおったついでのようにそう口にした。

「やばいって、どうやばいの？」

夏海はハイボールのグラスを傾けながら尋ねた。その隣で、佐伯が唐揚げに手を伸ばす。午前零時をまわった店内に、人はまばらだ。都心から離れるのならそろそろ終電なので、だいたいの人間が店を後にする時間なのだが、収録の後のほぼ恒例になった飲み会は、参加するメンバーの変動こそあるが、始発まで続くことが多い。とはいえ、始まる時間が午後十時頃からなので、慣れてしまえばそれほど辛くもなかった。

「営業部からの話だと、業績が良くないとかで、経費削減のお達しが出てるらしい。ラジオのスポンサー料金が最初に切られてもおかしくないそうだ」

そう真面目な顔で告げた後で、黒木は隣にいる青年にぎろりと目を向ける。

「ところで真崎、これウーロンハイじゃなくてただのウーロン茶だろ！」

「あ、ばれました？」

春から東文放送でもアルバイトを始めた真崎が、悪びれずにあっさり認めた。今日は客として来ているのだが、ドリンクはその方が早いからと、同僚に断って自分で作って持ってくる。

「黒木さん最近呑み過ぎですよ。もう四十路なんですから、肝臓とか大事にしないと」

「うるせーな。呑まないことの方がストレスなんだよ！」

作りなおせ、と押し付けられたグラスを、真崎が渋々厨房へもっていく。番組のアルバイトとしてはまだ三カ月の付き合いだが、それ以前から店員と常連の間柄だったので馴染むのは早く、今となっては遠慮もない。

おかわりを言いそびれた佐伯が、空のグラスをテーブルの端に除けて口を開く。

「『スマイルスマイルスマイル！』のスポンサーって、モリスゲームスですよね？　ソシャゲとか作ってる……」

「そうだ。売れっ子声優を集めて作ろうとしたゲームが、リリース直前で内容に物言いがついてぽしゃった。その補填で、スポンサーどころじゃなくなりそうだと」

黒木は後ろの壁にもたれて、ねぎまを頰張る。

酔った頭にじわじわと言葉が浸透してきて、夏海は背筋を伸ばした。ほとんどのラジオ番組は、スポンサーからいただく貴重なお金で制作されている。それがなくなるということは、つまり番組が作れなくなるということだ。

「だからやばいって言ってるだろ。今必死で営業が代わりのスポンサーを探してくれてるが、このご時世、ラジオに出稿してもいいっていう企業は多くない」

「え、それって番組打ち切りってこと⁉」

「局の製作費から出せんこともないが、ずっとできるとは限らん。覚悟はしとけ」

帽子をとった黒木が、気だるげに髪を掻き上げる。

「世知辛い世の中ですね……。せっかく番組自体はうまくいってるのに……」

しみじみ言って、佐伯ががくりと肩を落とした。夏海は複雑な思いで、グラスに目を落とす。自分がノーギャラになるくらいならばまだいいが、番組の存続自体にまではさすがに口を挟めない。あくまでも自分は、雇われたラジオパーソナリティにすぎないのだ。

『小松夏海のまよなかスマイル！』を二年続け、その後『小松夏海のスマイルスマイルスマイル！』の放送が始まって、早くも四年が経っていた。古谷という絶大な支持を得ていたパーソナリティの下を離れ、自分一人で番組を持つことに初めこそ不安で仕方がなかった。しかしディレクターの佐伯が構成作家を兼ね、プロデューサーである黒木が堂々とトークに参加するというスタイルで、とにかく好き勝手くだらない企画を真面目にやり続けているうちに、リスナーからの支持を受け始めた。『スマイルスマイルスマイル!』になってからは、十代や二十代の部門で聴取率三位以内に入るようになってい た。おかげで打ち切りということもなく、スポンサーの社長が収録を見に来るなど、関係は良好なはずだった。

「……それがまさかの業績悪化か」

黒木から話を聞いた二日後、フロアの一部をパーティションで区切った事務所の打ち合わせルームで、夏海は自分のスケジュール一覧を見ながらぼやいた。『スマイルスマイルスマイル!』が始まった年に、ようやくユウに紹介してもらって同じ事務所に籍を置いている。今やスケジュールを押さえるのが難しいほどの売れっ子になったユウをはじめ、タレントが多数在籍しており、慣れないうちは姿を見かけてハッとすることが何度もあった。

「でも、まだ決まったわけじゃないんですよね?」

渋い顔をしている夏海に、マネージャーの伊澤が心配そうに尋ねる。夏海より一年早くここへ転職してきたという彼女は、夏海より十一歳年上で、以前勤めていた不動産会社で『はなまるティータイム』をよく聴いていたらしく、夏海の担当になりたいと自ら手を挙げたと聞いている。それからは天性の勤勉さで、ナレーションやちょっとしたコラムの執筆などの仕事を怒濤のようにとってきてくれた。おかげで夏海は、今まで週四で入っていたパン屋のシフトを、週二に減らして今に至る。潔く辞めてしまわないのは、声の仕事でもらえる収入が不安定であるからに他ならない。祖母の家に暮らしているとはいえ、夏海が受け取っている金は、同世代のOLがもらっている給料よりずっと安い。それでも、ノーギャラの二年間を思えばとんでもなくありがたいのだが。

「覚悟はしとけって言われた」

ちょうど真横にあるパーティションには、所属しているタレントが出身地の北陸をアピールするポスターが貼ってあった。観光大使というやつらしい。どうりで今日の茶請けが白エビチップスのはずだ。

「たとえそうなっても、夏海さんは人気ありますから、またすぐ新しい番組が始まりそうですけど……、ちょっと他のお仕事増やしますか？」

テーブルを挟んだ向かいに座る伊澤が、自分の分厚い手帳をめくる。

「実は、社長からぜひ夏海さんにっていうお仕事の話もあって」

「社長から？」

事務所の社長である鈴木は、五十代の小柄な男性だが、いつもどこかのバンドのTシャツと革のパンツをはいている。シルバーのアクセサリーをいくつも身に着け、髪も金色に染めているので、どう見ても年齢通りには見えない。ただ、仕事に関しては信頼できるやり手だ。

「今度動画サイトに、うちの事務所の専門チャンネルを立ち上げる企画があるんです。在籍するタレントさんのPR動画や、出演する番組の宣伝だったり、イベントの告知だったり、短い番組なんかも作っていく予定なんですけど、そこの総合ナビゲーターを夏海さんに頼みたいって」

「は?」

伊澤の説明に、夏海は思わず間抜けに問い返した。

「総合ナビゲーターってことは、結構な頻度の露出があるってことでしょ? それならもっと売れっ子にさせた方がいいんじゃない? 私なんて所詮ただのラジオパーソナリティ……」

「だからこそ、なんですよ。黒木さんといつも会話のキャッチボールができている夏海さんだからこそ、タレントさんの良さを引き出すトークができるんじゃないかって社長が。マスクつけたまま出たってオッケー! っておっしゃってましたし。むしろそういうキャラで押せって」

社長の口真似をしてみせる伊澤を、夏海は半ば呆気に取られて見つめる。黒木との会話はキャッチボールというかドッジボールのような気もするが、トーク力だけは鍛えられた自覚はある。しかしまさか自分に、そんな話が降ってくるとは。

「定期的に稼げるお仕事を繋いでおくのは、悪いことではないと思います。……もし、ラジオのお仕事がなくなったとしても、そっちで食べていけますから」

少し言いにくそうに、伊澤は口にする。夏海は椅子の背もたれに身を預けて天井を仰いだ。確かに彼女の言っていることは間違っていない。マネージャーとして当然の判断だ。動画サイトの話も、全く関係のない場所での仕事ではなく、トップダウンという事であればこちらもやりやすい。社長とは何度か飲みに行って気心も知れているし、夏海のトラウマにも理解がある。マスクさえあれば、カメラの前に立つことも不安ではない。アイドルの小松奈々子は、もう十二年も前の話だ。今更画面に登場して、騒がれるとも思えなかった。

「……わかった。そっちの話、進めてください」

保険をかけるようで、正直いい気分ではなかった。それでも生活するためには、金を稼げる仕事が必要になる。

夏海の返事に、伊澤がほっとした様子で口元を緩めた。

事務所を出た足で東文放送に向かいながら、夏海はマスクの位置を調整した。今日から七月に入ったものの、関東地方の梅雨明けはまだ先で、今日も空には厚く雲が垂れこめている。雨こそ降っていないが、いつ降り出してもおかしくない湿気だ。そんな中でも、未だにマスクは手放せない。できるだけ目を伏せて歩き、夏海は駅に向かった。

ラジオ番組のアシスタントという仕事を自分で選び取ったあの頃は、正直なところ将来など描けてはいなかった。どうにかして母の呪縛から逃れたくて、自分の目の前にある今だけしか見えていなかった。必死で仕事を覚えて、自分の言葉も取り戻して、認めてもらうことが嬉しくて、がむしゃらに走ってきたのだ。

「気付けばもうすぐ三十路……」

マスクの内側でぼそりとつぶやいて、夏海はショーウィンドウに映る自分の姿をちらりと見る。真崎の選んでくる軽食が美味しくて微妙に太りつつあるが、骨と皮だけで引きこもっていた頃に比べると、むしろ健康的だ。もともと童顔なので、一気に老け込んだという感じもない。夏海は足を止めて、ガラスに映る自分に歩み寄る。マスクを外して顔を出し、左頬にそっと触れた。目立たないけれど、未だそこにある傷。きっと一生消えはしないだろう。

あの事件から、十二年が経った。

当時高校二年生だった少女は、今年の十月で二十九歳のいい大人になる。普通の社会人とは少し違うかもしれないが、それでも自分なりに成長してきた。

だからこそ、覚悟しなければいけないのかもしれない。

ラジオという世界から、旅立つ日が来るかもしれないことを。

「あれ？」

再びマスクをして歩き出そうとした夏海の背後で、一度その場を通り過ぎた中年の女性が怪訝そうにして足を止め、こちらを凝視していた。

派手なパーマのかかった髪。ラメの入った黒のワンピース。真っ赤な口紅が、白浮きするファンデーションの中で下品に歪む。

「やだ、ちょっともしかして、奈々子ぉ⁉」

忘れもしないその声が、幼い少女を縛り上げた。

夢だ。

これは夢だ。夢だ夢だ夢だ。

そう言い聞かせても、醒めはしない悪夢。

「……おかあさん」

十二年ぶりに発した言葉は、ほとんど声にならなかった。


奈々子が左頬に傷を負ったあの事故から、一週間ほどが経った頃、犯人が捕まりましたと警察から連絡があった。隣町に住む大学生で、金品目当てというよりスリルを楽しんでいたらしい。その頃すでに外に出ることが怖くなっていた奈々子の代わりに、母がむこうの親と直接会って謝罪を受けた。慰謝料なども受け取ったはずだが、特に報告もなく、代わりに彼女の新しいブランドバッグと靴が増えた。そのうち、奈々子が病院に行くために診療代をもらおうとすると、母が露骨に嫌な顔をするようになったので、アイドルの仕事で入ってくる微々たる稼ぎの中から、母に生活費と称して取り上げられた残りの、わずかな貯金を崩し、毎回恐怖に震えながら病院に通った。できるだけ人通りの少ない道を選び、人混みの中ではマスクとマフラーで顔を隠して早足に通り抜ける。病院にたどり着くまでに、何度か休憩しなければならず、気分が悪くなって吐いたこともある。医者からは形成手術とカウンセリングを勧められていたが、手元のお金では到底足りず、母に言い出すこともできなかった。

ここにいたら、駄目になるかもしれない。

一人で布団をかぶり、眠れずに過ごした夜、奈々子はぼんやりそう思った。かさぶたになった左頬を触るたびに、その想いはどんどん増して焦燥を生んだ。

逃げたい。

ここから逃げたい。

この時初めて、強く思った。

母が家を空けている間に家中をひっくり返して、数年前まで来ていた祖母からの年賀状を、束になった古雑誌の中から探し当てた。おそらくこれ以外に、祖母の住所を記したものはないはずだ。怠惰な母が、メモを残しておくとも思えなかった。奈々子はその年賀状を持って、外出することへの恐怖より、ここに居続けることへの嫌悪の方が勝った勢いで家を飛び出した。そして祖母の家までの道のりの途中、電車を乗り継ぎ、最寄り駅まで辿り着いて、そこで眩暈（めまい）を起こして動けなくなってしまった。自宅を離れるごとに増した母を裏切るような罪悪感と、人目にさらされるプレッシャーで、心が限界を迎えていたのだ。駆けつけた駅員に、握りしめていた年賀状の、祖母の住所を指さして、奈々子は意識を手放した。それでも、お母さんには連絡しないでと、うわ言で繰り返していたそうだ。

そこから先のことは記憶が曖昧な部分が多いが、祖母の家で暮らすことが決まって、母と最後に電話で話したとき、彼女が驚くほどあっさりと娘を手放すことを了承したことだけは、今でも忘れていない。所詮アイドルを辞め、顔に傷を負った娘になど興味がなかったのだ。

「ねえ、それよりさ、あんた煙草知らない？　いつものとこにないのよぉ」

バッグを漁っているらしい音を立てながら、母が尋ねた。探し物の最中に苛立ってくる彼女は、バッグの中身を床にぶちまける癖がある。そうして散らばったものは、奈々子が片付けるまで放置されているのだ。

「あ、あったあった！　もー、こんなとこ入れたっけぇ？」

電話口で、カチンとライターの音がする。見えないはずの紫煙と赤い火が容易に脳裏に浮かんで、奈々子は耳に当てた受話器を握り直し、そのままゆっくりと電話を切った。

母の嗜好品は、そうして灰になって消えたのだ。

「まさかこんなとこで会うとはね！　東京も意外と狭いわよねぇ」

呆然とする奈々子を、近くの喫茶店まで引っ張ってきた母親は、あの事件のことも、十年の空白もまるでなかったように、テーブル越しにまじまじと娘を見つめた。

「ねー、今どうしてんの？　男いる？　結婚した？」

「いや……」

「なーんだ、独身なの？　もしかしてまだあのばーさんと暮らしてる？　早く出ていきなさいよぉ。年寄りの臭いが移るわよ？」

店員が運んできたコーヒーを、母はブラックのまま口にする。カップを持つ手の爪には、口紅と同じ真っ赤なネイルが施されていた。若くして奈々子を産んだとはいえ、もうすでに五十歳目前のはずだ。化粧も服装もそうとは思えないほど若々しくて派手だが、首や手の甲に隠しきれない年齢が見え隠れする。

「あれからこっちもいろいろ大変だったのよぉ？　近所では奈々子のことも噂になっちゃうしさ。アイドルだったの？　なんて訊かれてぇ。ちっちゃいネットニュースの記事だったのに、意外と見られてるもんなのねぇ」

母が無神経に口にする昔話に、奈々子は思わず口元を押さえた。左頬に、焼けるような痛みが蘇る。喉の奥が締め付けられて、呼吸すら苦しくなった。

「昔のことはさぁ、もう水に流して、普通に親子づきあいしようよ。たった一人の娘なのよぉ？　寂しいじゃない」

テーブルに置いた奈々子の左手をとって、母は何度も摩った。その温もりが刷り込まれるたびに、優しくしてくれた母の思い出ばかりが記憶から零れ落ちてくる。

「あ、そうだ、あんた仕事何してるの？　お給料どれくらい？　お母さん今月厳しくてさぁ、ちょっと用立ててくんない？」

罠だ、とわかっているのに、ぐらつく心を支えきれない。

母が自分を頼っているということに、たまらなく甘美な感情が湧いた。アイドルにはなれなかったが、今はラジオパーソナリティとして働いている。そのことを告げれば、きっと喜んでくれるだろう。オーディションに受かった、あの頃のように。

「お母さん、私、今ね……」

「あれ、あんた傷どうしたの？　やだ、治ったのぉ？」

「あ、ああ、うん、手術して……」

「へぇー、こんなに綺麗に治るもんなのねぇ。なんだぁ、それがわかってたらうちに置いといたのに。ねえ、じゃあまたアイドルできるんじゃない？　女優でもいいわよ。お母さん、事務所紹介してあげようか？」

「え、いや、それは……」

「あんたあたしに似て器量はいいんだから、お金引っぱれる男の一人や二人見つけなさいよぉ。あのサイトに記事を売ったときも、二束三文にしかならなかったのよ？」

笑顔が凍った。

周囲から音が無くなって、母の言葉だけが氷壁にこだまする。

「なかなか買い取ってくれるとこもなくて、話盛ったりして大変だったんだから。あんたが売れてるアイドルだったら、お金だってもっともらえたかもしれないのにぃ。まあその日のパチンコ代くらいにはなったけどねぇ」

目の前で笑っている母の声が、音の塊になって耳には届いているのに、その意味が一切理解できなかった。奈々子はただ笑顔の形を作って、聞いているふりをする。

笑顔は得意だ。

ずっと、得意だった。

「あ、ちょっとごめーん電話」

そのうちに母の携帯が鳴って、女の顔で誰かと会話していた。そして通話を終えると、店のナプキンに慌ただしく電話番号と住所を書いて、強引に奈々子に握らせる。

「連絡して。絶対よ?」

そう言って、優しく頬を撫でて店を出ていく。

奈々子はそれを、きちんと笑顔で見送った。

東文放送の打ち合わせ室八〇一で、黒木は『スマイルスマイルスマイル! 公開収録

企画概要』と書かれた用紙を前に腕を組んでいた。すでに他のメンツは引き上げており、部屋の中には黒木だけが残っている。番組が人気になるにつれ、何かイベントをして欲しいというリスナーからの声に応える形で、持ち上がった企画だった。日にちは約二カ月後の、八月最終日。まだ夏海には秘密にされており、あと一時間もすれば打ち合わせのためにやってくるので、そこで初めて話すことになっていた。

「あれ、黒木さんまだいたんですか？」

打ち合わせ室の扉を開けて、トレイを片手に真崎が顔を出した。テーブルに取り残されていったコーヒーカップを回収しに来たのだろう。『スマイルスマイルスマイル！』という番組にアルバイトとして雇われた真崎は、番組内で発生する雑務全般を引き受けてよく働いてくれている。佐伯が多忙になったこともあり、その手が届かないところにうまく入ってくれていた。

「どうせ十五時まで使用予約入ってないだろ？」

「入ってないです。新しいコーヒーいりますか？」

「頼むわ」

真崎は飲食店勤務の手早さでカップを回収すると、すぐに新しくコーヒーを淹れて戻って来る。

「公開収録、夏海さんびっくりすると思いますよ」

企画書に目を留めた真崎が、ふと口にする。

「私に内緒でこんな面白そうな企画進めて！　って、怒るかもしれませんけど」

「『まよなか』から『3スマ』に移行する話も、秘密にされてたこと未だに根に持ってるからな」

新しいコーヒーを受け取って、黒木は苦笑した。彼女の反応もこっそり録音しておいて、あとで放送に使う予定になっており、それ込みの企画なのだ。幸い東文放送の一階には、ガラス張りのサテライトスタジオがある。応募によって観覧者を決めるやり方であれば遅すぎるが、オープンな形にするのであれば、スタジオと警備のスケジュールさえ合えばどうにかなるだろう。告知も直前の放送だけで行えば、混乱するほどの騒動にはならないはずだ。

「まあ、びっくりするくらいで済めばいいんだけどな……」

コーヒーを置いて、黒木は企画書に目を落とす。未だマスクを手放せない彼女が、どういう反応をするのか正直読めないところもあった。マスクをしたまま収録するのはもちろん構わないが、それすらプレッシャーになってしまうだろうか。

「そういえば、モリスゲームスの方はどうですか？」

思い出したように、真崎が尋ねた。

「まー十中八九だめだって話だ。諏訪部や広告代理店も他の企業を当たってくれてはいるが……」

「このご時世ですしね」

二十歳の若者がため息交じりに口にするのを、黒木は苦く笑って聞いた。

「真崎、お前古谷さんの『はなまるティータイム』っていう番組知ってるか?」

「夏海さんがアシスタントしてた番組ですよね? プロフィールに載ってました。でも、聴いたことはないです」

正直に答える真崎に、だろうな、と黒木は頷く。『はなまるティータイム』は、今から約三年前に、古谷の定年退職と合わせて番組が終了した。その後フリーアナウンサーとして活動している古谷は、今も同じ時間帯に『はなまるブレイクタイム』という後継の番組を持っている。アシスタントは大久保が固定になり、そこそこの聴取率を取っていた。

「小松夏海が『はなまる』のアシスタントになったのも、ちょうどお前くらいの歳の頃だったんだよ、確か」

アシスタント時代の彼女が残した逸話はいろいろあるが、初日の『十秒』は今や伝説になっていると言っても過言ではない。アナウンス部の部長が、新人研修で必ず話す鉄板ネタだ。

「『まよなか』を始めたのが、確か二十三くらいだったか」

「そういえば俺、番組にメール書いたことあるんですよ。『まよなか』から『3スマ』に変更になるときのアンケート」

「『まよなかアンケート』か」

「そうです。俺が番組に送った最初で最後のメールです。どうしても、応援したくて」

「そのメールなら、たぶん小松がまだ持ってるぞ。心底大事そうに持って帰ったからな。今度持ってこさせて朗読会するか」

「嫌ですよ。どんな公開処刑ですか」

真崎が露骨に顔をしかめる。アルバイトのくせにはっきり物を言うのは、口の達者なパーソナリティに似たのだろうか。

「『まよなか』の頃から聴いてたってことは……、高校生の頃か？」

「中三ですね。中三の秋」

「動画サイトとかじゃなくて、ラジオだったんだな」

「YouTubeとかも観てましたけど……なんていうか、ラジオって孤独でちょうどよかったんです」

「孤独？」

意味が呑み込めずに、黒木は問い返す。

「ネットだと、いつでもどこでも誰とでも繋がってしまう感じがして、俺はその強制的に共有するような空気が苦手だったんです。イイネしてとか、フォローしてとか、しんどくて。でもラジオって基本的に一方通行なんですよね。つけっぱなしにしておけば、勝手に始まって勝手に終わる。でも繋がろうと思えば、メールやハガキで繋がることもできる。俺にとってその距離感がちょうどよかったんです」

さらりと口にする真崎を見つめたまま、黒木は瞬きした。うまく言葉にできないが、この若者が、来るべくしてここに来たような気がしていた。

「じゃあ、何かあったら呼んでください。俺、あっちで軽食のパン分けてるんで」

真崎はそう言って、打ち合わせ室を出ていく。

しかしそれから三分もたたないうちに、蒼白になった彼が再び打ち合わせ室の扉を開けた。

「黒木さん！　夏海さんが！」

ただ事ではない雰囲気に、椅子を蹴り倒して部屋の外に出た黒木が見たのは、エレベーターを降りたすぐのところで、放心状態でうずくまる夏海の姿だった。

「小松？」

呼びかけると反応はするが、口だけがぱくりと動く。

異変に気付くには、充分だった。

「小松、お前」

黒木の背中を、嫌な汗が流れる。

「声、どうした……？」

そう尋ねた黒木の声も、ざらりと掠れていた。

——七月といえばですよ、何だと思いますか黒木さん？
——そんなの決まってるだろ、鮎釣りの解禁。
——無駄な尺取らないでくださいよ。七月といえば七夕ですよ、七夕！　というわけで、毎年恒例、スタッフ全員で七夕の短冊に願い事を書きまーす！

この回の収録は、まだ六月のうちに済ませた。梅雨に入ったばかりの雨が降っていた日。真崎が用意してくれた軽食の、ふわふわの卵が挟んであるサンドウィッチが美味しくて、最後のひとつはスタッフ全員でジャンケンをした。結局ミキサーの横川が勝って、技術屋の底力を見たなどと言い合って笑っていた。

——じゃあ書けた人ー？　発表していってていいですかー？　黒木さん書けました？
——書けた。
——じゃあまず私、小松夏海から！　ばばばん！　『健康』
——お前毎年それだな。
——いいじゃないですか！　健康あってのお仕事ですよ！　健康じゃないと何事も始

まりませんので！　そう言う黒木さんはなんですか？

――『課金は一桁万円まで』

――それ願い事じゃなくて決意表明じゃない？

――『課金が一桁万円で済みますように』？

――課金に関しては黒木さんの胸ひとつだからね？　それお願いされても、彦星も織姫も困惑するだけですよ？　あと一桁万円だと九万円まではオッケーなんですか？　そもそもそれが緩くない？

――十万はさすがにダメだと学習した。

――学習したってことは一回やったんですね？

――まぁ一回じゃないけどな。何に課金したか聞きたいか？

――いやだ掘り下げたくない！　次行こう次！　佐伯Dの願い事見せて！　早急に！

　夏海は腕を伸ばして、自分の声を再生しているスマートホンのアプリを停止させた。この後の展開はわかっている。佐伯、横川と、『人気女性声優と付き合いたい』とか、『カメラの新しいレンズが欲しい』とか欲深な願いを書き、結局真崎の『友達が上京してくる日が晴れますように』という美しくて健気（けなげ）な願い事に、薄汚れた大人たちが打ちのめされたのだ。

「……では、そんな真崎くんと、彦星と織姫のために……」

自分が言ったはずの台詞を、夏海は静寂の中でもう一度口にする。

「DREAMS COME TRUEで、『晴れたらいいね』……」

しかしその声は、音にならずに喉の奥で霧散する。口から出てくるのは、空気音だけだ。夏海はもう一度その事実を確かめて、重い塊のようなため息を吐いた。あれから打ち合わせのために東文放送までどうにか身体を引きずるようにやって来て、真崎に声をかけようとしたときに初めて発声できないことに気付いたのだ。

ストレス性の失声症。

黒木に連れられて行った病院で、そう診断された。声帯や脳に至るまでを念入りに調べてもらったがどこにも異常はなく、おそらく直前に母親と再会してしまったことが引き金になったのだろうと。とりあえず抗不安薬が処方され、カウンセリングに通うよう指示があったが、心因性のためいつ治るのかもわからない。声が出ないことには仕事もできない。今の小松夏海から声を取り上げてしまったら、小松夏海そのものがいなくなってしまう。

自分の内側からじわじわと体を侵食していく不安と恐怖に、夏海は強く膝を抱えた。とりあえずゆっくり休めと黒木に言われ、今日の打ち合わせも中止にしてもらって自宅に帰ってきたが、一人になってしまえば心細さが余計に顕著になる。このまま治らなかったらどうしよう。どれだけの人に迷惑をかけてしまうだろう。リスナー、スタッフ、マネージャー……。どれくらいの人を、がっかりさせてしまうだろうか。

「奈々子」

部屋の襖越しに、祖母の声がして夏海は顔を上げた。何、と返事をしようとして、それができないことに気付く。そのうちに、祖母の方が襖を引き開けた。

「ごはん、食べよう」

気が付けばもう午後八時をまわっていた。いらない、と返事をしようとして、いつもはこの時間にはすでに風呂に入っている祖母が待っていてくれたのだと気付き、夏海は食卓に向かうために立ち上がった。

「奈々子は、子どものころからずーっと頑張ってきたからね」

湯気のあがる艶やかな白米と、小松菜の味噌汁。甘酢を絡めた鶏肉と根菜。かまぼこの入った茶碗蒸し。夏海の好きな少し辛めのきんぴらごぼう。ゆずの風味をつけた白菜の漬物。

「少し休めって、神様が言ってるんだよ」

いつもと変わりない食事を目の前にして、昼以降何も口にしていないことを思い出した。いただきます、と手を合わせる祖母に倣って、夏海も手を合わせる。昼間に母親と会ったことは、祖母には話していなかった。過去の事件のことをニュースサイトに売ったのが、母だという話もしていない。心配をかけたくはなかったし、話してしまえばそれがこの状態の原因だと容易に想像できる。そうなったとき、祖母は間違いなく母のところへ苦情を言いに行くはずだ。しかし母の言動は、自分ですら予測がつかない。そこにどんな厄介な人間がいるかもわからない。わざわざ祖母を危険にさらしたくはなかった。

手に馴染んだ箸を持って、味噌汁を啜る。鰹出汁と少し甘めの味噌は、ほっとする優しさがあった。

「奈々子」

ぼろぼろと零れ落ちてくる涙が止まらずに、夏海は箸を置いて両手で顔を覆う。自分の不甲斐なさ、母に売られたこと、イノセントのメンバーを疑っていたこと、いろいろなことが胸に溢れて、悲しいのか悔しいのかもよくわからなかった。

席を立った祖母が、夏海の頭を胸に抱え込むようにして何度も撫でる。

「大丈夫、大丈夫」

祖母のぬくもりを感じながら、夏海は熱い息を吐き出し、子どものように泣いた。

夏海の声が出なくなったことについて、当初は番組スタッフのみが把握・共有していたが、一週間たっても変化が見られなかったことから、上層部にも報告せざるを得なくなった。そして同時に、黒木は夏海に了解を取ったうえで、夏海と母親の関係を知らないスタッフにすべてを打ち明けた。そうしないと、彼女が今どうして失声症に陥ったの

かの説明がつかないことと、夏海自身が望んだことでもある。

「……アイドルを辞めたのは、てっきり顔の傷だけが原因なんだと思ってました」

打ち合わせ室で黒木の話を聞いた佐伯が、愕然とした顔でそうつぶやいた。

「まあ元をただせば、傷が原因であることには変わりはないんだが……」

「だから、傷は綺麗に治ってるのに、いつもマスクしてたんですね……」

アシスタントとしてデビューしてから今まで、夏海がマスクを手放したことはない。

さすがに食事の時は外しているが、放送の最中も顎に引っ掛けたましゃべっている。

彼女にとっては、お守りのようなものなのかもしれない。

「……でも、なんでもっと早く教えてくれなかったんですか？」

打ち明けるには、家族の問題に踏み込んでしまうこと。そして何よりそれが、夏海にとって今なお過去になっていないこと。それを頭では理解しつつも、佐伯が涙目で抗議した。

「ずっと、デビューの頃から一緒にやって来た仲間じゃないですか」

「佐伯」

「そんなに俺、信用なかったですか？」

詰め寄られて、黒木は帽子を取る。彼の気持ちも、夏海の想いも、黒木にはよくわかっていた。

「すまん」

ゆえにそう言って、とても自然に頭を下げた。

「悪かった」

夏海の分まで謝罪することは、苦ではなかった。むしろそうしなければと思った。彼女をこちらの世界に誘ったのは、紛れもなく自分なのだ。

「……ずるいですよ……」

やがて呻くように、佐伯が口にした。

「黒木さんにそんなふうに頭下げられたら、何も言えないじゃないですか……」

黒木のそばをすり抜け、佐伯が部屋を出ていく。それと入れ替わるようにして、今度は真崎が黒木の前に立った。

「俺は所詮新参者の下っ端なんで、夏海さんの過去が知らされなかったことに不満なんかありませんけど、知ったからには全力でフォローします」

若さにあふれた強い目を向けられて、黒木は瞬きした。

「夏海さんには恩があるんです。だから戻ってくるまで、何でもやります」

恩があるんです。

その言葉に、黒木はかつての自分を重ねて口元を緩めた。

「頼むぞ」

真崎の背中を叩いて、仕事場へと送り出した。

佐伯へのフォローは、少し時間が経ってからの方がいいだろう。

「よう」

打ち合わせ室から出ていこうとした黒木を、入口で吉本が呼び止めた。

「小松の調子どうだ？」

「まだ何とも……。カウンセリングには行ってるようですが」

「心因性じゃなぁ。目途もたたんか」

煙草の臭いを纏(まと)って、吉本は肩をすくめる。そしておもむろに胸ポケットから取り出したスマートホンを覗き込んだ。

「番組、どうするつもりだ？」

まるでついでのように、液晶に目を落としたまま吉本は尋ねた。

「とりあえず今週録る予定のものは、体調不良ってことで代打を」

「ふーん」

気のない返事をして、吉本はスマートホンをポケットへ戻す。

「どこかで、ちゃんと見切りつけろよ」

黒木が避けてきた言葉を、吉本は容赦なく目の前に突きつけた。けれどそれは、仕事としてとても正しい。上司として言わなければいけない言葉だ。

「……はい」

そしてそれを口にすることが、吉本にとっても痛みを伴うものであることを、黒木は理解していた。

夏海の声が戻らないまま、一カ月が過ぎようとしていた。週一回のカウンセリングに通い、薬も真面目に飲んでいるが、心の状態は日によって変わり、声も戻らないので、回復に向かっているのか自分でもよくわからなかった。母が憎いのに、憎み切ることもできず、けれど恐怖であることに変わりはない。マネージャーの伊澤とは、ほぼ毎日のようにメールでやり取りをしているが、快方の兆しすら告げられないことが心苦しかった。

来週には八月に入る今の時期、蒼天には夏の太陽が当たり前のように君臨している。しかし夏海の時間は止まったままで、パン屋のバイトも休みをもらい、もっぱら家で過ごすことが多かった。事情を知ったユウやノッコから、気晴らしに食事に行こうと誘われていたが、売れっ子二人とスケジュールが合わずに先延ばしになっている。

声が出ないというのは思ったよりずっと不便で、カフェに行っても買い物に行っても、店員とのコミュニケーションが筆談になる。その億劫さから、外出といえば病院と食料品の買い出しと、近所を散歩するくらいだった。一時はかつてのように引きこもりになりかけたが、それが非生産的であることを知っているがゆえに、無理矢理外に出るようにしたのだ。ラジオの方は、今週分の放送からいよいよ夏海が収録した分のストックがなくなるので、代打での放送になるはずだ。初回はユウだと聞いているが、彼女が毎回請け負うわけにはいかないので、週替わりで代理のパーソナリティを探すことになるだろう。ありがたいことに、クビの話はまだ出ていない。スタッフは皆、夏海の帰りを待ってくれている。そのことが夏海にとっての支えであり、同時に十字架でもあった。

その日、夏海は夜十二時をまわってから、そっと忍び足で階下に降りた。近況報告をくれる真崎からのメールに添付されていた、ココイチのカレーの画像にまんまと食欲を刺激されてしまった。祖母はもう寝ている時間帯なので、できるだけ静かに廊下を歩いて台所に向かう。しかしその途中で、台所から明かりが漏れていることに気付いた。祖母が起きているのかと、不思議に思って戸口から覗き込んだ夏海は、ダイニングテーブルに突っ伏している祖母を見つけた。その手元に、水の入ったグラスと薬の瓶。

「おばあちゃん⁉」

と、咄嗟に叫んだが、当然声にはならなかった。夏海は慌てて傍に駆け寄り、祖母の両肩を揺する。

「……ん……あれ、夏海?」

すぐに気が付いた祖母が、ぼんやりしながらこちらを見上げた。どうしたの? 具合悪い? と、夏海は声にできないまま尋ねる。健康だけが取り柄だと自分で言うくらい、祖母は七十を越えた今でも、病気らしい病気もせず元気だ。しかし自分の知らないうちに、何か大病を患ったりしているのだろうか。

祖母は夏海の唇を読んで、違う違うと首を振った。

「夜中に目が覚めて水を飲みに来たら、今日はグルコサミン飲んでないことに気付いて飲んだだけよ。そのまままここでウトウトしちゃった」

台所って涼しいのよね、と、祖母はケラケラと笑う。夏海は安堵の息を吐いて、手近にあったスーパーのチラシと、商店街の粗品でもらったボールペンを手繰り寄せた。

(びっくりするでしょ。風邪ひくからちゃんと布団で寝て)

チラシの裏の余白に、ペン先が滑る。

「ごめんごめん」

(トイレは？)

「行ってくる」

イヒヒと笑いを引きずりつつ、祖母はお手洗いに行って戻ってくる。夏海はきちんと祖母が布団に入るのを見届けるべく、自室までついていった。そして自分より背の低い祖母の背中を見ながら、ふと思う。

どんなに祈っても願っても、おそらくは祖母の方が先に父のもとへ旅立ってしまう。

それまでの間に、私はこの人に何を返せるだろうか。

「夏海、何か音楽かけて」

布団に入った祖母が、長年愛用しているコンポを指して頼んだ。音楽好きの祖母のために、一昨年の誕生日に携帯音楽プレイヤーをプレゼントしたが、それはもっぱらお出かけ用にしており、部屋で音楽を聴くときは、まだまだコンポが現役だ。

夏海は、机の上にあったメモ帳に返事を書く。

（寝るんじゃなかったの？）

「小さく音楽がかかってた方が寝やすいのよ」

しょうがないな、と夏海は小さく息を吐いて、祖母のコレクションが並んでいる棚に目をやる。最初に視界に入るのは、『はなまるテイタイム』と書かれたCDRだ。夏海のデビュー初日から欠かさず録音し、それは『スマイルスマイルスマイル！』になった今でも続いている。記録媒体が様々に移り変わっていく中、歌謡曲を録音した昔のカセットテープや、八センチCDもあれば、MDもある。その中で、夏海は新たなCDがいくつも増えていることに気付いた。

（これどうしたの？）

若者に人気のバンドや、歌い手と呼ばれるアーティストのもの、アニメの主題歌もあれば、逆に夏海が生まれる前のヒットソングの復刻版もあった。

「どうしたのって、買ったのよ」

（それはわかってる。どこで知ったのかなって）

「あら、全部奈々子の番組でかかってたやつよ」

さらりと言われて、夏海は目を瞠った。

「この歳になると、知識は積極的にあっぷでーとしないと古くなるばっかりなの。ユーミンが偉大であることに変わりはないけど、若い才能だっていいものはいいでしょう？

小松夏海のおかげで、楽しみがたくさん増えたわ」

夏海は半ば呆然として、まじまじと祖母を見つめ返した。まさか祖母が、そんなふうに思ってくれているとは。

（おばあちゃんは、若いときからそんな感じだったの？ 新しいものを、どんどん取り入れるというか……）

タイピングは遅いものの、パソコンも臆することなく触り、通販もお手の物の祖母が最近気に入っているのは、画像編集ソフトだ。自分の顔の皺がきれいに消せることを知り、大興奮して夏海に見せにきたことがある。

「そうね。自動車の免許をとるのも、じいさんより早かったのよ。あの人はわりと未知のものに尻込みするタイプだったから、私のそんなところに惚れたのかもしれないわね」

急にのろけてみせる祖母に、夏海は苦笑する。

（お父さんは、どっちに似てたの？）

「どっちかしらねぇ。とりあえず何でもやってから考えるのは、私に似たのかしら。思えば就職も行き当たりばったりな子だったから」

そういえば、こうして父の話を聞くのは初めてかもしれない。印刷会社で働いていたという父は、夏海が一歳になるかどうかという頃に、心臓の病で急死したと聞いている。そのため思い出は、ほぼない。母は父のわずかな保険金が入った頃から、一層生活が派手になったらしい。結局、そういう人間だったのだ。

「……子は親を選べない。でも自分の人生くらいは自分で選ぶべきよ。奈々子は夏海になって正解だったたって、私は思う」

そう言う祖母の手を、夏海はそっと握る。あの日、躊躇せずに迎え入れてくれたことは、感謝してもしきれない。

「でもね、無理はしなくていいのよ。奈々子も夏海も、充分頑張ったもの。それは私が一番よく知ってる」

握り返してくれる手が温かくて、夏海は潤む目で瞬きした。

「あなたがラジオのオーディションを受けるか悩んでた時、私が言ったこと覚えてる？」

すぐには思い出せない夏海に代わって、祖母は続ける。

「駄目だったらここに帰ってくればいい。それは今でも変わらないよ」

（……おばあちゃん）

ずっと押し殺してきた弱音を、夏海はこの時初めて吐きそうになった。このままこうして、祖母と二人の穏やかな生活を望んではだめだろうかと。もう人前に出ることも、声を電波に乗せることもなく、ひっそりと生きていきたい。自分のせいで、誰かに迷惑をかけてしまうくらいなら。

けれどそれは、逃げだと言われてしまうだろうか。

これまで仕事でかかわったいろいろな人の顔が、夏海の脳裏をよぎった。誰一人として、裏切りたい相手などいないはずなのに。

「寝る前に変な話しちゃったね」

祖母は眠そうにひとつあくびをして、ユーミンの曲をリクエストした。夏海はそれに応じて、ベストアルバムをセットする。

（おやすみ）

「おやすみ」

夏海はそっと襖を閉めて、居間を突っ切り縁側に出た。雨戸を閉めずにいるガラス戸越しに、庭の梅の木が月の光に照らされている。

静かな夜だった。

月光が降る音すら聞こえそうな、静かな夜だった。


自室に戻った夏海は、机の上に置いたままにしてある、皺だらけの喫茶店のナプキンに目を留めた。母から渡されたそれを、どうしても捨てられずに持ち帰ってしまった。指先で広げると、港区赤坂から始まる住所は、外国語の御大層なマンション名の部屋番号で締めくくられていた。それが母の住居なのかどうかはわからない。しかし彼女とコンタクトが取れる場所であることには違いないのだろう。声を失ってなお、母を完全に拒絶できない自分が虚しかった。夏海は結局、隣にあったスマートホンを摑みradikoを起動させる。会ったこともない若いタレントの番組が、明るい笑い声とともにスピーカーから流れ出た。その声になんだかほっとして、夏海は眠くなるまでずっとラジオを聴き続けた。

翌日、夏海は横浜駅近くのカフェで伊澤と待ち合わせた。用件はただの近況報告で、伊澤がこちらに来る用事のついでにセッティングしてくれたのだが、彼女のことなのでそれは建前で、単に心配して来てくれたのかもしれなかった。

「お呼びたてしてすみません。横浜は久しぶりなので、ちょっと迷ってしまいました」

運ばれてきた紅茶に手を伸ばしながら、伊澤が自虐めいて笑う。

「新宿駅のダンジョンには慣れてるんですけど、横浜駅も結構なダンジョンですよね」

伊澤の言葉に、夏海は頷いて、砂糖を加えたカフェラテをひと口飲んだ。東京から神奈川に移り住んだのは高校二年からで、しかも祖母の家は鎌倉にあるため、自分も未だに横浜駅地下の全貌は理解しきれていない——というようなことを、気軽に相槌を打って話したいのだが、今の夏海にはそれが叶わない。

「少し、お痩せになりましたね。ごはんはちゃんと食べられてます？」

（食べてる。真崎くんの選んでくる軽食を食べなくなったから、痩せた。たぶん）

夏海は、用意していたメモ帳にボールペンを走らせる。

「いつも美味しいのを選んでくれるって言ってましたもんね」

(毎回余ったやつは取り合いになるからね)

小さいメモ用紙は、それだけを書くと紙面がいっぱいになってしまうので、夏海は新しいページをめくる。いっそスケッチブックでも持ち歩いた方が、コストパフォーマンスはいいのだろうか。それとも五十音表の方がいいのか。

「……番組の方は、当分は代理の方で繫いでいくと、黒木さんから事務所にも連絡がありました。夏海さんの帰りを皆で待っている、とおっしゃってましたよ」

励ますように伊澤が言うのを、夏海は頷いて聞く。けれど頭のどこかでは、冷静に状況を俯瞰（ふかん）している自分がいた。

声が出なくなって一カ月。

未だ変化の兆しはない。

病院では焦らずにゆっくりやりましょうと言われているが、遅くなればなるほど夏海の居場所は危うくなっていく。アシスタントをクビになった過去があるからこそ、組織が感情だけで動くものではないことを誰より理解している。東文放送の中で、小松夏海の存在はあの頃より大きくなっていると信じたいが、黒木の力で抑えることができる時間にも限界があるだろう。メインパーソナリティが不在のまま、番組が存続するとは思えない。それはスポンサー以前の問題だ。

「それから、動画サイトの総合ナビゲーターのお話ですが……」

そう言われて、夏海はようやくそんな話があったことを思い出した。この話をされた直後にあの出来事があったので、すっかり頭から抜け落ちてしまっていた。

「あちらはまだ企画段階で、一応来年の冬に始動予定にはなってますが、今の段階で夏海さんの代わりに別の人をという話は出ていません。社長がいろいろ調整していますが、ぎりぎりまで夏海さんを待ちたいと……」

夏海は手元のカフェラテに目を落とした。こんな自分を、それでも待ってくれる人がここにもいる。やっぱり逃げられないのだなと、頭の片隅で微かに思った。思ってからふと、そんなにも逃げたいのかと他人事のように考える。

望んで這い上がった、今の立場であるというのに。

「それから、これはあくまでもご提案なので無理にとは言いませんが、社長から夏海さんに、よかったら事務所で内勤業務のアルバイトをやらないかという話があります」

（……アルバイト？）

声が出ないことを忘れて、夏海は思わずそう口で尋ねる。当然音にはならなかったが、唇を読んだ伊澤がそのまま続けた。

「夏海さんの収入がなくなってしまうことを心配しているのと、気分転換になれば、と思っているようです。実は十月から一人産休に入るので、それもあって。さすがに電話は取っていただけませんが、ファンレターの整理や、タレントへのメールでのスケジュール連絡とか、他にいくらでもやれることはありますし、夏海さんなら社内の人間や、タレントの名前と顔もわかってるだろうからと……」

そこで言葉を切って、伊澤は意を決するように口にする。

「そして、もし夏海さんが望むなら、ずっといてもいいと、社長が」

（……ずっと？）

きょとんと問い返す夏海に、伊澤はテーブルの上で組んだ両手に力を込めた。

「……もしも、仮に、声が……戻らなかったとしても、内勤として雇うということです。その時はおそらく、アルバイトではなく正式に」

鈍い衝撃が、夏海の胸を通り抜けていった。

初めて示された新しい道筋にいろんな感情が渦巻いて、うまく言葉にもできないし、どんな顔をすればいいのかもわからない。

ただそれは、決して拒否感を覚えるものではなかった。

少なくとも、今の自分にとっては。

「もちろん、一番は夏海さんの意志を尊重するとのことなので、あくまでも選択肢のひとつとして受け止めてください」

その伊澤の言葉を、夏海は返事もできずに聞いていた。

悪い話ではない、と思う。

伊澤と別れてから、駅のホームにあるベンチに腰かけて、夏海は考えていた。声の出ない自分を内勤で雇ってもいい、しかもずっといてもかまわないとは、大した貯蓄もない夏海にとってこれ以上ない申し出だ。今の事務所に所属したのは約四年前だが、その間の自分の働きぶりを、社長はきちんと見ていてくれたという事だろう。

ホームに入ってきた電車が、乗客を吐き出し、新たな乗客を乗せて再び走り出す。それを三回ほど見送って、なおも夏海はそこから動かなかった。目の前をいろいろな人が通り過ぎていく。自分の声が出なくなろうが、仕事ができなかろうが、今日も世界は滞りなく回っていくのだ。だからきっと、今自分が悩んでいることも、所詮ちっぽけなことなのだろう。

(内勤、か……)

声にならない声で、夏海はつぶやく。事務職はやったことはないが、もともとコツコツやる仕事は苦にならない方だ。この際いっそ中途半端になっているパン屋のバイトを辞め、内勤として事務所で働くのがいいのかもしれない。アルバイトなのだから深くは考えず、生活費の足しになればいいというくらいの気持ちで。

(……そうだよね)

自問自答するように、夏海は頷く。いきなり正社員になるわけではない。社長の気が変わるということもあり得るし、声だって戻るかもしれない。そうだ、いつか戻るかもしれないのだ。

いつか。

いつかとは、いつだろう。

両手で持ったスマートホンを握りしめて、夏海は奥歯をきつく嚙んだ。白紙の未来に都合よく見出す希望は、幼稚な温もりしかもたらさない。

「ねえ、ちょっと」

不意に話しかけられて、俯いていた夏海は慌てて顔を上げた。

「気分悪そうだけど、大丈夫？」

そう言ってこちらの顔を覗き込んでくる、見覚えのある濃い化粧の顔。塗りたくったマスカラと、真っ赤な口紅。派手なパーマの、色素の抜けた傷んだ髪。

弾かれたように立ち上がって、夏海は息を吞んだ。激しい動悸で心臓が痛い。そこから走り去りたいのに、それ以上体が動かなかった。

なぜ、どうして、また、こんなところで出会ってしまうのか。

「あら、動けるってことは大丈夫なのかしら？　風邪？　誰か呼んだ方がいい？」

そう冷静に問いかけられて、夏海は瞬きする。目の前で心配そうにこちらを見つめているのは、母とは似ても似つかない、Tシャツ姿の年配の女性だった。買い物帰りか、大型家電量販店の紙袋をぶら下げている。

すみません、大丈夫です、と答えようとして、夏海は慌ててメモ帳を出し、そう書いてみせた。酷い風邪で声が出ないのだと、それらしい言い訳をする。それを見て、女性は気の毒そうに同情してみせた。マスクをしているので、怪しまれることもない。

「夏風邪はしつこいのよね。主人の職場でも流行っちゃって、いつもらってくるかひやひやしてるの。気分が悪くなったら、遠慮せずに救護室に行くのよ？　それじゃあね」

ホームに入ってきた電車を見て、女性は早々に話を切り上げると、その中に乗り込んでいった。夏海はその電車が出発するまでを見送り、脱力してもう一度ベンチに座り込んだ。

（どうかしてる）

汗ばんだ額に手を当て、深く息を吐く。声だけでなく、母は自分から日常生活まで奪っていくのだろうか。彼女と親子であるということは、この先どんなことが起ころうが変わらない事実だ。彼女と過ごした過去も、かけられた言葉も、決して消えることはない。ずっと、ずっと、ずっと。どうすればこの呪縛から解き放たれるのだろう。薬も、カウンセリングも、できることはすべてやっているはずなのに、それでも彼女はいなくならない。いなくなってはくれない。

自分の膝の上に身体を伏せて、夏海は泣きそうになるのを何とか堪えた。あともう少しで、とても這い上がれない深淵まで堕ちてしまうだろう。こんな心理状態で、すぐにでも声が戻るなど到底思えない。もしかしたらこの先ずっと、母の影に怯える限り、声など出ないのかもしれない。
無力だった。
あまりにも無力で、もはや疲れ果てていた。
何とか自分を奮い立たせて電車に乗り込む前に、夏海は伊澤に一通のメールを打った。
内勤の件を、前向きに検討させてほしいという内容だった。

「小松夏海はどうしてる?」
エレベーターで鉢合わせた吉本から、黒木はそう尋ねられた。午前十一時、昼からの打ち合わせに合わせてちょうど出勤したところだった。
「気分転換に、所属事務所で内勤のアルバイトをするらしいです」
昨日放送された『スマイルスマイルスマイル!』は、夏海の代わりに同じ事務所仲間の片瀬ユウによって収録されたものが放送された。コーナーの合間に、夏海と旅行に行った時のことや、テーマパークへ遊びに行った時のことなどを話してくれたが、彼女の表向きのキャラクターゆえ、途中で宇宙戦争に巻き込まれた等の脚色が入るので、黒木もどこまでが本当なのかよくわからない。もしかすると話そのものがユウの創作なのかもしれなかった。夏海は放送を聴いていたはずだが、今のところ反応はない。内勤のアルバイトをするという連絡は、夏海からではなくマネージャーの伊澤から受けていた。伊澤からのメールは、かなり気を遣って言葉を選んだものだったが、夏海の気力が限界を迎えていることは何となく伝わった。

「ということは、声はまだか」

「……はい」

吉本のつぶやくような問いに、黒木は苦い顔で答える。メインパーソナリティの不調に加え、まだスポンサーの件も解決していない。モリスゲームスが降りるかどうかすら、まだはっきりしていないのだ。局側としても、人気番組を簡単に潰したくないのは山々だが、こうも問題が続くと、いっそ打ち切って新番組をという声も出てくる。実際に、『スマイルスマイルスマイル!』に代わって、人気声優の番組をという提案もあがっていた。最終的には編成局が判断することになるだろう。

「人気者ってぇのは、なんでこう、一番いい時にいなくなっちまうのかね」

東文放送のエレベーター内では、オンエア中の放送が流れるようになっている。パーソナリティとゲストの弾むトークの中へ紛れ込ませるように、吉本がぼそりと口にした。

「……ああ、でも小松は、まだいなくなったわけじゃないか」

吉本から漂う煙草の臭い。

しゃがれた声が、自嘲気味に紡ぐ言葉。

黒木は、無意識に被った帽子に手をやる。何か言おうとして、結局口をつぐんだ。

「黒木さん」

黒木が自分のデスクにたどり着くや否や、すでに出勤していた真崎が姿を見つけて駆け寄ってくる。彼は『スマイルスマイルスマイル！』という番組が雇っているアルバイトなので、番組が終わるとなれば、彼の行き場も考えてやらねばならない。所詮アルバイトだと突き放すこともできるが、なるべく力になってやりたかった。

「夏海さんへのファンレターが届いてるんですけど、本人にお送りしてもいいですか？」

局宛てで届くものは、こちらがチェックした後本人に直接手渡していたが、この一カ月は夏海が来ていないので、溜まっていく一方だった。とはいえ、一日に何十通も届くわけではなく、今は手軽な分、夏海個人のSNSや、番組専用のSNSに書き込みが増えている。

「自宅宛てに送ってやれ。そういうのに飢えてるだろうからな」

「放送で体調不良だって言って以降、番組のSNSに書き込みがすごいんですよ。夏海さん、見てくれてるかな……」

真崎は、自分の手元に目を落とす。夏海宛てに届いたらしいファンレターを、大事そうに両手で持っていた。

「俺は昔も今もリスナーですから、なんというか、おこがましいんですけど、ちゃんとファンの声が夏海さんに届くといいなと思ってます」

ふ、と息を吐くのに合わせて、黒木は口元を緩めた。ああそうだ、こいつは筋金入りの小松夏海ファンだったのだと、胸のどこかが無責任に明るくなった。

「お前も思いの丈を書いて送ってやれよ。泣いて喜ぶぞ」

「今更ですか？」

渋面の真崎が、さらりと続ける。

「そういうのは、直接本人に言いますよ」

そう言って、彼は作業デスクへと戻っていく。その後ろ姿を見送り、黒木は苦笑して帽子を取った。いつだってクリエイターを励まし勇気付けるのは、ファンからの声援に他ならない。

そしてその意志を引き継いでいくのもまた、熱心な信奉者だったりするのだ。

「黒木」

手にした帽子をぼんやり見つめていた黒木を、斜め前の席の同僚が呼んだ。

「内線一番に、営業部の諏訪部から」

「……ああ、ありがとう」

嫌な予感が頭をよぎり、黒木は受話器を持ち上げた。

「悪い知らせだ」

黒木が電話口に出るなり、諏訪部はそう前置きして告げる。

「モリスゲームスが正式に降りた」

内勤アルバイトの話を詰めたいので、一度こちらに顔を出して欲しいと伊澤から連絡があり、夏海はお盆前に事務所を訪れた。ビルの三階に受付と事務所と会議室、四階と五階は防音のレッスン室や、簡易スタジオがあり、常に誰かが使用している状態だ。その日も夏海がエレベーターで三階に降りると、三十代の女性タレントと男性のマネージャーが、ちょうど会議室に入っていくところだった。ドラマだったかCMだったか、最近も彼女をどこかで見た気がして、夏海は二人を見送った。

「夏海さんの主な仕事は、書類整理と郵便物の仕分けと発送、それに簡単な清掃や買い出しなどの雑用全般で、特別難しいものはありません。朝十時に出勤して、夕方五時の退社。ただし繁忙期は残業もあるそうです」

打ち合わせスペースで、あらかじめ作っておいた仕事内容の一覧表を見せながら、伊澤が丁寧に説明する。夏海は自分に手渡された同じ用紙を見つつ、頷きながらそれを聞いた。仕事の内容的には、真崎の仕事と似ている。簿記の知識が必要なことや、金銭の計算などは含まれないので、これなら事務職が初めての夏海でもやっていけそうだ。

「正直、時給はそれほど良くないんですが、交通費は出してくれるとのことなので……」

用紙には、一時間あたり九百六十円とあった。確かにこれであれば、早朝出勤のあるパン屋の方がやや勝る。長年働いて、あちらも充分気心は知れているが、自分の過去と現状に一層理解があるところで働く方が、これ以上迷惑はかけなくて済むだろう。

「最初は、隈井さんに仕事を教えてもらうようになります。とりあえず来週からにしますか？」

伊澤が示す方向で、ボブカットの女性が郵便物の仕分けをしていた。こちらに気付いて、微笑んで頭を下げる。夏海もつられて会釈した。十月から一人産休に入ると聞いていたが、おそらく彼女のことだろう。まだそれほど目立たないが、ワンピース越しのお腹が丸く膨らんでいた。

「そういえば、前回の『3スマ』はお聴きになりましたか？」

アルバイトの説明が一通り終わって、新しく淹れ直したお茶を持ってきた伊澤が、少し気遣うようにして尋ねた。湯呑を受け取って、夏海は苦笑しながら首を横に振る。録音はしてあるのだが、どうしても聴く気になれなかった。ユウのことなので、番組は完璧に回してくれただろう。それを聴いてしまったら、ますます自信を無くしてしまいそうだった。自分など、いなくてもいいのではないかと。

（ユウちゃんがやってくれたんなら、安心）

自身の複雑な想いには言及せず、夏海はメモ用紙にそう書いてみせる。決して嘘ではないのに、なぜだか胸の奥が晴れなかった。そして助けてくれた友人に、こんな感情を抱く自分にも腹が立った。

「さすがの手腕でしたよ。ほら、ユウさんが夏海さんと一緒に箱根の温泉に行ったことあったじゃないですか。その時のことをお話しになってたんですけど、途中でＣＩＡとＮＮＮが出てきて、どこかの王族の子どもを連れて逃げる羽目になってました」

（ＮＮＮって何？　日本テレビ？）

「ネコネコネットワークだそうです。猫好きの人のところに猫を派遣し、偶然を装って巡り合わせる世界的な組織だそうで……」

（すでに話の展開が見えない……）

夏海はこめかみを押さえた。これが天然ではなく、キャラでやっているところが逆にすごいと常々思う。

「でも今回はちゃんと、最後まで片瀬ユウでしたよ」

ふふふと笑いを漏らす伊澤に、夏海も口元を緩める。実は過去にゲストとして番組に呼んだことがあるのだが、ユウは多忙で寝不足だった上、相手が気心の知れた夏海と黒木であるため大いに油断し、素のまま受け答えしてしまう一瞬があったのだ。以降リスナーからその回は『放送事故』と呼ばれている。

「また、夏海さんとの掛け合いも聴きたいです」

そう言う伊澤の言葉に、夏海は曖昧に微笑んだ。あきらめたくはないが、あきらめざるを得ない状況が、もうすぐそこまで迫っている。今の自分には、真正面からそれを受け止められる自信がなかった。だからこそ、こうして逃げ道を用意している。

（……あ）

伊澤から目を逸らして視線を滑らせた夏海は、パーティションに貼ってあるポスターに目を留めた。先ほど会議室に入っていった女性タレントが、緑の鮮やかな夏山を背景に、和服姿で北陸地方をアピールしている。どこかで見た覚えがあると思ったが、ここだったのかと納得した。

「あ、そうだ、綾川さんが観光大使になっているご縁で、北陸の名産品をたくさんいただいてるんです。夏海さんも好きなものを持って帰ってください」

夏海の目線を追って、思い出したようにそう言った伊澤が、事務所の一角へ誘った。そこはスポンサーなどから大量にもらうお菓子や、飲料などがまとめて置いてある場所で、好きに持って帰っていいようになっている。そこへ新たに大きな段ボール箱が三つ加わっていた。

「いろいろあるんですよ。食べ物から美容グッズまで……。お菓子もあるし、お茶も」

伊澤があれこれと説明している間に、夏海は覗き込んだ段ボール箱の中に、ホタルイカの沖漬けの瓶を見つけて思わず手に取る。なんとも陣内好みのものだ。それを再び箱に戻そうとして、『とり野菜みそ』の向こうに隠れている白っぽい袋に気付いた。上から掴んで持ち上げると、ずっしりとした重量感がある。

「あ、それお米ですね」

いいやつ見つけましたね、と伊澤が微笑む。

「懐かしい名前ですよね。私、その時の放送聴いてましたよ。それを聴いた後で、なんとなく私も新しい場所に行きたくて、転職しようって決めたんです」

伊澤が何のことを言っているのかわからなくて、夏海は首を傾げたまま二キロの小さな米袋の表面を、くるりとこちらに向ける。

そして、大きく心臓が鳴った。

（……てんたかく）

その名前は忘れもしない。

『はなまるティータイム』のアシスタントを辞める日に、ヘビーリスナーだった『白米』が贈ってくれたものだった。

「どうする？」

東文放送から一番近いコンビニの前で、缶コーヒーをひと口飲んだ諏訪部が率直に尋ねた。夏休み真っ只中（ただなか）の今、平日でも街で学生を見かけることが増えた。とはいえ東文放送がある浜松町では、様変わりするほどの変化はない。お盆に入れば、ビジネスマンの姿が少々減るくらいだ。

「営業として正直なことを言うと、メインパーソナリティの声が出なくて、それがいつ治るかもわからない状態で、新しいスポンサーを探すことはできない。それは代理店も同意見だ。わかるだろ？」

黒木はジーンズのポケットに両手を引っ掛けたまま、目深にかぶった帽子の下で頷いた。諏訪部は何も間違っていない。そんな状態で番組に出稿してくれなど、相手側に失礼すぎる。それゆえに、夏海が失声症になったときから、新たなスポンサー探しは一旦中断していたのだ。それにその時はまだ、モリスゲームスが継続する可能性があった。しかしもう、その希望は絶たれてしまった。九月いっぱいで契約終了ということになる。

「万事休すだな」

返す言葉が見当たらず、黒木は息を吐いた。まさしく、現状を言い表す的確な表現だ。ここでスポンサーが降りたとなれば、番組の継続は絶望的と言える。

「……局長と小松には、俺から話す」

「好きにしろ。俺からは何も言わねえよ」

「いろいろ悪かったな」

「仕事だからな」

肩をすくめて、諏訪部は結露のついた缶コーヒーを飲む。こうして立っているだけで額に汗が滲んだ。

「まあでも、悪くない十秒の夢だったぜ」

黒木の肩を叩いて、諏訪部はオフィスに戻るために歩き出す。黒木はその場から動けずに、スーツの背中を見送った。

そうだ、悪くない夢だった。

この時代に、小松夏海と一緒に夢が見られただけでも、感謝せねばならないことなのだろう。

番組が始まれば、必ず終わるときがくる。

そんなことは、誰よりもわかっているはずだった。

「黒木」

真夏の空を仰いでいた黒木を、戻ってきた諏訪部が呼ぶ。

「お前これから時間あるか？」

その片手に、通話中のスマートホンが握られていた。

——あ、もしもし、こちら東文放送『はなまるティータイム』の新人アシスタントの小松ですが、白米さんですか？
——『はい、そうです』

――今お電話大丈夫ですか？

『大丈夫ですよ』

――じゃあ早速ですけど、私の悩みを聞いてください。

『え？　え？　待って、僕の悩みじゃなくて小松さんの悩みを聞くんですか？』

――古谷アナが帰ってこないんです。

『トイレから？』

――トイレから。

『それは……困りましたね』

自宅へと戻ってきた夏海は、伊澤に勧められるまま持ち帰った二キロの米袋を傍らに、祖母の部屋で一枚のＣＤＲを再生させた。

――困ってるんです。私今日初日なんですよ。実は白米さん、何度も番組にお便りをくださっているヘビーリスナーですよね。

『ああ、はい、いつも聴いてます』

――私より番組のことわかってそうなので、助けてもらおうと思いまして。ちょっと今から白米博士になってもらっていいですか？

――『僕が古谷さんの代わりをするんですか？』

——そういうことですね。

九年前の自分の声が、スピーカーから流れ出る。今より少し言葉遣いが荒く、やたら強気で、よくもまあアシスタントができたものだと我ながら思った。自然と膝を抱えて畳の上に座り込んだ夏海は、当時の声に誘われるようにして次々と記憶がよみがえるのを感じていた。古谷がトイレから戻って来ず、黒木からは、リスナーに自分を想像させろと言われたあの日。

派手に散ってやりますよ。

そう言って、マイクのカフをオンにしたあの感触。

——ラジオって、沈黙が十二秒続くと勝手にクラシック音楽が流れるらしいんですよ。そうなったら放送事故なんですって。新人を一人にして万が一のことがあったらどうするつもりなんでしょうね。

『そこは信用してるんじゃないですか？』

——私としては、十秒くらい黙ってやろうかって気にもなりますけどね。

『あははは、ぎりぎりのところを攻めるんだね』

——あ、これ実験しちゃいましょうか。

——ちょっと待ったー!!

古谷がスタジオへ入ってきたのと同じタイミングで、庭にいた祖母が、襖を開け放った戸口に姿を見せた。

「あら懐かしい」

「『伝説の十秒回』じゃないの」

リスナーの間で定着している呼び名を、祖母は口にする。

(孫の黒歴史をそんなに嬉々として言わないで……)

夏海は手近な紙にそう書いてみせた。若さとは恐ろしいものだと、今になって思う。

「黒歴史？　何言ってるの、小松夏海の歩んだ立派な歴史よ」

祖母はなぜか胸を張って堂々と言い切り、夏海の傍に置いてある米袋にふと目を留める。

「どうしたのこれ。前にいただいたのと同じ銘柄じゃない？　ほら、白米さんの」

(事務所でもらったの。それでなんか、あの日のこと思い出して……)

「アシスタントを卒業した日、このお米でご飯食べたの覚えてる？」

その問いに、夏海はもちろんだと頷いた。祖母が炊いてくれた、白く艶やかなご飯。

行儀が悪いが、乾杯と言って二人で茶碗を鳴らした。その先に見えていたものは、決して順風満帆とは言い難い未来だったのに。

怖くはなかった。

独りではないと、わかっていたから。

「これ、ポストに届いてたよ」

祖母はA4の茶封筒を差し出した。住所が書かれた表面の下部に、東文放送のロゴがある。

「これはいついただこうかしらね」

台所に置いておくねと、祖母が米袋を抱えて部屋を出て行く。夏海はその姿を見送って、手の中の封筒に改めて目を落とした。クビの宣告でも入っているのかと思うと、開けるのがただ億劫だった。

日曜日の午後十一時半。いつもであれば自分の番組を聴くのだが、夏海は今日もラジオはつけなかった。今回は誰が代理をしてくれたのか。黒木からメールが来ていたように思うが、きちんと目を通していない。きっと同じ事務所のタレントか、もしかすると黒木が一人でやっているという可能性もある。自分の番組なので責任をもって見届けたい反面、自分がいなくても成り立つ番組を聴くのは辛かった。
もういっそこのまま寝てしまおうと、夏海が布団にもぐりこんだ直後、スマートホンがメッセージの着信を知らせた。こんな時間に誰かと思えばノッコからで、「あんた幸

せ者ねぇ」とだけ書かれたメッセージの下に、ウィンクしているウサギのスタンプがあった。「なんのこと？」と問い返すと、即座に「あんたまさか番組聴いてないんじゃないでしょうね」と返答があった。続けざまに怒っているウサギのスタンプが送られてきて、夏海は液晶画面を気まずく眺めた。そしてため息をひとつ吐き出して、radikoを起動させる。

——……小松夏海は、本日も体調不良のためお休みをいただいております。小松へのメッセージは、お手紙またはメール、番組専用のSNSでも受け付けておりますので、皆様お暇があればよろしくお願いします。

聞き慣れた黒木の声が流れてきて、夏海は布団の上に座り直した。

——それにしても、冒頭お二人にタイトルコールしてもらいましたけど、しゃべる人が変わると、こんなに番組の雰囲気変わるんですね。

——変わりますねぇ！　大久保さん相変わらず素敵なウィスパーボイスです！

——陣内はどうしていつもボリュームが一定なのよ。隣にいるとうるさい。

——安眠効果がありそうな大久保さんの声と、目覚まし時計みたいな陣内さんの声で、リスナーもさぞかし混乱してるでしょうね。

——あなたがキャスティングしたんでしょう⁉

夏海は愕然として、その場で硬直した。よりによってどうして大久保と陣内なのだ。特に大久保など、ただでさえ迷惑をかけている自分に一番憤慨していそうだというのに。それに彼女は、今やアナウンス部副部長という役職付きだ。陣内ならともかく、もはやパーソナリティの代打で出てくるようなポジションではない。

衝撃を受けている夏海をよそに、番組はオープニングを終えてどんどん進んでいく。

——お二人は、以前『はなまるティータイム』という番組で、小松と同じアシスタントをされていましたね？

——そうです。夏海ちゃん、初日から大久保先輩にいじめられててー。

——いじめてない！

——いじめたんですか？

——だからいじめてない！　黒木くんもその場にいたでしょ！

——陣内さんが干し芋渡してたのは覚えてます。

——あれ美味しいんですよー！

——芋の話はいいから、今日はそんな『私だけが知る小松夏海』についてをテーマに話すということで、いいんですね黒木プロデューサー⁉

思わずタオルケットを頭からかぶり、夏海は恥ずかしさに両手で顔を覆った。一体誰の考えた企画か。黒木か。黒木に違いない。夏海の脳裏に、大久保に咎められたことと、陣内に渡された干し芋のことが鮮明に蘇る。まさかここに来て、あの日のことを掘り返されるとは。


——夏海ちゃんはオーディションを受けて、アシスタントデビューしたんですよね？

——私、初日の放送すごくよく覚えてる。ラジオって、十二秒沈黙が続くと放送事故って言われてるんだけど、じゃあ十秒なら大丈夫なのかって、リスナーさん巻き込んで黙ろうとしたのよ。

——わー！　そうでした！　覚えてます！

——他人事ながら心臓が止まりそうでしたけど、黒木くんも覚えてる？

——覚えてますよ。あの後叱りましたから。

——叱ったんだ？　まぁ当然ね！

——大久保さん真面目〜。

——アナウンサーとして当然のことを言ってるだけよ！


飄々（ひょうひょう）とした黒木と、話をまぜ返す陣内に、大久保がまともに突っ込んで相手をしているのがなんだか新鮮だった。いい加減暑苦しくなって、夏海はタオルケットから顔を出す。生放送ではない収録で、しかも三人が実際に目の前にいるわけではない。けれどラジオを聴くたびにいつも思うのだ。声だけしか届いていないはずなのに、どうしてその光景が目に浮かぶのだろう。かつて黒木は、映像がない分リスナーは想像するのだと言った。自分の番組を聴いているリスナーたちも、こんなふうに頭の中で光景を思い浮かべているのだろうか。

――そういえば大久保さんって、なんでアナウンサーになったんですか？

――どうして今そういう質問が出るの？

――前から気になってたんですよ。ほら、夏海ちゃんは一時期伸び悩んでた時があって、私たちの収録を見学しにきたことあったじゃないですか。その時も結構厳しい言葉をかけてたから。

――陣内は、どうあっても私を意地悪な先輩キャラにしたいのね？

――違いますよぉ！　私は大久保さんの鞭(むち)には愛があるってわかってますし。他人にも鞭を振るえる人って、自分のことを棚に上げてるか、誰よりも頑張ってるかのどっちかじゃないですか。大久保さんは後者だと思うので、よっぽどの志があったのかと……

　自覚なく大久保を追い込んでいく陣内の言葉に、黒木が爆笑しているのが聞こえる。

――志なんて立派なものはないわよ。だいたい私は、テレビ局のアナウンサーになりたかったし。

――ええ！　そうなんですか⁉

――そうよ。でも落ちたの。それで渋々、受かってた東文放送に。

――とんだ爆弾発言が出たぞ。

――だから入社当時は、すごくやる気がなかったのよ。ずっとテレビで報道をやるのが夢だったし、絶対転職してやろうって思ってた。

――やる気のない大久保さんなんて想像できない……

――でも、入社してすぐの研修で簡単な原稿を読んだときに、当時の部長に『大久保さんの声はラジオ向きだね』って言われたの。聞き取りやすい音域で、語り掛けられてる感じがするって。単純だけど、それから考えが切り替わったのよ。自分がなりたいものと、求められているものは必ずしも一致しないんだなって、その時やっと気付いたの。


あの日大久保は、夏海に『無駄なことしてるわね』と言った。

なりたいものと、求められているもの。

きっと大久保には、とっくにそれが見えていたのだ。

盛大なため息とともに、夏海は布団に倒れ込んだ。それならそうと言ってほしい。教えてくれてもいいではないか。けれど今ならわかる。あれは夏海が、自分の力で答えを探さなければいけないものだった。

代理パーソナリティの二人は、その後も夏海との思い出話を暴露しつつ番組を進行し、後半のコーナーでは、夏なので美味しいアイスクリームを食べようという企画で、大久保と黒木がハーゲンダッツ等のアイスを食べ比べている横で、陣内は手作りアイスクリームを作らされ、ひたすら容器を振っている音が聞こえるだけの展開となった。そのうち疲れたと主張する陣内に代わり、佐伯や真崎も引っ張り出され、スタッフ総出でアイスを作りエンディングを迎えた。

――それではそろそろエンディングのお時間になってしまいました。

――手作りアイス美味しいです！

――お別れの曲は、小松も大好きな松任谷由実さんで『ルージュの伝言』。

――それでは皆様、今週もよいスマイルを。

ちょうど曲が終わってCMに入ったところで、夏海はアプリを停止させた。途端に部屋の中が静寂に包まれる。自分が穴を開けてしまった仕事を、三人がさすがの力量でカバーしてくれた。

三人だけではない。

いつも通り仕事をしてくれたスタッフもいるからこそ、番組が放送できている。

（……電波は、国が管理している有限資源だ）

天井の木目を見上げながら、夏海は声にならない声でつぶやく。

（俺たちは国から免許をもらって放送している。放送設備にいくら投資しているか、放送に何人のスタッフが関わっているか考えろ。マイクの前に座ってるのは確かにお前だ）

当時黒木に言われた言葉は、今でも覚えている。

（――でも、お前のための十秒じゃない）

あの時初めて、ラジオというものを真剣に考えた。小松夏海になりたての奈々子が、新しい世界で背筋を伸ばした瞬間だった。

スマートホンが再び着信を知らせて、夏海は手繰り寄せて画面を開いた。送信してきたのは真崎で、収録後に撮ったと思われる、スタッフたちがアイスを食べている写真が添付されていた。放送後までわざわざ送るのを待っていたのだろう。メッセージには、「もうファンレター読みましたか？ SNSもすごいことになってますよね。皆夏海さんの帰りを待っています」と書かれていた。

（……ファンレター？）

口の中でつぶやいて、夏海はあっと顔を上げる。数日前に受け取った封書を、まだ開封していないままだ。もしかしてあれのことだろうか。本棚の隙間に、無造作に挟んでしまっていたそれを、夏海は抜き取る。ハサミを使うのが面倒で封を手で破ると、中には透明な袋にまとめられた封筒やハガキが何通かあった。夏海が失声症になる前に届いていたものらしく、ラジオの感想や、将来ラジオパーソナリティになりたいという相談、いつも楽しく聴いているのでずっと続けて欲しい等、意外にも十代から七十代まで、様々な年代のファンからのものだった。

（こんなことなら、早く開ければよかった……）

億劫がって開封しなかった自分を責めつつ、夏海はそのひとつひとつに目を通す。中にはこれまでにも手紙をくれたことのあるリスナーもいて、見覚えのある名前を見つけると嬉しくなった。ああ、まだちゃんと、聴いてくれているのだと。

時間を忘れて読みふけっていた夏海は、最後に残った一通の封書を手に取った。何の変哲もない白の封筒だが、そこそこの値段を出して揃えてくれたレターセットなのだなとわかる。メールやSNSで手軽に発信できるようになった今、わざわざ手紙を書いてくれるという行為だけでありがたいのに、こういう気遣いを見つけると、胸の奥の方がじわりと温かくなった。

小松夏海さんへ

こんにちは。いつも楽しくラジオを聴いています。実は、僕は以前にも夏海さんにお手紙を書いたことがあります。今から七年前、その時僕はまだ中学一年生でした。もけもけ太郎というラジオネームを、覚えていますか？

字面を追っていた夏海は、思わず目を見開いた。そのラジオネームなら、思い出す必要がないくらい覚えている。

僕はあれから、正式に祖父の家に引き取られ、祖父の養子になりました。父には謝られましたが、自分でも驚くほど冷めていたというか、ある程度予想していたことだったので、それほど悲しくはありませんでした。祖父の家での暮らしは、新しい母親に怯えて暮らしていた時よりも快適で、去年から大学にも通っています。今月でようやく二十歳になったので、そのことをご報告しようと思って、手紙を書きました。あの日、ラジオで夏海さんが言ってくれた言葉は、人生のお守りになっています。誰一人味方がいないと思っていたあの頃、「生きてください。いなくなった方がいいなんて絶対に言わないで」と言ってくれた夏海さんの言葉だけが、心の支えでした。

少し右上がりの几帳面そうな字が、罫線の上でぼやけた。夏海は天井を仰いで、零れそうな涙を堪える。そうだ、あの時も、こんな風に泣きながらしゃべったのだ。顔も知らない彼に向けて。

成人を迎えて、わかったことがあります。それは、やっぱりあの時、いなくならないでよかったということ。今の僕は自分の居場所どころか、やろうと思えば新しい家族を作ることもできます。あの時あきらめていたら、今日という日を迎えていなかったかもしれません。

本当に、本当に、ありがとうございました。

これからは、じいちゃんばあちゃん孝行をしながら、自分の人生を歩いていきたいと思います。

夏海さんも大変なことがたくさんあるかもしれませんが、僕が全部肯定して、今日も息をしてるだけで偉いって褒めるので、どうかいつまでも声を聴かせてください。

涙が、止まらなかった。

この時ほど、声が出なくてよかったと思った瞬間はない。もし声が出ていたら、幼児のようにみっともなく声を上げて泣いていただろう。

よかった、届いた。

届いていたんだ。

こんなにも嬉しいことがあるだろうか。

むしり取ったティッシュで顔面を覆いながら、夏海は激しく肩を上下させて泣きじゃくる。彼からの手紙に揺さぶられた心が露(あら)わになって、ずっと見えなくなっていた本心が胸に溢れ出た。世の中に、必要な仕事はたくさんあるけれど。
ラジオがやりたい。
やっぱり自分は、ラジオがやりたいのだ。
そこが自分の居場所だからではなく。

誰かに声を届ける、ラジオだからやりたいのだ。

・・・

@smile3　夏海さんの声大好き。聴くだけで元気になる。
@smile3　いつも頑張ってて偉い！
@smile3　小松夏海であるだけですごい。
@smile3　実在してるの⁉　すごくね？
@smile3　存在が神。
@smile3　息継ぎの天才。

@smile3　そろそろ人間国宝でしょ。
@smile3　小指の爪すら尊い。
@smile3　名前がかわいいと思う。
@smile3　黒木Pも頑張って欲しい。
@smile3　黒木さんの渋い声もいい。

「ちょっとどういうことなんですか」

月曜日、黒木は出勤早々に一本の電話を受けた。実はその前に、番組のSNSをスクリーンショットしたものを夏海に送っていたのだが、その直後にまさしく本人からの着信があった。

「なんで最後に、わざわざ黒木さんを褒めてるリプライが入るようにスクショするかな？　しかもふたつも！　私を励ますために送ってくれたんじゃないんですか？　まあ私はすでに、番組アカウントでいつの間にか始まってた『小松夏海をひたすら褒めまくるリプ企画』のすべてに目を通したわけですが、これ誰の企画ですか？　あ、黒木さんじゃないことだけは確信してます」

電話口でまくし立てる声に、黒木の方が言葉を失った。頭に浮かんだ質問は、彼女が声を発しているという事実の前では、すべてが意味をなさなかった。

静かに体の奥からせりあがってくる感情に、黒木は唇が緩むのを自覚する。

絶体絶命のピンチに駆けつける、ヒーローを目撃するように。

やっと来たかと、拳を握る。

「……佐伯だ。小松のために何かできないかって言うから任せた。俺へのリプライが入り込んだのは偶然だ」

「嘘だ！ 嘘だね！ 人気者アピールでしょ！ はいはいすごいすごい」

「雑に褒めるな」

「それより私、仕事したいんです、仕事！ 次の収録いつですか？ 今なら熊谷の猛暑ロケでも笑って行きます」

「お前、事務所で内勤するんじゃなかったのか」

「あーあれね！ そうです、せっかくなのであれもやります。ま、アルバイトなので収録がない日にでも」

そこまで怒濤のようにしゃべっていた夏海が、一拍置いて告げる。

「ご迷惑をおかけして、申し訳ありませんでした」

前より一本芯が通ったような、明瞭な声だった。

「私、ラジオがやりたいです」

「丁寧なお話を、ありがとうございました」

プレゼンの資料を机の上で揃えて、トリーコネクト株式会社宣伝部の部長、岡本が、こちらに柔和な微笑みを向けた。それを見て、黒木は自然と居ずまいを正す。

「うちとしても、新商品に合わせてラジオに新しくCMを打つ話は前から出ていたし、そんな折に河口が話を持ってきたので、ちょうどいいと思っていたんですよ」

トリーコネクトは、日本でもトップスリーに入る大手の食品会社だ。扱うものは飲料からサプリメントまで幅広く、この度社長肝入りの新しい缶コーヒーを発売するということで、そのCM媒体をいろいろと検討していたという。岡本の隣では、髪を後ろでひとつに結った女性が、同じ資料にもう一度目を落としている。諏訪部曰く、彼女はなかなか敏腕の広報部主任で、異業種交流会などにも顔を出していて人脈が幅広いらしい。今回、思惑が一致した東文放送とトリーコネクトを引き合わせるきっかけを作ったのも、この河口だということだ。

「今回ご紹介したプランですと、小松夏海が直接原稿を読み上げるかたちで、御社の商品をアピールさせていただきます。パーソナリティが読み上げることで、リスナーがCMを飛ばさずに聴く効果が期待できますし、番組の放送時間は深夜帯ですが、その時間に缶コーヒーを飲みたくなる、例えばトラックやタクシーのドライバーなどへの訴求は充分見込めると思います」

同行した広告代理店の社員が、さすがに慣れた様子で説明を加える。その間に、黒木は澄ました顔でそれを聞く諏訪部の横顔を、ちらりと盗み見た。自分が営業部にいた頃は、何かといえば煙草を吸いに外へ出て行ってしまういい加減な印象が強かったが、彼の方も単にのらりくらりとしていたわけではないようだ。失声症のパーソナリティが回復しない限り、新しいスポンサーは探せないと言っていた割に、ちゃっかり保険を仕込んでいるあたりが彼らしい。モリスゲームスがスポンサーを降りたあの日、諏訪部は黒木に、トリーコネクトにパイプがあることを知らせた。夏海の現状を正直に告げたにもかかわらず、それでも話が聞きたいと言ってくれていると。おかげで黒木は、夏海の復帰が叶わないバージョンと、叶ったバージョン、両方のプレゼン資料作成を手伝わされたあげく、今回も同行するようほぼ強制されたが、この際それは不問にしてやってもいい。

「すでにテレビCMの方はお話が進んでいるということなので、ラジオCMを重ねることで押し上げ効果も狙えますし……」

「そうですね。目で見て、さらに耳で聴いてとなれば、印象は強く残りますからね」

白髪交じりの岡本は、おそらく五十歳前後だろう。先ほど名刺を交換した時から思っていたが、初対面で年下、なおかつ営業に来たこちらにも、丁寧に礼を尽くしてくれるのが印象的だった。まさに紳士というやつだ。

「小松自身もコーヒー派ですし、実感を込めてアピールできると思います。体調不良も回復して、本人もますます仕事に打ち込む気でいますので、復帰第一弾のお仕事としてご一緒できれば、こちらとしても嬉しく思います」

代理店の社員に続いて、黒木も口添えする。それを聞いて、岡本がふと懐かしそうな顔で微笑んだ。

「実は私は、小松さんがアシスタントをしていた頃からのリスナーなんですよ」

さらりと告げられた言葉に、黒木と諏訪部はそろって目を見開いた。

「そうだったんですか？」

「ええ、だから、今回『スマイルスマイルスマイル！』がスポンサーを探していると河口から聞いて、ああこれは運命かもしれないなと。仕事に個人的なことを持ち込んではいけませんけどね」

後半を小声で付け足して、岡本は笑う。

「当時私は妻を亡くしたばかりで、毎日毎日生ける屍のような暮らしをしていました。だから、ラジオで生き生きしている小松さんの声を聴いているのは、正直辛い時もあったんです。でも、私がどんなに立ち止まっていても、毎日毎日ラジオは流れて、日々を更新していきます。太陽が沈んで、また昇るのと同じように。そのことに気付いた時に思いました。変わらないものは、変わりゆくものの中にこそ存在するんじゃないかって」

岡本の隣で、河口が労わるような目で彼を見ていた。

「大袈裟に聞こえるかもしれませんが、私はラジオに救われたんです。人生で一番つらかった時期を、ラジオに励まされて生きてきました。テレビが世の中に出てきた当時、ラジオは十年後にはなくなるだろうと言われていたそうです。でも、それから五十年以上が経ちました。いろんなメディアと共存しながら、これからもラジオはラジオであり続けて欲しいんです。リスナーに寄り添って、時に一生懸命くだらないことをやって、誰かの声を届けてください」

テーブルの下で、握りしめた拳が熱かった。脳裏に得意げな顔をする夏海の顔が、なぜだか思い浮かぶ。アイドルを辞め、パン屋でバイトをしていた彼女をこの世界に引きずり込み、パーソナリティに育て上げた。いつも小松夏海を支えていると思っていたが、助けられたのはこっちの方かもしれない。

彼女の声は、確実にリスナーへ届いている。

「はい……ありがとうございます」

それ以上口にすると泣いてしまいそうで、黒木は奥歯をきつく噛み締めた。

これほどの称賛が、他にあるだろうか。


「河口さんっていただろ、岡本さんの隣に」

社内で検討して来週には返事をする、ということで話がまとまって、黒木たちはトリーコネクトを出た。会社に戻るという代理店の社員と別れ、駅に向かう途中、諏訪部がぼそりとそんなことを口にする。

「今の嫁なんだって、岡本さんの」

なぜそんな事情まで知っているのかと、黒木は隣の同期に胡乱な目を向けた。彼の情報収集能力は、時折妙なところに発揮されることがある。

「最近再婚したらしいぜ。いいよなぁイケオジは。河口さん紹介されたとき、結構タイプだと思ったんだけど……」

契約の方はうまくいきそうだというのに、いまいち浮かない顔をして、諏訪部は懐から加熱式の煙草を取り出す。確か結婚して子どももいたはずだが、冗談か本気か『妻はいるが彼女はいない』とのたまうのは、彼の癖のようなものだ。実際に行動に移しているのかどうか、黒木はあえて訊かないことにしている。

「紹介って、お前が知り合いだったんじゃないの？」

「いや、俺は頼まれて間に入ったんだよ。スポンサー探してる話を河口さんにしたのは別の人」

「別の人って？」

広告代理店の人間だろうか。てっきり諏訪部が探してきたのかと思っていた。

口から煙の代わりに蒸気を吐き出して、諏訪部は口にする。

「吉本さん」

予想外の名前に、黒木はわかりやすく絶句した。

「まー、小松も回復して、スポンサーも見つかったし、これでまた夢の続きだ。俺たちの十秒は、意外と長いかもな」

諏訪部はあと一件回るところがあると言って、地下鉄の駅へ続く階段を下っていく。

彼の姿が見えなくなる前に、黒木は呼びかけた。

「諏訪部」

「助かった。ありがとう」

半身振り返った諏訪部が片手を上げて、再び階段を降りていった。

一人になった黒木は、駅前のタクシー乗り場までの道をゆっくりと歩く。八月の午後、ビルの外壁にある温度計は三十四度を指している。麻素材の帽子をかぶり直して、黒木は未だ胸の奥に残る高揚感を抑えきれずに息を吐いた。リスナーでもあり、スポンサーにもなるかもしれない岡本から励まされたことはもちろん、夏海のことも番組のことも、まるで自分には関係ない話だという顔で飄々としていた吉本が、諏訪部に話を繋いでくれたことも。今でこそ飄々として、少々癖のある古参プロデューサーとして制作部に居座っているが、彼にも当然、新人ディレクターの時代があった。黒木が初めて吉本ADに会ったのは、高校生の時だ。『関口の××(ペケペケ)な話』は、彼の担当番組だった。

ラジオの世界で働くには、どうすればいいですか？

黒木少年がそう尋ねた時も、関口の後ろで吉本は笑って聞いていた。

そんなの簡単だ。東文放送に就職しろ。

そう言った関口の言葉を、黒木の他に彼が唯一覚えている。

「あ、黒木じゃん」

街路樹の陰で信号待ちをしていた黒木を、記憶の隅に引っかかる声が呼んだ。

「……高島」

かつての同級生が、大きなトートバッグを肩にかけてひらひらと手を振って歩いてくる。白地に幾何学的な黒の模様が入ったTシャツは、雑誌などが取り上げる話題のブランドがコラボしたものだ。ネットニュースで販売開始の記事を見た気がする。

「久しぶりだなぁ。前に駅で会ったのって何年前？　七年とか？　早いよなぁ」

少し横幅が増えたように見える高島は、わざとかと思うほどの大声で話しかけてくる。

「何、仕事中？　ああ俺は今から会社戻るとこ。三年前に転職したんだよ、言ってなかったっけ？」

相変わらず、訊いてもいないのに自分のことをぺらぺらと話す高島を、黒木はある意味感慨深く見つめた。良くも悪くも変わっていない。

高島は革製のトートバッグからブランド物の名刺入れを取り出し、抜き取った一枚を黒木に渡した。

「いやー、出版業界も年々厳しくなってさー、アニメ化したたって円盤は売れないし、本自体の売り上げにもそれほど繋がらない。もう今や配信の時代だろ？　それなら本にしがみついてないで、作家から直接コンテンツを買い取ってこっちでプロデュースしていけばいいじゃん？　ってことに気付いちゃったんだよね」

受け取った名刺には、外国資本の有名な配信事業会社の名前があった。オンラインでの配信を行い、最近では自社出資のオリジナル作品なども手掛けている。

「……すごいな」

黒木は素直に感想を漏らした。彼の処世術には素直に同調できない部分もあるが、当時四十歳手前でこの大手に転職が叶ったことは、単純に称賛に値する。前職でそれなりの結果を出していないと、望めなかった道だろう。

「そうでもないよ、外資系だからわりと年齢にこだわらないで中途入社に寛容なだけ。結構アニメ関係の制作会社や、テレビ局からも転職してくる奴多いぜ」

事も無げに言って、高島は肩をすくめてみせる。

「黒木は？　もしかしてまだラジオ局？」

「……ああ」

「マジで？　このネット全盛の時代にラジオなんて懲りねぇな！　完全にオワコンじゃん！　最近の動画リスナーが、音声だけのメディアで満足するわけねぇし！」

歩道のタイルに、街路樹の影が躍る。

「お前転職考えてないの？　どっかに口きいてやるって言っただろ？　まぁこの歳になったら躊躇するのもわかるけどな。でもあと三十年は働くんだし、他に居場所探してもいいんじゃない？　今なら動画制作のマネジメント会社や制作会社も増えてきてるし、そっちでも十分いけるだろ？」

車道を車が通るたびに、排ガスと一緒に熱風が吹き付ける。高島の言葉に、なぜだか腹は立たなかった。確かに彼の言うことにも一理ある。しかし同時に黒木の中で、揺るぎない声だけがはっきりとした輪郭を持った。

「じゃあ俺行くわ！」

青信号になり、動き出した人の流れに乗って、高島が歩き出す。

その背を、黒木は落ち着いた声で呼び止めた。

「高島」

「radikoっていうラジオの配信アプリ知ってるか？」

唐突な問いに、横断歩道の途中で振り返った高島が、曖昧な笑みを浮かべて首を傾げた。

「ラジオそのものやラジカセがなくても、そのアプリのおかげでパソコンやスマホで手軽に番組を聴ける。過去の放送を遡って聴いたり、エリア外の放送も聴けるようになった。ネット配信自体もとっくに始まって、東文放送ではゲームやアニメに特化した若者向けの専門チャンネルもある。それに加え、総務省から許可をもらった電波(ラジオ)は、災害大国日本で緊急時に多くの人から頼りにされるものだ」

夏の空気と同じ熱さの声が、黒木の腹の中から放たれる。

「ラジオがオワコンだなんて、お前世の中の何を見てんだよ？ これからもラジオは、時代と一緒に進化するぞ。こうじゃなきゃいけないなんていう型はないんだ。いろんなメディアを取り込んだり、時に取り込まれたりしながら、それでもしぶとくそこにあり続ける。動画サイトでも何でも、比べたければ比べればいい。映像を見せても視聴者を『リスナー』と呼ぶ文化の根底を築いたのは、間違いなくラジオなんだよ」

口を半端に開けたままの高島が、気まずそうに視線を揺らした。

「せっかくだが、これから先、俺がお前に就職先を世話してもらうことは一切ない」

頭の上の帽子に触れて、黒木は笑む。

「ラジオが、俺の居場所なんだ」

それだけを言って、返事も聞かずに歩き出した。


社員専用の入口からビルの中に入って、エレベーターに乗り込む。オンエア中の番組の音声が、いつもよりどこかクリアに夏海の耳に入った。七階でエレベーターを降りて、スタジオが並ぶ入口でマスクを顎にずらし、深呼吸をする。たった一カ月半しか離れていなかったのに、随分久しぶりのような気がする。

「なんでこんなに緊張するんだろ……」

ぼやいて、おもむろに咳払いする。声の調子は上々だ。大久保たちが代打を務めてくれたあの日、泣き疲れていつの間にか眠ってしまい、朝起きてあくびをしたら、その拍子に間抜けな声が喉から飛び出した。きっかけは何なのかよくわからない。とにかく祖母と一緒に朝ドラの台詞を真似しても、ユーミンの歌を歌っても、約一カ月半溜めていた力を解放するように、声はちゃんと声として放たれた。伊澤に電話で報告すると、出勤途中の朝のホームで、人目もはばからず泣いて喜んでくれた。

「ちょっと邪魔よ」

不意に背後から声をかけられて、夏海は咄嗟にすみません！　と口にして横へ避けた。入口を塞いでいた自分が悪い——と思って、振り向いた先。

「調子良さそうね」

ブラウンのアイシャドウをぼかした目が、高い位置から夏海を見下ろしていた。

「おっ……おく、ぼさん……」

驚きと呼びかけが混ざり合った妙な発声をして、夏海は背中を強張らせた。まさかこんなに早く出くわすとは想定外だ。ラスボスは最奥にいるのがお決まりではないのか。

「あれだけ大騒ぎして、せっかくこのアナウンス部副部長の私がピンチヒッターまで買って出たのに、あっさり治るんだものね。あーあ、心配して損したわ」

「いやあのその節は大変ご心配をおかけして申し訳ありません！　代打まで務めていただいて、なんとお礼を申し上げたらいいか……」

頭を下げながら早口でそこまで言って、夏海は、はたと顔を上げる。

「心配……してくれたんですか？」

念入りに色を重ねた大久保の眉が、ピクリと跳ねあがる。

「してないわよ」

「今心配して損したって……」

「それは言葉のアヤよ！」

「すみませんアヤとかわからなくて」

「なんとなくわかるでしょ⁉　空気読みなさいよ！」

捨て台詞のように吐き捨てて、大久保はスタジオの並ぶフロアへ歩き出す。夏海は緩む頬を隠しきれずに、その後を追ってフロアに踏み込んだ。

「来たか」

打ち合わせテーブルにいた黒木が、夏海の姿に気付いて顔を上げる。

「夏海さん、お待ちしてました！」

すぐに真崎が、夏海のために椅子を引いてくれる。

「もー待たせすぎだよ。今度ビール奢ってもらわないと」

「あ、僕はカメラの新しいレンズでいいよ」

相変わらず眠そうな顔をした佐伯と、ミキサーの横川がそんなことを言って、夏海を迎え入れた。

「皆さん、ご心配をおかけして申し訳ありませんでした」

自分の声ではっきりとそう告げ、夏海は深々と頭を下げる。そして顔を上げて、もう長年の付き合いになる面々を見渡した。

「また、よろしくお願いします」

　通りかかった報道部の社員から、おかえり、という声が飛んだ。どうやら夏海の不在は、そちらにも伝わっていたらしい。それを合図に、周りにいたスタッフからぱらぱらと拍手が起こる。オンエアしているスタジオもあるので、大仰なことはできない。それでも、歓迎してくれたことが嬉しかった。

　戻ってこられたことが、嬉しかった。


「公開収録って本気ですか⁉」

　東文放送の最上階には、椅子とテーブルのセットが置かれたレストスペースがあり、弁当を食べたり休憩したりと社員が自由に過ごせるようになっている。しかし昼時を過ぎた今、夏海と黒木の他には二、三人が飲み物を片手に休憩しているだけだ。大きな窓を開けて併設されたバルコニーへ出ると、目の前に山手線、東海道新幹線、それに羽田へと続く東京モノレールの線路が、ビル群の中を突っ切っていく様がパノラマで見られる。少し東の方へ視線をずらせば、旧芝離宮庭園の向こうに、レインボーブリッジを経てパレットタウンの観覧車を望むこともできた。

「本気だ。さっきも言った通り八月最終日に決行する。もう各方面には話がついてるから、お前は当日いつも通りやればいい。生じゃないからどうにでもなるだろ」

「八月最終日ってさらっと言ってるけど、二週間後ですよね⁉」

打ち合わせを終え、夏海はバルコニーに設置されたベンチで、缶コーヒーを片手に黒木に詰め寄っていた。先ほどの打ち合わせで知らされたのだが、どうやらそんな企画が進んでいたらしい。しかも自分が失声症で休む以前から企画されていて、ぎりぎりまで粘るつもりだったと。

「嫌ならやめるか？」

眼鏡の奥からしれっと見下ろされて、夏海はしかめ面で睨み返す。今の夏海が断るはずはないとわかりきっていて、そんなことを尋ねてくるのだ。

「……やめません……やめませんよ！　やればいいんでしょ⁉　公開でも非公開でもやること同じですし⁉」

「同じじゃないぞ。ちょっとはリスナーもいじれ。せっかく観に来てんだから」

「リスナーいじりとか！　今まで日陰者だった私に注文するとはいい度胸ですよねほんと！」

「マスクは別にしててもいいぞ」

不意に言われて、夏海は言葉に詰まる。

「嫌ならやめるか？　って訊いたのは、そっちの意味もある」

黒木の視線を受けて、夏海は気まずく目を逸らした。それならそうと、普通に言えばいいと思う。要は、リスナーに顔を曝しながら話せるか、というところへの心配なのだろう。

「……それは企画段階で気に留めて欲しかったですね」

「留めてたぞ、一応」

コーヒーを飲んで、黒木は口にする。

「それでもお前は、やるって言いそうだと思ったんだよ」

呆気に取られて口を開けた夏海は、何か言い返してやろうとして、結局苦々しい視線だけを投げた。図星なところがとんでもなく憎らしい。どうりで先ほどの打ち合わせに、ICレコーダーが仕込まれていたはずだ。大方夏海の反応を録りたかったのだろう。そしておそらく自分は、まんまと期待通りの反応をしたはずだ。

夏海は自身を落ち着かせるために、ひとつ大きく息をする。夏の空気は、膨張していてどこか薄く感じた。

「……実は母親と会った日に、住所を書いたメモを渡されたんです」

ベンチには座らず、走っていく山手線を眺めていた黒木が、こちらを振り返る。

「それが家の住所なのか店の住所なのかわかりませんけど、なぜだか捨てられませんでした。娘をペットか道具くらいにしか思ってなくて、小銭のために売るような母親なのに、いざ目の前に手を差し出されると、それを拒絶できないんです」

そこまでを一気にしゃべって、夏海は一呼吸おいて続ける。

「それを昨日、捨てました」

「……捨てられたのか？」

「はい、正確に言うと、燃やして灰にして庭に埋めてやりました」

夏海は顎のマスクを引っ張って、蒸れる部分に風を通す。かなりの暑さを覚悟してバルコニーに出たが、建物の陰になっている上にビル風のおかげで、地上より気温は低く感じる。

「別にやけになったわけじゃないですよ。ただ、気付いたんです。もけもけ太郎に言われて。……自分の居場所どころか、家族だって作ることができるって。私にはおばあちゃんっていう家族がいて、その気になれば夫や子どもも増やすことができて、仕事もあって、仲間もいて、そう考えたら、あれ？　あの母親必要かなって」

もしかしたら、一時の勢いかもしれない。けれど、また奈々子の記憶がフラッシュバックして、辛くなる時が来るかもしれない。母の存在をそんな風に冷静に考えることができたことは、何よりも大きな前進だった。

「……もけもけ太郎って、聞き覚えがあるな」

「『社会の隅っこで私を叫ぶ』のコーナーにメールをくれた子です。当時中学一年生で、父親の再婚で継母(ままはは)とうまくいかなくて悩んでた……」

そこまで言って、黒木がようやく思い出した顔をする。

「今年二十歳になりましたって、手紙をくれました」

「……そうか。七年経ったか」

感慨深げに黒木が口にした。

真夏の空に、ちぎれた雲が泳ぐ。

「……小松、お前アシスタントデビュー当時、俺になんでラジオのディレクターやってるのかって訊いたこと覚えてるか？」

不意に問われて、夏海は顔を上げた。なぜ今それを尋ねられるのか、流れがよくわからない。

「……覚えてます、けど。確か、学生の頃にハマった番組があって、いつか作る側に行きたいと思ったたって……」

あの時黒木が言った言葉は、今でもよく覚えている。

だから俺は、テレビでもインターネットでもない、ラジオを選んだ。

どこか誇らしげにそう言った彼のことを、少し羨ましいと感じていた。

「そうだ。その番組っていうのが、俺が高校一年から大学一年の秋にかけて放送されてた『関口の××（ペケペケ）な話』っていうやつだ。元々『チョコスナック』っていうコンビを組んでた芸人の関口保が、ピン活動で始めたラジオだった。やってることは降霊術の実況や、生クリーム泡立て選手権や、夜の街で宇宙人を探すとか、本当にくだらないことばかりだ。それでも、学生の俺たちにとっては、くだらないことで一緒に遊んでくれる大人と、夜の秘密基地を手に入れたみたいで、いつも放送を心待ちにしてた」

映像がない分、リスナーの想像力に委ねるラジオの自由度は高い。叫び声や物音しか聞こえなくても、そこを想像して楽しむ余地がある。夜の電波に乗って流れてくるパーツを、聴いている者だけが捕まえて組み立てることができる、空想の城だ。そうして建てたものは、なぜだか目で見るよりもずっと記憶に残ることを、夏海も実感していた。

「俺は当時ハガキ職人で、番組にハガキを送りまくった。それでついに十回読まれて、スタジオ見学に呼んでもらえた。その時に番組のADをしてたのが吉本さんだ」

「え、吉本さんってあの⁉」

「あの、吉本さんだ」

　黒木はちらりとこちらに目を向けて続ける。

「スタジオから帰るとき、関口さんにどうやったらラジオの世界で働けるかと訊いたら、東文放送に就職しろと言われた。それを鵜呑みにして、俺はここに来たんだ。……でも、あの時の高校生が本当に就職したことを、関口さんは知らない」

　ぬるい風が吹き抜けていく。煽られた髪を押さえて、夏海は黒木の横顔を見つめた。

「俺がスタジオを見学した翌年、関口さんは心不全で意識不明のところを発見されて、病院に運ばれた。命はなんとか繋ぎとめたが、一カ月経っても意識は戻らなかった。当然番組は続けられなくて、芸人仲間や親交のあったタレントが代打を務めた。そうして一年間待ったけど、関口さんの意識は戻らずに、ご家族や事務所の意向もあって、番組は改編に合わせて終了という形になった。関口さんが亡くなったのは、その三日後だ」

　番組終了に誰より反対したのは、吉本だったらしい。

関口が帰ってくる場所を無くさないで欲しいと、上司に何度も懇願したのだと。

「俺は入社してからその事実を知った。……意識不明の関口さんが、エンジンがかかったままの車の中から発見されて、その時ラジオがつけっぱなしになっていたっていう話もその時に知った。愛用してたカンカン帽が、相棒みたいな顔で助手席にぽつんとあったらしい」

ふ、と笑ってみせた黒木の顔がなんだか泣きそうに見えて、夏海は瞬きした。

「……まぁその話は、この業界にいる奴らが、皆知ってる伝説みたいな話だ。今でも命日には、誘い合って飲みに行ったりする。お前を初めて知った日は、その飲み会がリスケになってぽっかり予定の空いた日だった」

「え……」

急に話の矛先が向いて、夏海は口ごもる。そしてなんとなく、黒木が自分をオーディションに誘った理由が、腑に落ちた気がしていた。彼なりに、何か縁を感じてくれたのだろう。

「……黒木さんは、関口さんと番組を作りたかったんですか？」

酷な質問かもしれないとわかっていながら、夏海は尋ねた。黒木は驚いたように軽く目を瞠って、空を仰ぐ。

「どうだろうな。入社するときにはもう亡くなってたし」

「でも、『関口の××（ペケペケ）な話』みたいな番組を作りたかったから、東文放送に就職したんじゃないんですか？」
「確かに入社当時はそう思ってた。でも――……」
空から降りてきた黒木の目が、笑みを含む。
「……十秒くらい黙ってやろうかって気にもなりますけどねって、お前が初日に言った
あれな、お前の前にも同じようなことを言った人がいたんだよ。しかもその人は、生放
送中にそれを『間』だと言い張って実行した」
「……それって」
「でも、お前は関口さんじゃない。関口さんと同じである必要もない」
眼鏡越しに、黒木が夏海を捉える。
「俺が今一緒に仕事をしてるのは、小松夏海だ。それ以上の意味なんてないだろ」
息が。
息が止まった。
どんな顔をしていいのかわからずに、ただ見開いた目で黒木を見つめ返した。
「今のお前は、地下アイドルの小松奈々子じゃない。パン屋でバイトしてるフリーター
でもない。人気ラジオパーソナリティの、小松夏海だ。俺はそいつと、スタッフと一緒
に、毎週楽しみでたまらない番組を作るだけだ。くだらねえ企画を全力でやって、ひた
すらリスナーを褒めまくって、褒め返されて、いろんなことを想像させる。目で見るよ
りもっと豊かな景色を、脳裏に描かせる。そういう声を、電波に乗せるだけだ」

そうすればいつか。

いつか関口にも届くのだろうか。

あの日、どうやったらラジオの世界で働けるか問うた少年が、作りたかったものが。

「だからまあ、これからもよろしく頼むってことだ」

夏海は奥歯をきつく噛んで、こみ上げてくる感情を押し殺す。それでも結局、ぼやけた視界が滴になって落ちた。その頭に、黒木が自分の帽子をかぶせる。大仰な言葉よりも、それだけで十分伝わった。夏海は声を振り絞って、よろしくお願いしますと返事をしたが、涙声でほとんど潰れてしまい、黒木がわざとらしく耳に手を当てて聞き返した。

真夏の空は、白雲を宿してなお青い。

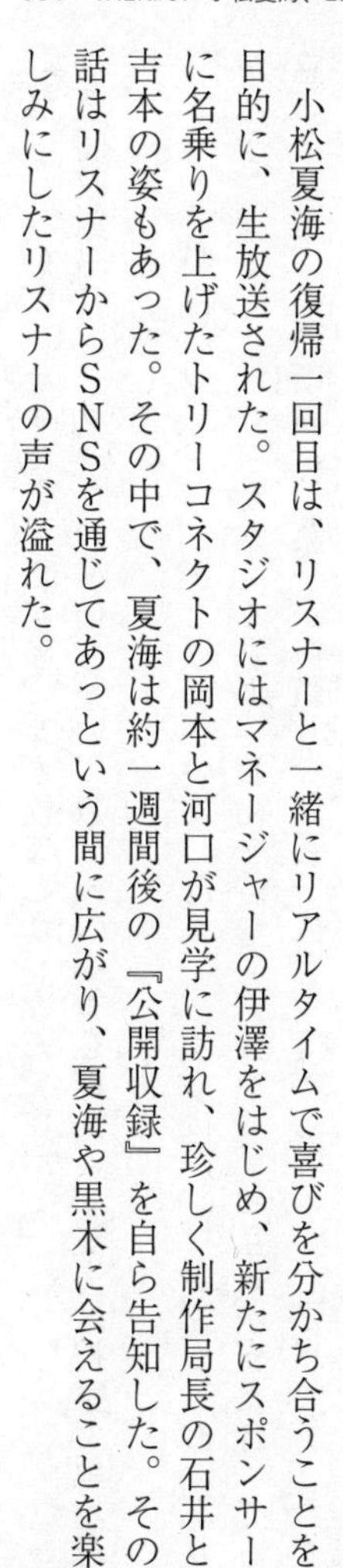

小松夏海の復帰一回目は、リスナーと一緒にリアルタイムで喜びを分かち合うことを目的に、生放送された。スタジオにはマネージャーの伊澤をはじめ、新たにスポンサーに名乗りを上げたトリーコネクトの岡本と河口が見学に訪れ、珍しく制作局長の石井と吉本の姿もあった。その中で、夏海は約一週間後の『公開収録』を自ら告知した。その話はリスナーからSNSを通じてあっという間に広がり、夏海や黒木に会えることを楽しみにしたリスナーの声が溢れた。

「私、小さい頃にテレビで見たアイドルが羨ましかったんです」

公開収録当日、スタッフの準備も整い、数分後の本番を控えて、夏海は控室で黒木を相手にそんな話をした。

「ステージが終わって、ありがとうございましたって言った後に、ファンからも『ありがとう』って返してもらえるんですよ。お礼を言って、労って、お互いが支え合ってる感じがして。その頃私は、菓子パン齧りながら一人で留守番してることが多くて、たまに帰ってきた母に話しかけても、生返事だったり流されたりするだけで、全然届いてなかったんです。だから、アイドルになったら、ファンの人とそういう関係を築けるのかなって」

机を挟んだ正面の席で、相変わらず不敵な笑みを浮かべて黒木が問いかける。

「今はどうだ。築けたか？　そういう関係は」

そろそろ移動お願いします、という佐伯の声がした。真崎の報告によれば、サテライトスタジオの前の広場に、平日だというのに百人近くのリスナーが詰めかけているという。せいぜい五十人ほどではないかという予想を、大きく覆された。

「愚問ですよ」

出陣前の侍の顔で、夏海は席を立つ。

もうそんな過去に構っていられないほどの熱量が、夏海を巻き込んで上昇しようとしていた。

ED

エンディング

「あー緊張する緊張する緊張し過ぎて吐きそう」

「今更素人みたいなこと言うな」

「あれ？　黒木さん台本は？」

「小松、俺に台本が必要だとでも思ってんのか」

「普通に思ってますし、普通に控室に忘れてきましたよね？　実は緊張してます？」

「弁当食えばよかったかな」

「知りませんよ！　真崎くん、悪いけどこのおじさんの台本取ってきて！」

　ガラス張りのサテライトスタジオに二人が姿を見せると、集まっていたリスナーが歓声を上げて手を振った。その数に圧倒されて、夏海はしばし立ち尽くし、黒木に促されてマイクの前に座った。

「今日来てくれてるのはほんの一部だぞ。お前の声を聴いてるリスナーは、この何十倍もいる」

　そんなことを言われて、夏海の背中を鳥肌が這い上がる。

デビュー初日のような緊張感と、空まで突き抜けそうな高揚が胸にあった。

「小松」

改めて呼ばれて、夏海は黒木に目を向ける。

「やれるか？」

「やれますよ。ここに来てやらなきゃ嘘でしょ」

「無理するなよ」

「あのね、ほんとそういう突然大きな愛情で気まぐれに包むのやめてもらっていいですか？」

耳にねじ込んだイヤホンの向こうで、佐伯が開始のジングルまでをカウントする。

それを聴きながら、夏海は顎に引っ掛けていたマスクを外した。

自分が誰かの人生を変えられるとか、救えるとか、そんなおこがましいことを思っているわけではない。ただ共感したり、時に反発したり、笑ったり泣いたりする時間を、ほんの少し一緒に過ごすだけだ。

けれど、そうして届け合う声が、ほんの一ミリの未来を動かすかもしれない。

夏海は前を向く。

左頬を曝して前を向く。
願うことはただひとつ。
どうかこの声が、あなたに届きますように——。

謝辞

この小説の執筆にあたり、次の方々にご協力をいただきました。

株式会社文化放送 放送事業本部　編成局制作部次長　小倉研一様

放送作家　青井曽良様

貴重なお時間を割いてたくさんのお話を聞かせていただき、本当にありがとうございました。この場を借りて、改めて御礼申し上げます。

本書は書き下ろしです。
TALK#01、TALK#02（一部）は
別冊文藝春秋2019年9月号に掲載。

デザイン　木村弥世
ＤＴＰ制作　エヴリ・シンク

文春文庫

どうかこの声（こえ）が、あなたに届（とど）きますように

定価はカバーに表示してあります

2019年9月10日　第1刷

著　者　浅葉（あさば）なつ

発行者　花田朋子

発行所　株式会社　文藝春秋

東京都千代田区紀尾井町 3-23　〒102-8008
TEL 03・3265・1211㈹
文藝春秋ホームページ　http://www.bunshun.co.jp

落丁、乱丁本は、お手数ですが小社製作部宛お送り下さい。送料小社負担でお取替致します。

印刷・萩原印刷　製本・加藤製本

Printed in Japan
ISBN978-4-16-791349-6

（　）内は解説者。品切の節はご容赦下さい。

奥田英朗
イン・ザ・プール
プール依存症、陰茎強直症、妄想癖など、様々な病気で悩む患者が病院を訪れるも、精神科医・伊良部の暴走治療ぶりに呆れるばかり。こいつは名医か、ヤブ医者か？　シリーズ第一作。
お-38-1

奥田英朗
空中ブランコ
跳べなくなったサーカスの空中ブランコ乗り、尖端恐怖症で刃物が怖いやくざ……。おかしな症状に悩める人々を、トンデモ精神科医・伊良部一郎が救います！　爆笑必至の直木賞受賞作。
お-38-2

奥田英朗
町長選挙
都下の離れ小島に赴任することになった、トンデモ精神科医の伊良部。住民の勢力を二分する町長選挙の真っ最中で、巻き込まれた伊良部は何とひきこもりに！　絶好調シリーズ第三弾。
お-38-3

奥田英朗
無理（上下）
壊れかけた地方都市・ゆめのに暮らす訳アリの五人。それぞれの人生がひょんなことから交錯し、猛スピードで崩壊してゆく様を描いた傑作群像劇。一気読み必至の話題作！
お-38-5

荻原　浩
幸せになる百通りの方法
自己啓発書を読み漁って空回る青年、オレオレ詐欺の片棒担ぎ、リストラを言い出せないベンチマン……今を懸命に生きる人々を描いたユーモラス&ビターな七つの短篇。　（温水ゆかり）
お-56-3

大崎　梢
夏のくじら
大学進学で高知にやって来た篤史はよさこい祭りに誘われる。初恋の人を探すために参加するも、個性的なチームの面々や踊りの練習に戸惑うばかり。憧れの彼女はどこに!?　（大森　望）
お-58-1

大崎　梢
プリティが多すぎる
文芸志望なのに少女ファッション誌に配属された南吉くんこと新見佳孝・26歳。くせ者揃いのスタッフや10代のモデル達のプロ精神に触れながら変わってゆくお仕事成長物語。　（大矢博子）
お-58-2

少年少女飛行倶楽部
加納朋子

中学一年生の海月が入部した「飛行クラブ」。二年生の変人部長・神ことカミサマをはじめとするワケあり部員たちは果たして空に舞い上がれるのか？　空とぶ傑作青春小説！　（金原瑞人）

か-33-4

螺旋階段のアリス
加納朋子

憧れの私立探偵に転身を果たしたものの依頼は皆無、事務所で暇をもてあます仁木順平の前に、白い猫を抱いた美少女・安梨沙が迷いこんでくる。心温まる7つの優しい物語。　（藤田香織）

か-33-6

虹の家のアリス
加納朋子

心優しき新米探偵・仁木順平と聡明な美少女・安梨沙。『不思議の国のアリス』を愛する二人が営む小さな事務所に持ちこまれる6つの奇妙な事件。そして安梨沙の決意とは。　（大矢博子）

か-33-7

トオリヌケ キンシ
加納朋子

外に出られないヒキコモリのオレが自由を満喫できるのはただ夢の世界だけ――。不平等で不合理な世界だけど、出口はある。かならず、どこかに。6つの奇跡の物語。　（東　えりか）

か-33-8

ひかりの剣
海堂　尊

覇者は外科の世界で大成するといわれる医学部剣道部の「医鷲旗」大会。そこで、東城大・速水と、帝華大・清川による伝説の闘いがあった。「チーム・バチスタ」シリーズの原点！　（國松孝次）

か-50-1

サマーサイダー
壁井ユカコ

廃校になった中学の最後の卒業生、幼なじみのミズ、誉、悠の間には誰にも言えない秘密があった。高校生になり互いへの気持ちに揺らぐ彼らを一年前の罪が追いつめてゆく――。　（瀧井朝世）

か-66-1

杖下に死す
北方謙三

剣豪・光武利之が、私塾を主宰する大塩平八郎の息子、格之助と出会ったとき、物語は動き始める。幕末前夜の商都・大坂を舞台に至高の剣と男の友情を描ききった歴史小説。　（末國善己）

き-7-10